南方有佳人

赵芳芳 著

春风文艺出版社
·沈阳·

图书在版编目（CIP）数据

南方有佳人 / 赵芳芳著. —沈阳：春风文艺出版社，2024.1
ISBN 978-7-5313-6632-4

Ⅰ.①南… Ⅱ.①赵… Ⅲ.①书信集—中国—当代 Ⅳ.①I267.5

中国国家版本馆CIP数据核字（2023）第239943号

春风文艺出版社出版发行
沈阳市和平区十一纬路25号　邮编：110003
辽宁新华印务有限公司印刷

责任编辑：仪德明	助理编辑：余　丹
责任校对：张华伟	印制统筹：刘　成
装帧设计：鼎籍设计 李英辉	幅面尺寸：135mm × 210mm
字　　数：200千字	印　　张：8.25
版　　次：2024年1月第1版	印　　次：2024年1月第1次
书　　号：ISBN 978-7-5313-6632-4	
定　　价：68.00元	

版权专有　侵权必究　举报电话：024-23284391
如有质量问题，请拨打电话：024-23284384

前言：大地上另一场"围炉夜话"

据说上古时代，房子一般坐北朝南，门口朝南边开，大门之左为东，之右为西。每天，晨曦从左边慢慢沁润天空，午后，霞光徐徐没入右边山麓，周而复始。太阳的升起与落下，代表自然界一个轮回，盛与衰，生长与消退。人类从中观照生命的发展历程，体察憧憬、留恋、有限、悲伤，并把这样的审美感受，还原到生活中。于是，左被赋予正气、蓬勃，阳也；右则为阴。《礼记》孔颖达疏云："左为阳，阳，吉也……右为阴，阴，丧所尚也。"左尊右卑，就此进入人类生活。

于是，书名初定为《佳人在左》，"左"在这里，延伸古意，吉也，表示一种崇敬、爱戴；左，还表示距离，附近的意思。在左，即不远，就在附近。然而，左边，太不适合现代人的审美习惯，佳人在左，会不会给读者误会呢？于是，在出版社建议下，最后还是定为《南方有佳人》。

"佳人"，现代多指女性，而《楚辞》另有指代，"惟佳人之永都兮，更统世而自贶"，这里的佳人，指美好的人。这些美好的人在南方，就在大众身边，我们可观摩他们的音容，感觉他们的体温，还能寒夜围炉，篝灯小坐，与他们闲谈古今。《南方有佳人》，便是另一场"围炉夜话"。

千百年来，岭南大地群贤辈出，灿若繁星，他们或以一己之力，怀忧患意识，为天地立心，为生民立命；或群雄联手，纵横捭阖，试图改变世界，为万世开太平。岁月匆匆，物换星移，在莽莽大地上，他们留下了渐行渐远的背影。虽"渐行渐远"，却不能"渐无书"，《南方有佳人》对焦这些先贤，从中选取二十名在大湾区一带生活过的"佳人"，苏东坡、邝露、陈邦彦、云志高、张荫桓、朱九江、吴趼人、陈铁军、冼玉清……以纪实方式，勾勒、重现一系列令人沉醉的人物图像。他们大多来自民间，游离于主流之外，以独特的心性生活在那个年代，或被朝堂摈弃，或被当权追杀。辞官，隐居，远遁，不同的生活方式，却拥有同一种品性，崇尚平等，言而有信，侠肝义胆。他们历经沧桑，洞悉幽微，学优才赡，胸有抱负。"临危而智勇奋，投命而高节亮"，以反抗的草莽精神，特立独行，以颠覆黑暗的草莽气息，熏陶蒙昧。他们的独立人格和自由精神，汇聚成推动时代更迭的力量。如今，他们隐入历史尘埃，或耳熟能详，或沉寂如止水，人生各有奇伟，气质深究相通。穿过黑暗，走过峥嵘，成为一个时代的永恒，他们如幽草潜光，在寥寂的夜空，在蕴藉的远山，在僻静的汀洲，兀自发出迷人的光彩，璀璨的生命，值得人们了解和铭记。本书还以另一种角度，向读者呈现他们的另一面。自嘲一生走在被贬路上、"黄州惠州儋州"的苏东坡，与侍妾朝云在惠州的琴瑟和谐；广东女婿鲁迅，白云山下，"匕首投枪"背后的调皮与快乐；文人画大师黄永厚，桀骜不羁的笔下，荡漾过珠江水的柔媚；曾为毛泽东主席治印的谈月色，从尼姑庵女尼到篆刻家的浪漫和倔强……在岭南地区，还有一些美好的风物：祠堂——南方文化聚集地，方言——时代变迁的无字史书，省港澳商会——湾区特色民间组织。它们以隐身江湖的形式，绵延着这块土地的血脉。

《南方有佳人》具有四个特色：明确的地理标识，所选人或事皆浸淫岭南大地的风霜雨雾；南方特色的方言钩沉，田野研究与文学创作的融合，赋予作品独特视野；独一无二的文学角度，作者深入历史现场，浸入式探微掘细，所呈现皆为隐藏与遗忘；耳目一新的"书信体"书写形式，作者与人物处于同一空间，激活远去的人和事。

从一个小细节进入一个人，从一个人进入一段历史，从一群人进入一个世界，《南方有佳人》带你重回历史现场，触摸真实图像，与先贤对话，感知岭南情感、性格、氛围、环境的由来，感受美好的文化气韵。《南方有佳人》的回眸和聚焦，将为后人解读岭南文化、认识自身提供最佳视角。

学者、评论家陈守湖教授认为，大地上远去的人和事，需要不断被"书写"，而主观性的"书写"，更能"拨亮一盏又一盏的灯，让岭南文化在新时代闪烁出灿烂光芒，慰藉在路上奔忙的岭南人，慰藉他们所依恋的每一寸乡土"。《南方有佳人》的意义，便以个体之眼力、笔力，掀动历史的烟尘，为那文化之灯盏添油加芯。

这一场围炉夜话，邀请您参加。

2023年4月23日"世界读书日"
癸卯年三月初四

目　录

001　苏轼：绍圣二年在惠州
006　陈白沙：何止魍魉是知音
011　邝露：朱弦疏越有遗音
019　陈邦彦：想起您，桃花就开满大地
024　云志高：琴谱里的悲欢离合
033　张荫桓：樵径绿野外，春至木棉红
044　朱九江：诵先人之清芬
052　李文茂：红伶铁血铸长铗
060　邓世昌：有公足壮海军威
064　吴趼人：从佛山到上海，一只茧的破壁成蝶
074　黄飞鸿：佛山，何处不"飞鸿"
078　陈铁军：1928年，春风里最美影像
095　冼玉清：庚子年春与玉清姐姐书（三笺）
109　冼星海：仰望星空　面向大海
113　鲁迅：1927的年很幸福
118　何新荣：留得心魂在　残躯付劫尘
123　自梳女：一梳而终的芳华
134　安人：因沧桑　而美丽
142　陈垣：祠堂香火否如前

154 谈十娘：向铁毫 邀月色
158 程坚甫：江天寥廓 吟声已续
163 黄永厚：很瞧不上没有由头的国画
171 伍伟儒：一首歌 半部人生
178 安文江：此去 兀自春风风人
181 余福智：余音袅袅 落梅如霜
184 锦昌村：从此开枝散叶
196 湾区踏莎行
227 苍郁——旅港南海商会百年
248 历史文化散文的"共情"与"共文"（代跋）/ 陈守湖

苏轼（1037—1101），字子瞻，号东坡居士，世称苏东坡、苏仙。四川眉山人，北宋著名文学家、书法家、画家、琴家。1094年至1097年被贬广东惠州，短短几年间，写下数百首（篇）诗词文，其中不少咏叹岭南及惠州风物，给惠州留下厚重的文化遗产，并成为惠州永恒的文化名片。

苏轼：绍圣二年在惠州

又一个清风习习的夜晚，星月已挂起，身处故乡千里外，长江边，长夜难眠，此时该做什么呢？喝酒吧，有什么比酒更能解我忧愁？一觞，两觞，酒过三觞，天地悠悠，江风吹拂，这么清静的午夜，可以一醉方休吗？当然。三更，醉中醒来，听得乌鸦啼叫，渔火闪烁。这寒气满天的夜，还有谁与我共醉？还是回去吧。

写到这里，诸位肯定已猜出这位酒仙是谁。请看原词：

夜饮东坡醒复醉，归来仿佛三更。家童鼻息已雷鸣。敲门都不应，倚杖听江声。　长恨此身非我有，何时忘却营营？夜阑风静縠纹平。小舟从此逝，江海寄余生。

凡读过苏东坡，都绕不过《临江仙·夜归临皋》。那时候，东坡居士被贬到湖北黄冈，居住长江边，日夜与江涛做伴，诗词文多有江水、江声、小舟等。这本无特别，但据说，这首小词写完，却引起轩然大波。苏东坡虽被贬，但对黄冈本地人来说，他是皇帝身边下来的人，深更半夜说什么"小舟从此逝，江海寄余生"，而且，说完后"挂冠服江边，拿舟长啸去矣"。这还得了，出大事了。当地最高长官徐知州又惊又怕，慌忙吆喝大批人马沿江边搜寻。一轮慌乱后却接报，君不在江之头，也不在江之尾，他在家里，"鼻鼾如雷，犹未兴也"。人家根本没小舟，没拿舟，没江海寄余生，对着江水泼墨抒情后，回家继续酒醉酣梦了。

"小舟从此逝，江海寄余生"，是否说说而已，只有苏东坡知道，或许，这是他理想的人生状态，人与自然合二为一。李泽厚在《美的历程》中，这样描述苏东坡，"苏轼在美学上追求的是一种朴实无华、平淡自然的情趣韵味，一种退避社会、厌弃世间的人生理想和生活态度"，这种情趣、这种理想在《临江仙·夜归临皋》，完全可以观照。

同样表现厌弃世间天人合一，相比《临江仙》，我更喜欢《行香子·述怀》：

清夜无尘，月色如银。酒斟时，须满十分。浮名浮利，虚苦劳神。叹隙中驹，石中火，梦中身。　虽抱文章，开口谁亲。且陶陶，乐尽天真，几时归去，作个闲人。对一张琴，一壶酒，一溪云。

对一张琴、一壶酒、一溪云，做个闲人，且陶陶。妙哉。远离现实，退居一隅的理想，在词中更具象化，更让人向往。

读这首词时，我刚开始习琴，从中知道苏东坡善琴，有种莫名的惊喜。而且，归去做个闲人，弹弹琴喝喝酒，真不是"江海寄余生"般说说而已。细涉苏轼诗词，写到琴艺琴意，以及与朋友谈论琴的不少，网上有统计，多达八十多首。他不止喜欢琴，会弹琴，懂斫琴，而且，还收藏过很多历史上有名的琴。

比如最近媒体津津乐道的"九霄环佩"古琴。

"九霄环佩"来自唐朝，至今已有1267年。琴名的来由，媒体大多这样介绍：九霄，代表天上仙境，环佩是玉石，九霄环佩，来自仙境的琅琅之音。可见斫琴人或起名字的人，对琴寄予的厚爱。然而，即便历史悠久，声若击玉，作为小众乐器，它养在深闺，只能在琴人圈子显扬，不可能天下皆知。能让我们普通人一瞻风采，该感谢法国总统马克龙。2023年4月，广州，中法两国领导人会面，一同聆听千年古音，这下子"九霄环佩"声震南北。

于是，我看到了"一张琴、一壶酒、一溪云"的闲人苏东坡，在"九霄环佩"留下的痕迹。琴足之上，与龙池之间，刻着"霭霭春风细，琅琅环佩音。垂帘新燕语，沧海虎龙吟。苏轼记"。网上有人说，"九霄环佩"斫成时，李白55岁，杜甫44岁。那苏东坡呢？查了资料，苏轼出生于1037年，他出生时，"九霄环佩"已存世两百多年，到苏轼喜欢琴并在琴背刻下"苏轼记"时，此琴快300岁了。

据说，古时琴人喜欢将好琴互相转送，"九霄环佩"在苏东坡手上停留多久不得而知，文人都喜欢到处留痕，一千多年后，我们才知道他与"九霄环佩"的因缘。这"九霄环佩"是否为《行香子·述怀》里的"一张琴"？恐怕难于考证。因为苏东坡不光在"九霄环佩"背后刻字，在另一张著名的琴，也同样钤上大名。此琴名"松石间意"，在《中国通史》中，明确记载此琴为苏东坡所斫并拥有，后被唐伯虎收藏。"松石间意"是现存古琴中题识最多的一张，共有十二则铭文，一个印章。除苏东坡外，沈周、唐寅、文徵明、祝允明等等大家名家，纷纷留下琴铭，至今，"松石间意"身价亿倍。从前知道苏东坡在文学之外，各种名菜"东坡肉""东坡鱼""东坡肘子"，也是他为后人留下的财富，没想到，这张"松石间意"古琴，才是中华文化遗产一颗大宝珠。

"松石间意"的背后，镌刻着"绍圣二年东坡居士"八个字，绍圣二年，即1095年。1095年的苏东坡，在哪儿呢？广东惠州。此时的苏轼，正经历人生的至暗时刻。至暗，是后人的阐释，也是我们的矫情。至于东坡居士呢，他早已练就豁达乐观的心胸，而此时此地，有嘲笑他"一肚子不合时宜"的侍妾王朝云，还有儿子苏过朝夕伺奉，正好远离朝野，实现"作个闲人。对一张琴，一壶酒，一溪云"的人生理想。惠州物产丰饶，天气和美，他有足够的时间和心情，制作一床漂亮的琴，或者说，将一床本来就上好的琴，按照自己的审美标准，打磨得更漂亮。我们现在没有办法证明，惠州几年间，苏东坡曾斫过琴，但"绍圣二年东坡居士"八个字，确凿记载了惠州期间，"松石间意"一直陪着苏东坡。一次醉酒后，他抱着琴醒来，扬手滚拂，一连串泛音从琴弦飞出，如天籁，如涓涓流泉,他朗声吟哦:好一个松石间意琴。从此,此琴被名为"松石间意",还镌刻在琴背,一旁,又特意留下"绍圣二年东坡居士",表明琴的归属和制作时间。

"松石间意"琴,给苏东坡困窘的生活带来暖意。春天来了,微雨湿花,水雾迷蒙,燕子呢喃,苏东坡携朝云游西湖,写下有名的《蝶恋花·春景》,并谱成曲子。朝云善唱,苏东坡爱弹,于是,那水边的合江楼,山间的嘉祐寺,苏东坡住过的地方,歌声琴声,秀丽婉转,时隐时现,"花褪残红青杏小。燕子飞时,绿水人家绕。枝上柳绵吹又少。天涯何处无芳草。"天涯何处无芳草……想起一路随苏东坡辗转南下,来到这个与家乡迥然不同的他乡,想起自童年起漂泊的身世,朝云一时伤感淌下泪水,东坡居士见状呵呵一笑,以写给好朋友王定国的诗句安慰她,"试问岭南应不好,却道:此心安处是吾乡"。看着苏东坡一脸笑意,果然是一肚子不合时宜,王朝云破涕为笑。

绍圣二年的惠州西湖,记下"春景",记下"松石间意",也记下了苏东坡与朝云人生最后的欢愉。而惠州,也"一自坡公谪南海",天下无人敢小觑。

好名字总被人惦记,苏东坡的"松石间意"后,又一名琴问世。那是赵佶,弹得一手好琴,以瘦金体留名的宋徽宗赵佶,被后人指"诸事皆能,独不能为君",他爱琴如痴,尤喜欢"松石间意"意境,亲自监制的一款古琴,也命名为"松石间意",此"松石间意"琴辗转至今,被有心人收藏。艺术界为了区分两床"松石间意",索性把苏东坡的"松石间意"叫作"东坡居士琴"。

> 陈献章（1428—1500），广东新会白沙里人。明代著名学者、书法家、古琴家，自称江门渔父、南海樵夫，世称白沙先生，是宋明理学史上承前启后的重要人物。擅长琴艺，藏有岭南名琴"沧海龙吟""寒涛"，创立的白沙琴学，成为岭南琴派立派的重要思想来源。是岭南地区唯一一位从祀孔庙的大儒，也是明朝从祀孔庙的四人之一，被后世称为"圣代真儒"。

陈白沙：何止魍魉是知音

白沙先生：

您好。在这鸢飞鱼跃、万物恣情生长的季节，同学从江门送来了《陈献章集》，一套两本，此书为中华书局出版，竖版，三十多年了，纸张古旧，装帧简朴。于我来说，这是传说中的书哦，向往已久。欣喜翻开，扉页钤着两枚印章，页面正中一圆章，印文"江门市陈白沙学术研究会"；下方端坐方形章，"闲趣山人"四字篆体，稍加辨认勉强认出。山人是当年师专同学，其藏书章第一次见到，颇为风雅。这书辗转世间多年，终于来到我手上，同学这般割爱，立刻记起，是为了履行一个约定。

十多年前，冬夜，过著名侨都江门市，同学多年不见，围炉夜话。午夜时分，几人走在街头，谈兴未尽，珠江三角洲的晚风,吹拂着滚烫的脸,带着三分醉意,口无遮拦。突然,同学指着路边一个矮小的院门,问,知道这吗?江门钓鱼台。我望过去,院门紧闭,院墙黑咕隆咚。这明明是条小街,岭南小矮楼,老榕树,麻石板地面,黄釉瓦小窗,何来鱼跃虾舞的河,或流?疑惑,继而笑出声,"开玩笑吧"。台,在里面;河,在后面。同学说一句指一下,一副摆开阵势讲古的样子,"呃,都冇咗啦",两手收回胸前摆了摆,夜色潾潾,瞥见他一脸遗憾。

白沙先生,就在这个夜晚,第一次听到您的大名,以及钓鱼台的水波清韵。同学滔滔不绝,说到束茅代笔,索性马步半蹲,作势挥笔,上下蛇行,意绪情感,瞬间进入时间通道,仿佛回到五百年前,圭峰山下,与先生共话茅笔。这番讲述,这般脱俗的行藏,令我神往。"既然如此,那就送你《陈献章集》。"

一言既出,驷马难追。然而,此后却一直没再提起。现代散文家董桥先生有一文,引用藏书家劝人还书的话,诸如"注意!依法把我还给我的主人""霸着我不放,你就是小偷",更有甚者,"有借不返遭神诛",先礼后兵,相当有趣。藏书者对自己的书就像自己的孩子,不愿借,更不愿送。《陈献章集》是同学藏书,所以,十多年前那个晚上的话,白沙先生,我觉得钓鱼台是做不了证的。

白沙村后的小庐山,绿了又黄,村前蓬江,不舍东流,悠悠十五年后,没想到,这套书终于归我。摩挲着跟我一样不再年轻的书页,人生有多少个十五年啊,山人居然还记着。信手翻到"酩酊放歌何处来,东风吹笠上溪台""我若扶衰出门去,可能筋斗打虚空",笑意从心底喷薄而出,白沙先生,您真乃有趣之人,我能唐突一下,想象先生手持茅笔打筋斗的样子吗?哈哈。

圭峰山下,茅草蓬生,这些野生植物,深得先生欢心,于是,您采茅筑舍,开坛讲学。明朗脱俗的个性,吸引了各方名流。某天,老友上门求字,您爽快地抓笔就写,无奈,笔尖已秃,写字神采黯然,朋友懊丧转身。"且慢",您一声轻呼,让书童割了几把茅草,左缠右扎,归拢削剪,片刻,苍劲大笔即成。您蘸墨挥洒,运笔如刀,势如削玉。"好字!"老友击掌叫好。呵呵,您一笑,乘势又题:"客来索我书,颖秃不能供。茅君稍用事,入手称神工。"从此,野趣天然的"茅君"为先生专用,为后代效仿。我想,圭峰山之于白沙先生,是修炼、回归、完善,而茅草之于书法,是自如、融冶、创新。集茅成笔,看似偶然得之,实则先生的艺术灵感与自然植物的天人合一,出神入化。"茅君"这一雅称,蕴含喜爱和追求,先生若用新会土话道一声"茅君",我定能听出其中的怡然自得。

私下里,曾为自己定过一条人生信条:读无用之书,交有趣之友。白沙先生的"趣",便是我喜欢的。小时候,外婆常念叨一句话,"母懒儿号寒,夫懒妻啼饥,猫懒鼠唔走,狗懒贼唔疑",听起来很好玩,小孩儿子常常挂在嘴边嬉笑。今始知,此话来自白沙先生《戒懒文》,这些写给学生的诗文,传遍五邑乡里,几百年后,又被我听到,记下。如今,还找到出处源头。白沙先生,这该说缘吧?先生另一首《赠陈生秉常》很有趣,也很有理。您说:"我否子亦否,我然子亦然,然否苟由我,于子何有焉?"先生对学生陈秉常说,我说错你也说错,我说对你也说对,对错都由我说了算,那还有你什么事?倘若我在场,早就笑出声,对呀,有他陈秉常啥事?不盲从,不依附,存疑思考,先生以诗句之妙,透射教学相长之道。这些观点,于当今教学生态亦非常重要,可惜,当下学生大多无陈秉常福气。

有趣之人,总会做有趣之事,譬如陶渊明。友访,陶老夫子抚琴吟猱,悠然而歌,友见此琴,无弦无徽木头一段,惊问:"弦呢?徽呢?"陶渊明呵呵一笑:"但识琴中趣,何劳弦上声?"陶老夫子话中玄妙,我们都不理解,白沙先生呢?

白沙先生曾为一幅画题诗:"松崖日暮水声深,何处携来绿绮琴?涧石隔林人不见,只疑魍魉是知音。"读到末一句,直为先生的神来之笔击赏,"只疑魍魉是知音",多么诡奇的琴声。先生懂琴,对于陶老夫子的无弦琴,自然不会如我等大惊小怪。况且您还写过"饮酒不在醉,弄琴本无弦":饮酒,不能因酒而醉,或为醉而酒;弹琴,也不能为琴技所困,需摆脱束缚,超越有形。这么看,先生的"弄琴本无弦"与五柳先生无弦琴,根本一脉相承。你们俩隔代不隔音,琴不同而意相一。普通人无弦无徽当然弹不了,而在白沙先生,手下无弦,心中有弦,真正进入了自得自由之境。我想,这就是先生说的自然之韵,淳和之心。

然而,凡夫俗子如我,心虽向往,但无弦琴太玄妙,更喜欢"光风艇"上的您。五百年前,南山之南有大江,江上有条光风艇,那天晚上的月光很白,那天晚上的水色很亮,那天晚上的您,与门生诸友乘艇夜游,啜茗赋诗,抚琴吟月,扣舷浩歌,"不知天壤之大也"。那晚您弹奏的《鸥鹭忘机》,至今,还在我书房里回旋。吾生也晚，无缘一睹先生风采，幸好，有闲趣山人赠予《陈献章集》，还有先生存留人间的"沧海龙吟"古琴。山人说，此琴就收藏在江门白沙纪念馆。

好吧，待我把《鸥鹭忘机》也操练上手，弹得魑魅魍魉也吓不走，就去一趟江门，跟"沧海龙吟"合个影，再登上钓鱼台吹吹江风，然后，直奔圭峰山顶，趁着月上柳梢头，跟茅君来个月下相会。白沙先生，您说，如此可好？

> 邝露（1604—1650），广东南海（今广州）人，明末广东著名诗人，与黎遂球、陈邦彦合称"岭南前三家"。书法家、古琴家，通晓兵术。秉性不羁，不慕功名。永历帝时出使广州，清兵入粤，与诸将勠力死守，城陷，不食，抱琴而死。

邝露：朱弦疏越有遗音

"绿绮"，是汉代司马相如的古琴，一直喜欢这两个字，喜欢字面透出的阴柔冷艳，又或者，与司马相如卓文君有关。将"绿绮"二字刻在古琴书签上，是书事外的消遣。某日无事，网上检索，偶遇"海雪畸人死抱琴"诗句，好奇心驱使，细细追索，却发现，"绿绮"还有另一个故事。海雪畸人死抱琴，死了，还要抱着琴？什么样的人？什么样的琴？默诵诗句，心里升起一股凛冽，眼前，却摇落一树浪漫。

此人，大名邝露。此琴，史称"绿绮台"。

三百多年前。广州城。留守军民与清兵顽强抵抗，十个月后，城市千疮百孔，颓然沦陷。此时，白云山脚一个叫"海雪堂"的书斋，邝露劝退身边人，身穿明朝官袍，端坐堂中央，整齐庄重。怀里，是相依相伴的古琴。吆喊声从远处逼近，邝露双目微闭，左手狠按七弦，右手一收一劈，"泼刺"如雷如电，如风卷残云，如惊浪逐空，琴声在屋梁、书橱、案桌上来回碰撞，神秘，刚烈。破门而入的清兵骇然而止，只见烈焰如蛇，上下乱窜，书斋一片火海。那晚，琴声、歌声及浓烟从海雪堂逸出，徘徊在广州城上空，久久不散。

  死都要抱着的琴，名叫"绿绮台"。这个慷慨赴死的故事，很多广东人知道，而邝露出生成长的地方，广东南海大沥，离我的工作地，不足十里路。知道邝露是大沥人后，对这个全国经济重镇，多了几分敬仰。大沥的土地，蕴藏着怎样的神韵和诗意？

  据说，邝露出生那天，大沥大镇村突降甘露，满地白霜，树静风凉。小邝露一出生，就显露异常禀赋，不吃母乳，只喝米露，乡人视之神童。邝露打小天资聪慧，通晓书法兵法，善琴艺，工诗词，所写诗词二百多首编辑成书，取名《峤雅》，备受清代大学者屈大均推崇；清初与钱谦益齐名的王士禛，也大赞邝露"骚人之遗音"。

  这样一个天赋诗人，却生不逢时。明末清初，朝代更迭，社会动荡，山河黯淡，黎民阻饥，在人生最好的岁月里，他只能效仿"竹林七贤"，放荡不羁。然而，不管怎样拮据流迁，古琴从不离身，其中之一"绿绮台"，邝露珍爱非常，视同知己，时时以琴声抒发牢骚不平之志。多年的浪荡辗转，没能消弭他的隐痛，忧国忧民之心反而越发沉重。他曾效仿辛弃疾，率兵沙场抗敌，也意欲上书朝廷，振奋社稷，结果，一切努力皆如气泡。或许，这是历代文人的宿命，就好比同时代的张宗子。不同的是，国难当前，张宗子最后选择了"重塑、撑起破坏前的世界"——写史，刚烈的邝露，却带着自己心爱的古琴，决然玉碎。

家国之痛，终成一座大山。

倾倒之下，有诗人的浪漫，更有壮士的气概。"海雪畸人死抱琴，朱弦疏越有遗音"，王士禛的前半生与邝露的后半生交集，当年，不知两人有没有见过，邝露好游历，想必有过，但无记载。王士禛此诗，如镜头般白描，触目惊心。邝露爱琴懂琴，然而，琴声歌声的最后，却休止于一个姿势，死。这样的场景怎忍看？王士禛好比伯牙，破琴绝弦，不再弹拨，把目光投向天空。天空有云彩，有飞鸟，还有海雪堂的琴声，如星星明灭，如雨花散落，缭绕不绝，萧瑟悲凉。

邝露的"死抱琴"，惊动了大官末秩，山樵村童，无不唏嘘。在广东乡间，村头村尾，榕树头，水井边，处处留下邝露的故事传说。

当所有人聚焦他以身酬国，我却偏偏忆起这句话，"他把妻儿送回家乡，只身还城，与守城将士死守达十个月之久"，十个月后，邝露慨然赴死。他的家乡，离广州城仅二十里路的大沥乡下，被他送回家的妻子儿子，如何含悲抑痛，才能咽下这绝世之苦？每每想起此话，都难抑平静，他的妻子，是个怎样的人？找遍能找的资料，都没有相关记载。

迷蒙中，似乎藏着一个贞静秀雅的影子。

邝露遗世的诗文中，有这样一首：岁时频梦尔，非关儿女情。霜露莙蒿色，江天凫雁声。浮云吴会客，落日楚江萍。为报秦嘉字，胡尘满汉京。此诗题为《寄内》。内，内人，也就是妻子。百般找寻，这个女子终于出现。大幕拉开，还是背影。"岁时频梦尔，非关儿女情"，他跟妻子说我时常做梦，却跟儿女情感无关。第一次读，颇为诧异，这个丈夫有点寡情。

再读"为报秦嘉字，胡尘满汉京"，才恍然。秦嘉是东汉人，作《赠妇诗》给妻子，抒写夫妻俩生离死别，缠绵悱恻，成为文学史佳话。原来，邝露《寄内》以秦嘉夫妇自比，向妻子表白，我很爱你，就像秦嘉爱妻子，所以，频频梦中相见，但这样的梦境，并非全为私情。我正准备远赴南京，上书献策，拯救风雨飘摇的南明朝，但心中仍挂念着你和孩子。离开，更多是为了大丈夫的责任，为了这个积贫积弱的朝代，你应该理解我。全诗四十字，无一字写她，却又句句有她。邝露妻子，是怎样回应这个胸怀大义的丈夫呢？秦嘉《赠妇诗》后，有妻子徐淑的酬答诗文，邝露这首《寄内》，却找不到其妻只言片语。

我想，倘若这个女子小气狭隘，邝露会向她敞开心扉吗？即便是一个背影，也隐约觉得，颇有芸娘之风，芸娘，曾被林语堂称为"中国文学史上最可爱的女人"。邝露心中，"内人"当然最可爱，解人，还解风情，所以，才有《寄内》。

邝露善琴，珍藏着"南风""绿绮台"两床古琴，在家，喜欢轮着弹给妻子听，这样的琴瑟和鸣，应为每个尘世女子所向往。奈何，她的丈夫是邝露，你弹我听的日子很短，大部分时间邝露外出奔走，她只能独自在家，操持家务，侍老育儿。《捣衣》这首古琴曲，邝露大抵弹过，曲子哀婉，深幽，声声入心。为"捣衣"这一平常劳作，李白还曾赋诗：长安一片月，万户捣衣声。秋风吹不尽，总是玉关情。何日平胡虏，良人罢远征。秋风起，妻子们赶制寒衣，为守戍的丈夫。长安的月光，和着声声捣衣。捣衣，捣的是衣服，捣的也是人心，心心念念远方亲人。南方没有捣衣习惯，三五姑嫂，溪塘边，洗衫洗菜，是女人的家务之一。《捣衣》曲，他妻子肯定也听过，面对流水，浣濯尘埃，她想的是什么呢？作为现代女性，我很难想象近四百年前，这个女子的心曲情感，广东女人性格比较隐忍、内敛、纯良，作为邝露妻子，她在这些品性外，还有什么？

《赠内子邓硕人糠斋》，邝露另一首，看标题就知道，也是给妻子的。讲述因生活窘迫，妻子"绝粒，取糠秕入薤臼，成丸，以清泉服之，裕如也"。读后感叹不已，糠秕即谷子的壳或皮，擂碎捏成丸子吞下果腹，这种感觉是怎样的？如今基本无人知道，甚至，什么是糠秕，认识的也不多，非得用文字表述，只有一个：干涩。所以要用泉水送服。这么难咽的东西，还"裕如也"，神态自如，令人感慨。这个女子为操持一家生计，为了家人不担忧，居然"裕如"以掩藏痛苦，在众人前呈现舒适美好，这是什么样的人啊？这样的人，她的心一定很细，时刻体察他人苦厄，心也很大，大到容纳山川野谷人世伤痛。倘脱离现实桎梏，从美学角度看，完全是积极的浪漫主义者，这样的妻子，怎不得丈夫珍爱？才高如邝露，也无他法，唯有作词"宠之"，隔着远山流云，对爱妻吟哦，"彤管铭高逸，梁鸾未足偕"，赞美她高雅脱俗，尊称妻子"硕人"，贤美之人。这么伉俪情深，鹣鲽情深，足令现代人脸红。

细读两首诗，大约了解邝露妻子的性情禀赋，冰雪聪明，勤劳贤惠，知书识礼，更有一颗慧心，一双巧手。这样的女子，本应像芸娘，夫妻俩唱酬作答，或学司马相如、卓文君，当垆卖酒，形影相依。邝妻不但没有这些，为支持丈夫，大儿子也送上反清复明的战场。史料记载，邝家长子邝鸿年少志高，诗才直逼父亲邝露，而且剑术了得。当年广州城首次被清兵入侵时，邝鸿亲自率两千义军，于东郊迎敌，激战数日，壮烈牺牲，年仅20岁。一个女人毕生痛苦，莫过于中年丧子，然而，更大的惨痛在四年后，同在广州城，同为抗击清兵，丈夫邝露抱琴而绝。

无数次玩味邝露诗句，纯粹从女人的角度，揣摩邝妻的心路，设想她的处境。可是，无论她的惨痛，还是大义，我都无法读懂。是邝露的胸襟，让一个乡野女子超脱自身藩篱？是对丈夫的爱，使妻子情愿寂寞红颜舍弃私欲？如何深入她谜一样的内心，做一次超时空对话，让现代人荒芜的精神世界稍微得到抚慰？

周六，春雨潇潇，去大沥参加一个文学活动，地点在大沥文化公园，原名叫广东书法园。汽车穿过繁荣的镇街，以及人车共享的马路，拐入一条上坡路，两边突然多了许多不知名的绿树，是那种年代久远的树，根系发达，盘根错节，一棵棵，一丛丛，向深处延伸，在这个下雨的早晨，显得幽深莫测。习惯了高度工业化的眼睛，似乎不太适应这样的场景，不断惊讶着，赞赏着。厂房林立，店铺连营，寸土寸金的大沥，怎么可能有这样奢侈的树林？与这片古树林双栖的，是广东书法园，岭南特色的锅耳屋建筑。进到院内，每个角落，都住着一个书法的精灵，草书、篆体、大楷……展示婀娜雄浑的体态。这个地方，镶嵌在物质文明高度发达的大沥镇，犹如古琴上一颗螺钿徽，晶莹亮白，静静地定位，让古琴发出冲淡悠远的声音。这样的声音，离现实很远，离诗意很近。这样的诗意，也许从邝露始，也许更早。而我确切知道，邝露所住的村子离此不远，与珠江三角洲其他地区一样，村口有古朴的大榕树，村边小溪蜿蜒,白玉兰、石榴树、韦陀花,自然的丰沛,让四百年前的邝露,早慧而浪漫,13岁参加童试,在卷页上大逞书写快意,楷行草篆隶五种字体,联袂嘲笑考官的呆板愚笨。当年酣畅淋漓的少年邝露,如椽大笔一挥,南粤土地上,从此刻下横竖撇捺的苍劲。这种不羁、自由、傲岸,也许就是邝露家庭的气质底色。

五月的佛山已入夏,推开办公室大窗,清香袭人。对面马路两边,白玉兰树高大挺拔,花开正茂,地下铺满粉白蜡黄的花瓣。邝露曾有"谁殿湘沅九畹芳,蕙兰凋尽撷嫣香",尽写兰的幽香,在我看来,恰合眼前景致,倘若,白玉兰树下摆一床古琴,那会怎样呢?盛夏之夜,邝露邀友相聚,操缦而歌,相知的日子很短,知音逐一散去。怀想朋友们的深情,邝露写下"少别成千岁,依然此夕心",历史乐章一旦奏响,就不会邈远。当年大敌当前,邝露宁死不降,与古琴同焚,清兵却把琴掠走,拿到集市变卖,从此辗转江湖,流离漂泊,历经生死。虽焦尾无弦,收藏者无不视为珍宝,不愿轻易示人。据闻,"绿绮台"如今藏在香江高人手里,一别数百年,"此夕"至今夕,神奇般涅槃重生。

至此,又想起他的妻儿,他们的精神气质,是如此地相近相抵,书法的不羁,蕙兰的孤傲,古琴的高洁。彼此洇染,渗透,最后,成为那个时代进步的小小推手。他们一家,犹如黑夜强光,透过厚厚的历史幔帷,投射在几百年后的南方土地上,凝聚为一种理想人格、一种精神象征,随着岁月沉淀,充盈这方土地的阅历,整肃后代的灵魂。

一个地方的阅历和品格,决定了此地是繁花似锦,还是贫瘠如洗。夏月仲秋，蝉鸣荔红，南方最绚丽的季节。邝露这样描写自己的家乡，"文虹经绮陌，夕日贯阳林"，彩虹、阡陌、绿树、夕照，这样的景色，几百年来没有变过，美好的人文环境，是后代的依赖和福祉；不断代的文化绵延，才能塑造更好的文化风景。让邝露、邝夫人以传奇的方式进入后辈生活吧，琐屑、苟且、营营役役中，还应该有浪漫和诗意的补丁，就像大地万物，尘埃、泥土、风暴不可少，阳光、空气和雨露也不可少。

"绿绮台"命名古琴书签，为铭怀，更为向先贤致敬。朱弦遗音，绕梁袅袅。

> 陈邦彦（1603—1647），号岩野，广东顺德龙江人。南明抗清将领，人称岩野先生。永历元年（1647）起兵攻广州，兵败被捕，惨遭磔刑。陈邦彦深具民族气节，诗文饮誉当时，与黎遂球、邝露并称"岭南前三家"。

陈邦彦：想起您，桃花就开满大地

岩野先生：

您好。此刻，我在一个叫唐园的地方给您写信，这里离顺德龙江很近。孤陋寡闻的我，一直不知道，那是您出生的地方，说来真抱歉。而更让人赧颜的，是我还曾把您认作周邦彦，那个北宋词人。唉，如今敲着键盘，心里只有叹息，"并刀如水，吴盐胜雪，纤手破新橙"，无论词句怎样惊艳，可与宋徽宗同宠李师师的人，怎么可能是您呢？

正月元宵节一过，广东气温直飙二十六七摄氏度，刚与一位西安的教授朋友微信，我说"这几天冬衣换夏服"，他回一句"岭南春来早"。果真，四野绿草疯长，空气潮湿，窗前的小叶桉树，叶子乱窜。这样的季节，该去踏春。想去龙江您的出生地看看。说走就走，车子在一个大池塘前停下，没有导游，没有同伴，一个人走在既熟悉又陌生的乡间小路，那儿有个地方叫华西小围村。熟悉的岭南景物，陌生的乡野村落。池塘后有个村子，叫小圃村吗？不太肯定，甚至不知道，如今是否还叫小圃村。

有一次在课堂上，向满座"大"学生提问：两军对垒，有输有赢，假若你是输的一方该怎么办？"大"学生们退休后重上课堂，对这样的问题自有想法。"重整旗鼓，再战。"两鬓花白的老者，眼神发光，在战场上当然是好汉，此刻在课桌前依然雄风不减。"再失败呢？""再战。""再三失败呢？""打不过就走呗，总不能投降吧。"顷刻间满堂议论纷纷，都以为我讲故事。对，就是要你投降。"那不行，士可杀不可辱。"老者激动了，站起来，扬手大呼。

"但是——"我双手平伸，示意课堂平静，然后慢慢地一字一句地问，"如果对方以你的家人，你的妻子或丈夫、儿女要挟你，在投降和杀死家人之间，如何选择？"

乱嚷嚷的课堂，顷刻鸦雀无声。即便知天命，也不知如何解锁这道选择题。

"妾辱之，子杀之，皆唯命。身为忠臣，义不顾妻子也。"岩野先生，就在这个老干部大学的课堂上，我向"大"学生们展示了您的选择。

所以，到小圃村，是想看看怎样的粗茶淡饭，哺育出一个镇魔降鬼的硬汉，怎样的山魂水魄，让岩野先生把生命彻底交予这片大地。

正当春回大地，龙江，这个处于珠江三角洲中心地带的城镇，此刻以一种含蓄内敛的姿势，渐渐切入模糊的视野，因眼镜度数不够，稍远处影影绰绰，若隐若现。这样也好，抬眼处，恍如一幅幅大写意。池塘边，一位红衣男子在垂钓，轻轻走近悄声问:"能打搅一下吗?"男子头也不转说:"什么事?""这后面的村子叫小围村吗?""不知道喔。"他转头看着我,"你从哪儿来?这附近村子几乎没什么人,都出外做生意。顺德人嘛。"他停一下又补充。隔着池塘望向远方,绿草,绿树,绿雾,一片绿意朦胧。旁边香蕉树叶子,微风中,时不时拂过我头顶。

沿着池塘边漫步,想起当年。您的豪迈,您的大义,您的勇谋强悍,让清朝官员佟养甲坐卧不安,视您为眼中钉,打不过此起彼伏的民间武装力量,便想尽办法对付您。可不管利诱抑或镇压,您都不屈服,佟养甲黔驴技穷,卑鄙如他,居然从广州跑到顺德,抓住您三位亲人,妄图以此为筹码……面对威胁,面对招降书,面对亲人的生死别离,您五内俱焚,肝胆俱裂。家与国如巍峨大山,死死压在您身上。如何选择?没有选择。身为忠臣,就要为国分忧,要杀要剐随便,"义不顾妻子",您凛然而书,一字一血。

义不顾妻子,您的选择,给后人留下的铁骨明证。这几句话,每每读到便喉头哽咽,为您家人而痛,为您而悲,也为每到历史大变革中殉道的人们而哀,为和平年代的得之不易而叹。当代人,也许很难理解这样的忠烈不二,至死不渝,但必定知道和感受过失去亲人的痛苦。最终,家人被杀,而您,依然"从容俎上,甘万死之如饴……""从容",我相信,那是忠义和胆魄的糅合;"甘死如饴",则无论如何不能想象,不敢想象。风雨凄迷中,您殉身于广州街头,为自己,或者说为岭南大地上的血性,圈上完美注释。

这样的披肝沥胆,这样的意气豪迈,距今,仅仅三百余年。

三百多年后,我站在您家乡龙江的池塘边,遥望岭南大地,心潮难以平抑。

岩野先生,在狱中,您曾有诗"泉路若逢文信国,不知双眼可谁青""已共苌弘化碧,还同屈子俱沉",读来椎心泣血,慷慨激烈。作为后人,我读到了信仰、执着、忠诚,读到了一个普通人的尊严和大义,也读到了一介书生"此时不思报国者,非丈夫也"的磊落胸襟。人生也就短短几十个春秋,如何做人?做一个什么样的人?常常困扰着现代人,也许,岩野先生早就把答案写在岭南大地上。

读读岩野先生的诗词、听听岩野先生的故事吧。从小小的龙江镇出发,辗转顺德、江门、高明、清远、广州,挥戈抗敌,名震岭南。于是,当今的顺德,有岩野先生读书的雪声堂纪念馆,有岩野先生授徒讲学的学堂,还复原了陈岩野先生祠。到这些地方看看吧,我们,也许会知道怎样选择,忠诚、担当、责任、信仰,这些形而上的东西,每个时代都必需。

三百年,放在人类发展的历史长河上,仅仅一瞬,对生活在这块土地上的人们,即便再强大的生命力,最多只能享受三分之一光阴。无缘与您共明月,但同一片山川,我们与您都是天地的子民。如今的生活完全不一样了,没有打仗,没有杀戮,生机蓬勃,日子太平。岩野先生若生在当代,岭南大地或许再现李杜?后人以"粤中杜甫"称誉先生,不仅仅是怜惜和遗憾,更多的是对先生奇才高品的追慕。

还是回到三百多年前的广州吧。1647年9月,您在连续作战后,眼看"无饷无兵"无退路,勠力救国,最后只有以死求报。在监狱里，佟养甲诱以各种美食爵禄，您逐一却之，宁愿绝食。很多官员慕您好字，携笔墨进狱相求，您坦然挥毫，洒脱磊落，把最好的墨迹留在人间。我没想到，戕害的一边，是艺术；死亡的对面，是浪漫。丑恶与美好，如此难容，却都让您一个人担了，负了。历史，是何等地不公啊。

历史不公，岁月有情，近四百年后，我们有幸读到"千秋而下，鉴此孤贞""崖山多忠魂，先后照千古"，默诵岩野先生的诗句，从龙江池塘边，辗转来到锦岩岗您当年讲学之地，攀石临崖，回望烟火氤氲的凤城，看见桃花，已开满岭南大地。

> 云志高（1646—约1715），广东文昌（今海南文昌市）人，字载青。青年时考取功名，获福建巡抚吴兴祚赏识和器重，后随吴兴祚到广州任职。一生爱琴懂琴，遍访吴、越、齐、楚各地名师，及至燕京，与国师（皇帝的乐师）金陶声调契合，晚年与金陶一起参订《蓼怀堂琴谱》，传于后世，是《悟雪山房琴谱》外的另一本关于岭南古琴的传世琴谱。

云志高：琴谱里的悲欢离合

一

尘封了快十年的《蓼怀堂琴谱》，最近被捞出来，一套四册，线装，宣纸单面，不厚也不薄，拿在手里软软的，有种亲近感。想着，应好好读一读吧，毕竟号称习琴多年，总不能连一本完整的琴谱都没读过。

琴谱，是一支乐队的灵魂。我们观赏乐队表演，放在乐手前面的琴谱，那是必不可少的。因为一般演奏的曲子比较长，尤其交响乐之类，没有十几分钟甚至小半小时，不能完整奏完，单凭人脑记忆，很容易出错。但实际上，演奏家对演奏的曲目都已滚瓜烂熟，非要在面前摆琴谱，大概因为乐队演奏是一种团体行为，涉及声部及乐器之间的相互配合，这种配合，还跟主题表现的情感、节奏、表情等有至关重要的关系，所以，摆谱，那是必须的。

然而，古琴谱有些不一样。不一样处，在于古琴谱非阿拉伯数字，亦非阶梯式五线，它以汉字作为记录载体，通过字体结构的删减，组合成谱字，用此记录指法和位置，比如哪条弦、哪个徽位、什么音（散音、按音、泛音），但不记录音名、节奏，光读一个谱字，并不清楚这个谱对应的音是1是2还是3，不懂的人，看谱如看天书。但是，我觉得如读书法。尤其刚开始学琴，在老师那看到一本手写琴谱，兴趣陡浓，一个个少胳膊缺腿的汉字，居然蕴含那么多的信息，古人多么聪明啊。要一本琴谱的想法越发迫切。

然而，这样的琴谱，本地的书店没有。

机会很快来了，工作关系赴京城，忙完公事，心思立马飞到各种书店。

京城有琉璃厂，商务印书馆，孔夫子旧书网，皆无暇顾及，会前会后的零星时间，就给了附近两家书店。王府井书店高踞步行街中间，前门两根大圆柱之上，撑着大招牌，"王府井书店"大红字非常醒目，侧门嵌着同样的五个字，挺有气派。晚八时进到店里，居然有四层，人不多，比起广州人气旺盛的书店，再想想刚经过的王府井东方新天地，这里可谓世外桃源。

避开步行街的喧哗，躲进这里，竟然有些得意。

其实世界上的书店都一个样子，书架连着书架，一排接着一排，慢慢走过去，很快发现不一样：二层尽头的玻璃柜，摆着毛泽东的石膏雕像，各种姿势，各种手势，还有两柜子不同样子的精装书籍——各种毛著？隔着玻璃看不太清。转过去另一角，又发现两个敞开式架子，上方标着"国家领导人著作"，当时没细看，后来找到手机里的照片，发现署了领导人名字的书籍外，旁边有一本装帧精美名为《温文尔雅》的书，不知谁的作品。上到四楼，楼梯旁有一台电脑可以查询书目，想起自己的《绿窗书影》，顺手输入，结果显示："分类：文学艺术，库存：三本"。嘿，还真有。本想全买下当纪念，转念又放弃，太做作了。

外文书店也在王府井商业大街，比起周围的大小店铺，它曾经的名气一点不起作用，快让汹涌的商业味淹没了。进去，三个漂亮的小姑娘马上围上来，问我需要什么书。望着几个青春面孔，大悦，六星级服务哟。

还是喜欢独个看，什么葡萄牙文、西班牙文、俄文一概不懂，英文勉强看懂字母，一楼多为旅游指南之类，大概为赴京逛街外国人准备。直上二楼，再上三楼，眼前一亮，呵，整整一层楼都是歌碟，但一个顾客都没有。如今网络音乐铺天盖地，专门买CD听的人不多了。想起当年疯狂淘歌碟，一袋一袋往家里搬，为了收藏歌碟而专设的柜子、盒子、机子……这样的日子不会再有，望着眼前这些寂寞的歌碟，生出几分怅叹。

准备离开，转头，突然看到电梯旁一张指示牌——"中西乐器"，指向四楼。不会别有洞天吧？

果然，月琴、二胡、小提琴、吉他、扬琴、古筝成队列，挂满四周墙壁，架子鼓摆成舞台表演架势，静静占据一半空地，一位胖姑娘坐在鼓阵中间，温柔地敲着。往里走，拐弯，呈7字形的一面墙上全是古琴，壮观。旁边调音的师傅见我傻傻的样子，问，喜欢古琴？是的，这些琴哪儿制作的？扬州。师傅站起来，挺胸张臂，突然哼出两句美声，"啊哈——"我的太阳？标准，悦耳。

文字忠实记下当时逛书店的情形，可这里只写到古琴，没有琴谱。琴谱，是在收拾行装离开酒店后的事。

二

回家的航班时间在午后，大早酒店退房，一上午怎么打发呢？还是书店。拖着行李箱直奔中国书店，据说这里有一些冷僻的书。一进门口，当下明白"冷僻"的含义，古色古香的两层小楼，门面大红，店铺静悄悄，静得似乎听见呼吸声。书店主要售卖古旧书刊、碑帖拓片，还有一些复印的古籍文献。一楼全是玻璃展柜，那些旧报刊旧书，静静待在玻璃柜里，与我两两相望。随意浏览两柜子，旧报纸旧书，线装竖版，碑帖，拓片，有的残旧到字也看不清。别看古旧，这都是绝无仅有的珍本善本孤本，但我不感兴趣。"女士，您找什么书？"一个声音传来，我疑惑地转身，一个大伯从柜子后慢慢站直腰，隔着两只厚镜片，小眼眯着。"哦，您好，古琴谱。"边回答，边环顾一下不大的店面，嘀咕着怎么刚才没发现有人呢。大伯呵呵两声说："您上楼，楼上有。"才发现靠边有楼梯，慢走轻上，怕急了脚步声惊扰四周安静。

古琴谱，就在一个半人高的展示柜里，不止一本，也不知多少本，一长排的柜子。"都是琴谱，您仔细看。"大伯店员也上楼了，看样子五六十岁，捧着一叠书，径直往墙角走。那边有一张小桌子，桌上有书，有纸，还有一把剪刀。大伯坐在桌前，摘下眼镜，拿着一本书端详。这样的环境令人欢喜，最讨厌那种刚拿起书翻几页，店员悄悄现身，炯炯大眼瞪着，像个监控。

"都是琴谱。"想想就开心。瓷青皮蓝色布套，线装，宣纸，如此古朴雅致的装帧，价格不会少吧？随手拿起一本翻开，480元，哇。这应该是一套的价格，自我安慰后，又觉得着实不算贵。浏览了好一阵子，总算看出点眉目，各种各样的琴谱中，有一套叫《中国古代琴谱汇刊》，集合了明、清以来刊印的各种琴谱，以原样影印加线装竖版的形式，特别赏心悦目。一本本翻着，拿不定主意该买哪一套。

时间溜溜，该去机场了。赶紧又拿起一本，突然看到"广东"两字，快快，一目十行，"云志高……广东文昌人……编定《蓼怀堂琴谱》……收古琴谱三十三曲"，得，一函四册，就是它。取书，开票，付钱，塞入背囊，出门上车，直奔机场。待飞机起飞，才坐定，暗暗佩服自己的行云流水，只差一刻钟，这飞机就不等人了。2014年6月，《蓼怀堂琴谱》乘着"飞的"，从琉璃厂中国书店来到我的书房。

实际上，弹古琴，不必读这种古琴谱，因为现代人在古琴谱外，还得配合简谱或五线谱，才明白那个只有偏旁部首的谱字，怎么变成琴弦上好听的音。可是，翻开《蓼怀堂琴谱》，会有无数种解读满足古琴爱好者的想象。诸如明清时期岭南有哪些琴人，他们如何雅集，彼此关系怎样，广东古琴的起源，云志高是什么人……然而这本琴谱，除了"广东"之外，最让我感兴趣的，还是前人手写的各种字体。此书收录了陈治、黄国璘、纪泽绎等人的序，他们亲自执笔，琴谱原字体复印，忠实还原，正楷，行草，狂草，各有个性。其中一篇署名沈酽，据载是当时的文昌邑令，通篇豪放狂奔，只见线条不见字，连猜带蒙，别有意味。纪泽绎说，每次经过伯牙鼓琴的地方，"辄低回于高山流水间，余音洋洋，如在耳也"；陈治对古琴仰慕有加，"古圣贤养志守神不离琴瑟，含真抱道不废乐音"；广东新会人黄国璘应该与云志高熟稔，谓"云君载青之于琴深嗜笃好，寤寐与俱，举人世一切艰难豫逸离合悲欢之情，悉于琴寓之"。当时岭南地区较为有影响力的琴师，顺德陈恭尹、南海梁佩兰、古冈（新会）黄国璘、南海徐道隆等人，均师承云志高，其中陈恭尹，就是著名抗清志士陈邦彦的大儿子，书法和诗词都在岭南占一席之地。《蓼怀堂琴谱》的可贵之处，在于忠实记录了参订的琴师及籍贯，后代读者可以从中了解当年岭南古琴的区域分布，以及古琴作为文化传承的脉络关系。这些琴师包括浙江人金陶、南昌人涂居仁、上海人陈治、无锡人纪泽绎等十四名，上述四人生活在岭南珠江三角洲地区，比例可谓不少。

读这些序，看这些人，常常在字里行间揣摩他们的心态，他们对古琴的爱、对云志高的敬。一个人，能得到同时代或后代人的爱戴，想必有过人的才、超人的识。

三

云志高的自序，悲喜交加，苦甜参半。年少失父，与母亲相依为命，兵荒马乱中被掳走，六岁时流落异乡。也许上天可怜苍生，辗转颠沛中，被人收留，此户人家慈仁惠爱，把他当亲生儿子。从此，生活从容安稳，云志高的聪慧长出了花。饱读诗书，研习书法外，云志高爱上古琴。无论祁寒酷暑，卧病应酬，琴不离身，手不离琴。他认为，吾抚吾琴，则忘乎顺逆之境，泯其毁誉之形，还能屏蔽纷扰，诸烦顿息。因此，人生所有的牢骚哀怨之怀，感慨不平之气，都寓于琴中，以琴声发散、消解。虽然锦衣玉食，但对母亲的挂念，一刻没有停止过，云志高还把这种思念，扩散到身边的熟人朋友。人人都知道，在遥远的大海那边，云志高有一个疼爱他的母亲，但至今不知生死。这样的分离煎熬，使他的琴声，比一般琴人多了几分沉郁。离开家乡三十年后，这种牵挂，终于有了回应，在朋友们帮助下，他的母亲找到了。思念儿子的她，天天泪水长流，到了晚年，双目失明。听到这个消息，云志高且喜且悲，一刻也不能停留，马上往南，奔赴常驻心中的那声呼唤："仔啊——"

千里迢迢，航海以归，云志高日夜兼程，返到广东文昌

（现海南文昌），隔着云庄渡滔滔急流，云志高望见熟悉的村子。"阿妈！"一股热流从心底喷出，他双膝跪地，放声大哭，边跪行边叩头，想起小时母亲常带他在河边玩，又想起每逢过河母亲总背着他，而就在这河边，他被拐走，与母亲一别三十多年……往事像激浪打在身上，他晕过去。醒来，已在家里，双目失明的老母亲紧紧抱着他，脸庞贴在他额头上，就像小时候。

从此，沉寂几十年的家有了笑声。在自序中，云志高深情地说，母亲看不到他的样子，便常常要求他弹琴，自己倚在茶几上静静听，从琴声中感知儿子的喜乐，"融融如也"。每每读到这里，心底，便如温泉奔涌，感叹造化弄人，苍天，也体恤人心。

不知云君弹哪些曲子给母亲听，《蓼怀堂琴谱》收录并校注古琴曲三十首，《高山》《流水》《梧桐夜雨》《汉宫秋月》《墨子悲丝》……今人多有弹唱，依儿子对母亲的爱，猜想云君所弹并非这些，他希望母亲开心、欢乐，曲子应有安谧愉悦之感。这三十曲中，我取《良宵引》《海鸥忘机》两曲。《海鸥忘机》以悠然自得飞翔的海鸥，传递平和安静的人生之趣，此曲为宋人所作，曲意来自战国列子一则寓言《好沤鸟者》，"海上之人有好沤鸟者，每旦之海上，从沤鸟游，沤鸟之至者百住而不止。其父曰：'吾闻沤鸟皆从汝游，汝取来，吾玩之。'明日之海上，沤鸟舞而不下也。"跟海鸥玩得好好的，为啥要捉鸟回家呢？鸟儿知道你动了心机，从此只在天空飞舞不再下来。海上之人知道自己错了，只有忘机，才能与海鸥和谐相处。曲子表现海鸥自由翱翔的优美、海水和缓流动的雅致，全曲"音清而委蕤"。《良宵引》的节奏也缓和细腻,委婉清新,无论弹者听者,皆有清风拂面、恬静舒适之感。多少个夜晚,云志高弹,母亲听,悠然音韵,逸出两人的小家,飘到云庄渡水面。那条承载过云志高悲喜的河,此刻,是多么欣慰啊。想象云母脸上的表情,此时应有专注,有凝神,更多是安详,也许还有一丝甜蜜。这样的夜晚,当得上"良宵"。

自序的最后,他说,编这本琴谱,"惟以俟知音而已"。知音,伯牙子期那样的情谊,我不敢妄托,但遇到《蓼怀堂琴谱》并收之囊中,亦算后人对云志高君的致敬。

云君还说,"怀堂",即系怀念母亲。1706年,距今三百多年前的康熙四十五年,云志高独自筹款,在家门口的云庄渡架起一座石桥,他说,凡近人烟者,山则有径,水则有桥,但自己的家乡却有渡无桥,于是"不揣蚊力薄捐为倡",结束了祖祖辈辈涉水过河的历史。桥头刻着三个字:承先桥。云君说,石桥方便乡人,也顺应母亲仁爱的意旨。

张荫桓（1837—1900），字樵野，号红棉居士。广东南海（治今广州）人。家富，少有才，但科举累试不中，30岁那年捐小官，开始官宦生涯。崭露头角后被重用，多次被任命为特派美国、秘鲁、西班牙大臣，又被任命为总理衙门大臣，兼户部侍郎，赏加尚书衔。懂英语、懂外交、懂洋务，是清政府一身兼负外交、财政的重要大臣。戊戌变法期间引荐康有为，为光绪帝与康梁维新派上下联系，主持铁路矿务总局，条陈新政建议，引领日本前首相伊藤博文会见光绪帝。变法失败，被革职流放新疆，后被杀害。张荫桓是戊戌变法的重要人物之一，被称为戊戌变法第七君子。

张荫桓：樵径绿野外，春至木棉红

1898年，光绪二十四年，至今一百多年了。这一年的八月十五。京城。夕阳如血，沙尘弥漫。

但得终老边庭，于愿足矣

京城郊外，往西的驿道，远远走过一队人马，打头四匹大马，成一字排开，马背上，兵弁装容整肃，彪悍威严。马队后，两列身穿红衣的骑兵，紧围着一辆驼轿，此轿敞篷高大，气派轩昂，橙色须络从轿顶垂下，四色旌旗，迎风猎猎。驼车之后，马车、小一号的轿车，随队的驮骡、跟马一长溜。这队人马不紧不慢，走走停停，路上行人慌忙避让，搞不清是什么队伍，要到哪里去。

八月十五中秋日，是月圆人团圆的日子，这支队伍，却在这天离开京城，离开家乡。

十三天后，八月廿八日下午，这队人马进入河北正定府境内，此时，驼轿车上传来吩咐，"在此住宿"。随即，家丁搀扶一个人走下，缓步进入伏城驿站。此人浓眉厚唇，面容沉郁，目光深邃，进房间后，下人退出，他转身，面壁坐下。正当弦月初升，清凉的月光穿过窗棂，投在墙壁上，赫然照着几个字，他定神一看，竟是一首感赋诗，墨迹犹新，墨痕淋漓。他击掌吟哦，长长吐了一口气："妙哉！"

这一晚，无声的月光伴着这位西行人，只见他摊开笔墨，和着屋外蟋蟀吱唧，挥笔疾写：

> 柴车西发曙烟消，
> 得憩津亭可避敲。
> 旅夜更筹鱼不寐，
> 道旁飞字马遗膘。
> 四郊多垒金仓瘦，
> 万里投荒塞草骄。
> 馈顿浃辰劳护惜，
> 赠行犹属慎风飙。

这首七律，名为《戊戌八月奉戍新疆适甘军调防京津尖宿为窘廿八日次伏城驿壁上有王大令诗依韵奉呈》，写的是：清晨，坐着简陋的车子出发，一路向西，日夜兼程。到了晚上，更报声声，却难以入眠。路途这么远啊，马儿都累瘦了。虽然越走越远，耳边尤响起送行人的嘱咐，风沙很大，一路保重啊。这样的诗句，令人想起《阳关三叠》，根据唐朝诗人王维《渭城曲》所谱的曲子，同样的送别，同样的西行，同样的一声又一声叮咛，西行的人啊，长途越渡关津，惆怅役此身。历苦辛，历苦辛，历历苦辛，一定要珍重啊。声声思念，透着悲凉。

这位西行人，"奉戍新疆"的人，写诗的人，便是张荫桓，史称戊戌变法第七君子。

此时，张荫桓根本睡不着，他想起那纸"上谕"，"已革户部左侍郎张荫桓，居心巧诈，行踪诡秘，趋炎附势，反复无常，着发往新疆，交该抚严加管束。沿途经过地方，着各该督抚等，派妥员押解，勿稍疏虞"。这是什么罪名？居心巧诈，行踪诡秘，趋炎附势，反复无常，张荫桓心里冷笑，至于吗？事情来得太突然，并非没有觉察，本以为凭自己本事，还能在光绪帝和西太后间斡旋。

他很明白，这一切，就是冲着康有为、谭嗣同他们来的。

那天，八月初六，张荫桓用过晚膳，在书房里喝茶，夫人说刚学会一首琴曲，请他听听。这种闺阁之乐不常有，此时也不用上朝伺候，张荫桓很乐意陪陪夫人。况且张荫桓也善琴，这种老祖宗传下来的乐器，有几千年历史。每当心烦意乱，需要凝神静心时，张荫桓便抚一回，让奇润清芳的琴声，抚慰焦虑的心思。有一回鼓琴后，乘兴写下"中年丝竹和且清，呢呢恩怨殊有情。引商刻羽神变化，嵇心羊体皆性灵"，流出对琴乐的喜爱。这个美好夜晚，夫人在调弦，"来米索拉都来米……"张荫桓呷了口茶，微微闭上两眼，脑子暂时放空，准备听琴。"老爷，"突然门人来报，"胡同外来了几十个侍卫，把出入口封住。"张荫桓一惊，这么快？传说太后有动作，没想到就在今天。他家住着一个广东来的亲戚，没见过这阵势，慌乱间，一口广东话结结巴巴，更让侍卫起疑，一拥而上把他擒住。亲戚被押到官厅，官衙见了，又是摇头又是摆手，大叫"康有为"，侍卫才知道抓错人，此人并非康有为。

事情就这样急转直下，当晚，"戊戌六君子"谭嗣同、康广仁、林旭、杨深秀、杨锐、刘光第相继被捕，两天后的一大早，侍卫再一次突袭张宅，张荫桓束手就擒。

纵然心里有点慌，但张荫桓明白，该来的总要来，该做的也不能不做。《清史稿·张荫桓传》有一句话，点出张侍郎出事缘由，"先是变法议起，主事康有为与往还甚密。有为获遣，遂褫荫桓职，谪戍新疆"。仅仅因"往还甚密"吗？当然不是，背后，两人的交往脉络清晰，特别不能忽略的是，二人同为广东南海人，这种同乡同气，在任何朝代、任何阶层，朝野或草莽，都是结帮的基础，这也许就是两人往还甚密的开始。初到京城的康有为，别说接近朝廷核心人物，就是官话也说不好，这种情形，求助于同说粤语而且还是家乡人的张荫桓，亦在常理之中。张荫桓又何尝不是心有所系？多年出使在外，视野大开，对世界各国社会制度、法制政略、经济运作的观察体验越深，对清政府守旧积弊的担忧也越重，一心希望光绪皇帝能出来主政，改革旧政，励精图治。于是，从国外回来后，频繁出入光绪皇帝大殿，每有机会，便向皇帝描绘外面的世界。年轻的光绪帝被吸引了，经常召见，他也竭尽全力"启诱圣聪"，一个会说一个爱听，君臣乐也融融。这时候，家乡人康有为倡导西学，开展维新变法，与张荫桓开放的思想不谋而合，而张荫桓素来性格爽朗大方，又希望延揽治国人才，一草莽一大臣，思想所为，同声同气。在他帮助下，康有为成了皇帝的得力幕僚。废八股，奏请制新器，著新书，甚至，康有为、梁启超随意出入张府，用广东话"抵掌"谈政昌言。而在戊戌变法之前的大半年，张荫桓更忙于疏通上下渠道，代光绪"约康长素（康有为）来"，为康有为"代递条陈"给皇帝，多次参加军机处总署会议，商议"康长素条陈变法"，这来来去去，张荫桓不止牵线搭桥，还全身支持，从旁辅说，尽力促成，清代史料《张樵野侍郎之与当时朝局》对此事特别说明，"如康南海之进身，外传翁文恭所保，其实由于侍郎密荐也"。密荐，不就是一道阶梯吗？从康有为到皇帝，从守旧到变法。所以，西太后下旨捉拿康有为，缇骑卫队第一时间追到张荫桓家。

文史学家叶恭绰说，张荫桓"遇事犀烛剑剖，判断如流"，以他的机敏聪睿，如何不清楚专制之朝无正义呢，明知得罪朝野性命难保，却依然还是做了。终归，光绪斗不过慈禧，变法百日后败走麦城。从皇帝身前大臣，在总理各国事务衙门行走，到革职谪戍新疆，不过十多天，命运颠覆，天上人间。

想到这里，张荫桓无法再睡，索性披衣起床。这么多年，身为清廷外交专家,去过美国、日本、英国、印度、西班牙等国,西方先进的社会制度和科学技术,使他想起自己国家时,常常坐立不安,绕室彷徨。作为大清外交官处理事务时,也得不到应有的尊重。他多么希望,以变法倡导社会变革,破旧维新,让贫弱的国家慢慢强大起来。可是,只有一百零三天,仅仅一百零三天啊,"帝党"输给"后党",革新败给守旧。

光绪帝渴望迫切的眼神又在眼前出现,张荫桓唯有再次扼腕,频频叹气。

那天早晨,侍卫到家,张荫桓孤身一人站在二门外,有个相熟的卫士悄悄趋前提醒"请赴内与夫人诀",奈何意识到就此获罪,说不定就要押赴西市处决,心中凛然,不肯入内。入狱后,也做好了杀头的准备,"闭门静待"。几天后,正在监舍静坐,突然传来一阵叱骂声,往门外一看,杨深秀、杨锐、林旭、谭嗣同、刘光第、康广仁联袂押出,他们边走边骂,谭嗣同骂得最厉害,大骂清政府无能昏聩。"好汉子",望着他们远去,张荫桓想,下一个就该自己了。

在西行的路上,在众多赶来送行的朋友中,张荫桓终于得知,事发后,英国驻华公使窦纳乐写信给英国外交大臣,指出这是恐怖行为,要立刻制止,日本外交高官林权助与李鸿章交涉,声明"列国会干涉"。软硬兼施下,迫于外交压力的朝廷,只好巧织罪名,以"居心巧诈,行踪诡秘,趋炎附势,反复无常"为由,将张荫桓革职抄家,押往新疆。

匆匆而至的戊戌变法,史上有名的"百日维新",在康有为、梁启超离国出逃,六君子命殒西市,幕后推手张荫桓谪戍边疆后,唰的一声,急剧落幕。

原来，免于死罪，非张某好命，也并非慈禧发慈悲，而是多年来苦心孤诣的外交事务，救了自己一命。想到这儿，张荫桓从牙缝里蹦出几个字"生死终悬两妇人"。古将韩信辅佐刘邦，定国安邦，戎马倥偬，却被凶狠的吕后设计杀害；今日自己落得如此窘境，也拜西太后所赐，古今两代臣子下场，何其相似啊。

八月廿八的月光，悄悄隐入黑暗，张荫桓黯然而嗟，幸好，还捡回一条命，"但得终老边庭，于愿足矣"，退而求其次吧，没什么比生命重要。

1900年的春天来了，此时，张荫桓已在异域他乡生活一年多，心境不再惶惑焦虑。表面看，似乎已经接受命运安排，既来之则安之。新疆毕竟是少数民族地区，风情与京城及家乡广东迥异，而且，正所谓山高皇帝远，这里的官员，有些还是张荫桓的门徒学生，所以，他每天不是见客，就是吟诗作画，倒也自在。可在谁也进不去的心底，还藏着一丝幻想。春节那天，听着此起彼伏的爆竹声，写下一首《元日》，中间两句"老去怕看新历本，镜中遥对小南冠"，自我提醒，时间过去一年，皇帝是否还记得自己？清明节前，又写下"边廷伏腊频东望，劲草冲天岁月遒"，拜祭韩信时，还不忘频频向东边眺望，寄希望于朝廷。而"忧时倍触泷阡泪，去国惟期社稷安"，则真切表达忧虑家国之心。至少在1900年4月的时候，张荫桓依然心怀幻想。

然而两个月后，来自清政府中心的一道密令，张荫桓最后的幻想破灭。继戊戌六君子献身后，幕后的第七君子终于也未能逃脱。

大臣为国受法，宁复有所逃避？

三年前，佛山市艺术创作院的朱郁文博士曾问，知道张荫桓吗？我的回答令他很失望。"哎呀，你……你……你该好好了解一下。"他都焦急了。说实在的，一向都比较关注本地文化历史，居然不知道土生土长、京城当外交官出使美国的张荫桓，这对我有点刺激。但，毕竟一百多年的人，我又非专业研究，一段时间里，张荫桓只是一个名字，直到读《张荫桓集》。这是张荫桓家乡人编辑整理的书，编者在"后记"说，经过几年不懈努力，《张荫桓集》的整理工作终于完成，并承广东省佛山市南海区人民政府地方志办公室的赞助和支持，得以顺利出版。读完这几句，松了一口气，家乡人并没有忘记他。

集子汇编了各时期的骈文、诗文、序跋和日记，分别有《铁画楼骈文》《铁画楼诗钞》《三洲日记》《英轺日记》，其中诗钞共有《庚癸集》《风马集》《来复集》《三洲集》《不易集》《荷戈集》等分集，文采熠熠，撰述泱泱。据前言介绍，《荷戈集》的诗写于张荫桓戊戌年八月离北京到新疆充军，直至庚子年六月被杀这段时间，现存二百三十多首，粗略一算，平均三天写一首，这还不包括一些随口吟哦没收进去的，可见，张荫桓虽然在政坛上肩负重任，也没放弃文学的爱好和创作，或者说，文学和政治是他的两翼，互相分担、互相消解。站在写作者的角度，我更认为，文学给予张荫桓视野、思维、逻辑、识见方面完美的提升，卓立于朝野百官。

除了诗文，张荫桓还擅长丹青，我们在电影电视里熟知的大清国大龙国旗，就是张荫桓设计。1840年鸦片战争后，闭关自守的清政府抬起故步自封的头，开始接触西方世界的政治、科学、文化。而让官员们苦恼的是，大清国天朝还在喊着"启禀皇上""跪下""避让"等朝廷官方语言时，西方国家却有一整套的礼节礼仪，仪式性很强，"比如国旗"。有一天，李鸿章终于在慈禧太后面前提出，制作一面国旗，代表大清威仪，这非常重要。李鸿章是清政府的重量级高官，外交事务上，他的话通常一锤定音。但是，国旗事关国家颜面，他不能擅作主张。在这种无损自己利益的事情上，慈禧倒是很爽快，马上同意并指派李鸿章负责设计国旗图案。李鸿章考虑到，设计国旗图案的人，既要有艺术创造力审美能力，还要对大清的历史，甚至对中华几千年历史文化有自己独特见解，根据这个标准，很快找来了当朝十分著名的画家艺术家，这些人一听是太后懿旨，马上调动艺术细胞投入创作。图案出来了，八卦旗、麒麟旗、虎豹旗、狮头旗，各有特点，又似乎未能使人满意，李鸿章只好向张荫桓求教。凡遇到决定不了的事，必与张荫桓商量，"在总署亦惟侍郎之言是从"，这几乎成了李鸿章的习惯。张荫桓把所有图案看完，跟李鸿章说："樵野也画一幅，如何？"结果，张荫桓设计的黄龙图案，慈禧一眼看中，从此，中外国家签约，清政府接见外国使节，黄龙旗威严飘扬；对外通商口岸，小船军艇也高挂着；甚至作为时尚，招揽生意的店家，门口也都挂上。

然而，《张荫桓集》扉页仅有一幅画。右上方题着字，隐约看到创作时间戊戌年夏至，即系这幅画完成之后两个月，张荫桓身陷囹圄。集子收入此画大有深意，画面上，高山深涧，层峦叠嶂,密林中,一条坎坷的路伸向远方。从此,张荫桓从官宦顶峰跌入深谷,直至冤死他乡,这位"合文学政事以一身兼之者",以一幅画的谶记,预示了人生最后两年的祸福。而他的性命,最后,真的在一幅画前戛然而止。

庚子年1900年7月31日,虽六月却阴风阵阵,朝廷的指令已到,"斩决"。但新疆这边,毕竟一年来众人相处甚洽,于是有人好心提示,是否让其自尽?不用挨一刀。好一个张荫桓,慨然作答:既然有旨意,自尽后,还是要斩决。与其死两次,不如一死。我是大清大臣,为国守法,"宁复有所逃避?"不逃不避,举头迎刃,已到最后一刻,坦然磊落,绝无小人苟免之心,骨梗之风森森。他转头,又对身边长跪不起的侄儿说:"以前,你常要我作画,想来日方长,又忙于事务,没好好画一幅给你,好吧,今天偿还你的愿望。"侄儿边哭边取出笔墨,张荫桓慢慢展开宣纸,两手轻轻抻平,从容提笔。蘸水,染翰,皴擦,模山范水,片刻即成,两页扇面水墨淋漓,深郁静穆。画完,张荫桓抬头,把笔一掷,对等候多时的刽子手朗声说:"来吧……"

张荫桓的同人、朋友,以及后来的人,都认为他是冤枉的。《张荫桓集》辑录着他的朋友吴永所写《庚子西狩丛谈》,通篇悲伤和不舍,吴永说,倘若当时的新疆巡抚饶应祺稍微负责任,不急于执行,想办法了解事情真伪,说不定就知道真相,势即可以不死,"公若不死,则后来和议,必可以大为文忠臂助。既已周悉外情,老成谙练……对于外人,以患难同情之感,其言易入,定能为国家挽回几许权利。外交人才,如此消乏,而又自戕贼之,长城自坏,其谓之何!"为友惨遭诬杀而哭，为国失栋梁而呼，字字泣血，读之心痛，怆然泪流。

叶落归根，衣锦还乡，国人都有这样的梦想，据说张荫桓很喜欢芜湖铁画，还把梅、兰、竹、菊"四君子"连屏运回佛山，大概希望晚年回老家安享。奈何从27岁离开佛山，跟随舅父李宗岱到山东开始，就像一只脱线的风筝，越走越远，最终，化为万里阴山脚下一抔黄土，永远回不了家。

中年丝竹和且清，呢呢恩怨殊有情

远的是人，不远的是人心。家乡人心里，总有那个以英语在英国人面前慷慨驳诘的张侍郎。《张荫桓集》的出版，应为后人的致敬，作为戊戌变法的幕后推手，张荫桓还有一个被当今学人认同的说法："戊戌变法第七君子"。可是，对于一个回不了家的人，后人怎么说，说什么，都无关要紧了。倘能选择，我想，张荫桓也许如诗句所写："听君再鼓回波词，玉梅花下抚琴坐。中年丝竹和且清，呢呢恩怨殊有情。"清夜抚琴，夫妻俩相对吟歌，无挂碍，有深情。

这一幕，距今已有一百二十多年，如今想来，依然教人且悱且叹。

> 朱次琦,广东南海九江人,生于1807年,岭南大儒,世称"九江先生",是我国近代著名的诗人和经学大师,也是颇有影响的教育家和爱国思想家。康有为、简朝亮、梁耀枢等都曾在他门下求学。

朱九江:诵先人之清芬

国庆长假,台风挟雨水长驱直入,一下子有了秋的韵味。秋天,本是繁茂之后的华彩,动人,却也伤人,因为风雨郁兴,恰恰打动人心最柔软处。此刻,南方一个雨夜的窗前,我看着雨水在玻璃上缓缓淌下,望着窗外朦胧的夜空,突然地,无端地,想起了另一个秋天。

那个秋天,离现在有一百多年。

1881年的秋天

准确地说,是一百三十多年,亦即1881年。那个秋天,景致与今天应当无异。草木山川只有时序更迭,不可能有面貌的改变,变的,是"逝者如斯"的时间。那个秋天,秋雨连绵,天色灰暗。西江浑浊,湍急,像一群吵吵闹闹的孩子,绕过广东南海九江礼山,蜿蜒而去。此时,倘若他们回头,也许能看到,岭南礼山脚下的草堂正在燃起一把火,幽暗中,透出光亮。

礼山草堂主人朱次琦,成为这个雨夜的王者。朱次琦,人称朱九江先生,彼时七五高龄,病入膏肓,起坐无力,痛感时日无多,而一生述著如山如幢,只好屏退所有事务,听秋雨在草堂外滴答,全部精力,均用来编订修正。

想起朱次琦,不由得收回目光,窗外夜色沉郁,仿佛时光停滞。退回书桌前,桌上一灯暖亮,这是沉香灯,古称"馥乎其芬馨"的沉香,来自好友馈赠。人生,得一知己足矣。这潜逸之香,在一百多年前的礼山草堂,曾经氤氲过吗?然而,那个雨夜,没有谁陪伴朱次琦,半夜里,所有人都沉睡,风雨也暂时平静下来,只有炉火,因纸页册子的不断激活,熊熊燃烧。

衰弱不堪的身体,与不舍昼夜流逝的时间短兵相接;而思想的野马,依然恪守谨饬,不允许丝毫谬误,玷辱白纸黑字的尊严。此时的朱次琦,其心境其情势,便如此诗,"残灯无焰影幢幢,此夕闻君谪九江。垂死病中惊坐起,暗风吹雨入寒窗"。这首唐元稹所写的诗,叹的是白乐天被贬,而风烛残年的朱次琦,忧的是心中的牵挂,两人相隔千年,而哀景伤情,如此相似。盯着寒夜里摇曳的孤灯,耳边灌满秋雨的忧愁,朱九江先生,行将枯萎的生命,怎么承载这分分秒秒的衰耗?

卒之,黑暗的西江边燃起一炉火。

从衣不解带,修订编撰,到一把火燃尽毕生心血,这中间经历了怎样激烈的思想角力?孤愤与焦灼,呕心与悲忧,朱次琦的世界里,有什么升起,又有什么降落,多少潮汐积聚心间,谁也不知道。只能说,在秋色染黄西江水时,他做出了一个后人惊愕不已的决定。《蒙古闻见》《晋乘》《五史实征录》《国朝逸民传》《性学源流》等书，被火亲吻，瞬间化为黑烟；《国朝学案》《国朝名臣言行录》凡一百多卷，灰飞烟灭；其他诗文手稿、授课文集、日常记录，都从容地、决绝地，在火盆里完成了最后使命。

想起这把凄烈的火，谁不扼腕长嗟？从夜里烧到白天，又从白日到黑夜，这么长的时间里，怎么没有人劝阻，怎么没有人像《富春山居图》的抢夺，从烈火中抢回，哪怕片纸只字……

这个雨夜，我多么希望时光倒流，好回去阻止他，也许还要问问，为什么整整一生的思想结晶要付之一炬？为什么浩浩缃帙要烟消云散？为什么以这种方式，实现雨夜里的王者回归？

绝望，把我覆盖。

后人这样评说：

"君之学术，粹然巨儒，明不自翘，遗书有无（朱次琦有书却又无书）"；

"不必遗书在，闻风百世思"；

"盖国朝二百年来大贤巨儒，未之有比也"。

多少叹惋，多少痛惜。

他说过："处子耿介，守身如玉，谷暗兰薰，芳菲自远。"这里有自省、自洁、自爱、自傲。玉碎和瓦全，对朱次琦来说不难选择，可又是多么锥心的抉择。也许，这把火并非他本意，但"疾世之哗嚣"，患人之噪聒，即将远行时，毅然自毁，以摒弃浮名，不惜自毁，以完美立身。砥砺名节，如兰似玉，这是他留给后人的精神之酿,这把火,怎不让攘攘尘世的后辈,羞愧不已?

冬天到来前,草木慢慢干枯,朱次琦从榻上支起虚弱的身躯,望向窗外,远处是瘦瘠的西江。目光,永远定格。朱九江和他的著述,以及草堂,所有关于他的一切,在那个雨夜,淹没。

礼山草堂外,山野萧瑟。此时,千里外的浙江绍兴,一个叫周樟寿的孩子刚刚出生,同时代的两个人,擦肩而过。

礼山草堂的春意

草堂,在中国古典文化中,有着特别的意味。它总与寒士、隐者、乡野、出世连在一起,草堂两字,往往烙上时代印记,收藏一个灵魂的栖息。

今天,世上再没草堂。礼山草堂什么样,我想象不出,它只剩下名字,甚至渺为传说。正宗九江人,也说不出它的原貌。我以为,草堂就是茅舍一间,杜甫《茅屋为秋风所破歌》,礼山草堂也许有相似的影子。不过,南海九江处于珠江三角洲腹地,著名的鱼米乡,而草堂又是教学课艺之地,我相信,它应该比杜甫草堂结实宽敞,因为,朱次琦还有五十个弟子。

五十个学生,该是一幅怎样的教学相长图?

《从百草园到三味书屋》有过这样的描述——一位老先生,一群未及开化的小顽童,戒尺、罚跪、瞪眼,成为先生们的教学法宝——写这篇文章时,周樟寿又叫周树人。网上看到朱次琦先生的画像,不甚高大,典型广东人身材,天庭饱满,双目微弯。这样一位老先生,倘若遇到顽皮学生,该怎样降服呢?也许,这样的时候不会有,据说,朱次琦挑选学生,有两个标准,第一必须熟人推荐,第二祖上必须清白。所以,当朱先生登上讲堂时,"诸生敬侍,威仪肃穆",课堂气氛何等严肃恭敬。

于是,九江的春天并非从河水、鸭子开始,而是从礼山草堂鼎沸的读书声开始的。

讲堂上,博闻强记的朱先生不挟一纸一卷,"征引群书,贯穿讽诵",酣畅淋漓地授课,我能想象那种滔滔不绝,那种一泻千里的慷慨激昂。朱次琦不是隐居山野的老夫子,他曾出任山西襄陵知县,耿直廉正,深受当地民众拥戴。身处风雨飘摇的清末,身处江湖,心系国运。当李鸿章与英国签订了不平等的《中英烟台条约》,他吹须碌眼,修书痛骂,甚至告诫学生,国家不幸,匹夫有责,"吾当力疾而起,亲阅海疆,参划防守,以此老病之身为国效命耳"。

掷地有声。

这种家国情怀带到课堂上,疗疾醒世之言联袂而出,"声振四座,义凛气盛,面筋绽红"。每当这个时候,手上摇着的扇子,成为宣泄内心情绪的道具,"啪!"一把拍在书案上,满堂皆惊。于是,小小的礼山草堂,离朝廷几千里的草莽江湖一处书香之地,有了非同寻常的气象。学子闻声而来,非要跟随习艺不可,南海诸野稚子,更以唤一声"先生"为傲、出入礼山草堂为荣。

文化的种子,就这样悄悄播下。

"不遗只字,学者录之,即可成书一卷",51岁开始设堂授徒的朱次琦，正当识见、阅历、经验、磨砺积累成熟之时。成为他的学生，乃人生大幸。戊戌变法代表人物康有为，如此描述他的幸运："信乎大贤之能起人也，于时捧手受教于九江先生，乃如旅人之得宿，盲者之睹明，乃洗心绝欲，一意归依。"据说，少年时期的康有为顽皮反叛，个性倔强，倘如晚清千万学子，走科举仕途，也许中国近代史版图，不会有康南海之名。虽然康有为的家，离礼山草堂只有区区十几公里，可错开一点，就永远谬之千里的故事，时有发生。所以，康有为和朱次琦的相遇，我看作苍天的钦点，又或者，历史早就为自己选择了走向。

思想活跃的康有为遇到朱次琦，如孙猴子之与玄奘师父。朱次琦追随顾炎武，强调"经世致用"，消门户之见，求学问本源，反对玄虚的科举八股，注重融会贯通。这种清新之气，为康有为开启一扇思想之门。师徒朝夕相处，老师耳提面命，学生"既从先生学，未明而起，夜分乃寝，日读宋儒书及经说、小学、史学、掌故辞章，兼综而并骛，日读书以寸计"。读书以寸计？即便百年前的纸张粗糙，寸厚的书本一天读完，怎么也要悬梁刺股才行。这样的阅读速度、这样的如饥似渴，新思想新知识像一匹绚丽绣帛，在康有为面前长长展开，他兴致勃勃，专心研读，陶醉不知归路……

春天的西江，水草肥美，河水清澈，朱次琦喜欢带学生到江边，看大河奔流，感悟万物生长真谛。学子们怀抱沉甸甸书卷，常常会问，"读书，究竟为了什么？"

"读书者何也？读书以明理，明理以处事。先以自治其身心，随而应天下国家之用。你们知道吗？"

"知道了。"

学子们也许并没明了何为"天下国家之用",但担当重任,忧天下之忧,却从此间播下,发芽。于是,朗朗读书声,在江水的奔腾中,唤醒了两岸含苞的花木。

朱次琦先生兴学为民、经世救民的治学思想,给了康有为深远影响。三年间,康有为确立了"以圣贤为必可期,以群书为三十岁前必可尽读,以一身为必能有立,以天下为必可为"的志向,三年后,从南海礼山草堂出发,从此走上了构筑大同、以维新救国治国之路。虽然,戊戌变法最后以失败告终,康有为创立的思想学说,与朱次琦的主张也相去甚远,但是,"吾自师九江先生而得闻圣贤大道之绪",康有为把自己所作所为,均视礼山草堂为发轫,著文作诗,朱九江无处不在。无论走到哪里,康有为都不忘记礼山草堂。正如鲁迅先生之不忘三味书屋,此间滋养,成长了鲁迅的文化品格,是文化情怀的起点和归宿;而礼山草堂,则召唤着康有为这样一大批青年士子,从乡野茅屋走向时代前列,攀上波澜壮阔的历史舞台。可以毫不夸张地说,礼山草堂,点燃了中国晚清改革思潮的火种,是中国近代历史文化中,一颗闪亮的星星。

佛山古镇的夏日

一百多年过去,在朱次琦耕读过的土地上,我们有了更多元的文化、更先进的文明,而回望礼山草堂时,依然有关于高贵、尊严、人格的联想,更有一种向往、景仰,却怀着深深的遗憾。礼山草堂,那个曾被炉火映红的草堂,我们永远到达不了。但是，思想无疆界，瞬间可抵达任何空间。2011年的佛山古镇，我带着自己，回到1881年仲秋的南海九江礼山，只听得长空悲号，秋声凄婉。当过县令、课徒二十载的朱次琦先生和他的礼山草堂，从此消逝；时间往前推移，1858年冬天，他在山西为官仅半年，因看不惯官场黑暗，辞官回家，长途跋涉，走到江西盘缠悉尽，只好脱下御寒的皮袍子，典当换钱，才翻山越岭，一步步走回家乡南海九江；再推移，赫然可见"诵先人之清芬"高悬在草堂之上，朱次琦先生的手书条匾，清朗俊雅。

先人之清芬，至今氤氲在南海这片厚土上，温暖着后人。因为朱九江，因为礼山草堂，这里多了一份文化气质，夏日来临，天地古朴，恰如熙攘尘世一块高地，当滚滚红尘袭来，它笑傲江湖，指点来者。

走在西江边，江水激湍，琅琅如书声，那是1881年礼山草堂的诵读。

注：文中加引号者，皆来自文献记载。

> 李文茂（？—1858），清末粤剧名伶，饮誉广州、佛山。精通技击，为人仗义疏财，太平天国时期广东天地会起义主要领袖人物。伶人为国为民，高举义旗，并取得辉煌成绩的，李文茂是第一人。他在历史上、戏剧史上，尤其在粤剧史上，写下光辉一页。

李文茂：红伶铁血铸长铗

清风徐来，斜阳西照，汾江河面流光溢彩，一行白鹭蹁跹掠过，荡起几排涟漪。涟漪散去，红船驶来，船上穿戏服的人进进出出，有的肩背大刀，有的手握缨枪，还有的翻跟斗如履平地，惊起河岸两边大呼小叫。红船后面，几只大小红船相跟着，仍然有穿戏服的人在船上走动，鼓点紧密疏稀，胡琴咿呀袅袅。岸边，人越聚越多，贩夫走卒，引车卖浆，三教九流，声音鼎沸，如赶墟日。更有三五小孩儿横穿直撞，边跑边叫："快啲快啲，今晚有大戏睇咯……"

这便是"白鹭之涟漪散练，琼馆之歌舞联班"，史料所记，活灵活现。在乾隆十九年（1754）刊刻的《佛山忠义乡志》里，还有更神妙的表述："梨园歌舞赛繁华，一带红船泊晚沙。但到年年天贶节，万人围住看琼花。"

万人围看琼花，放在现代，那也是人山人海，何况两百多年前。怎样的盛世盛况，一直保留在佛山人记忆里？

一切，该从李文茂说起。

李文茂，清末粤剧名伶，饮誉广佛两地。他精通技击，为人仗义疏财，太平天国时期为广东天地会起义主要领袖人物。这是百度上李文茂的介绍。凭这寥寥几字，一个血性汉子形象，倏然而立。

说李文茂，不能不提琼花会馆。琼花会馆，是佛山最早的粤剧行业组织，也是粤剧界最早的戏行会馆。佛山兆祥公园的广东省粤剧博物馆，陈列着一幅乾隆版佛山总地图，清楚标划出乾隆时代佛山的地域大况，汾流古渡，塔坡牧唱，这些景观大名鼎鼎，过去有，如今还在。图的左上角，"琼花会馆"四个字异常清晰。佛山的母亲河汾江河，则像一条蜿蜒爬行的大蟒，紧紧傍在琼花会馆边上。当年，琼花会馆建筑瑰丽，为各地会馆之最。会馆内设有八个厅堂，慎和、兆和、庆和、福和、新和、永和、德和、普和，分别统管所属会众。每当组织伶人演出，先在琼花会馆聚集。此时，你呼我，我唤你，间杂一两句吊嗓子，锣鼓木鱼二胡凑三四声热闹，人人收拾行头，各堂检阅戏箱，行装整理后，再分散到四乡演出。戏班聚头时，往往联班演出，你方唱罢我登台，锣鼓喧天，五彩炫目，甚为热闹。市民听到南音一起，则呼朋唤友，围观喝彩，久久不舍离去。

古地图的流脉绵绵，把思绪引到一百多年前，想象这一幕，感慨万分。

乾隆版地图标出琼花会馆时，琼花会馆已诞生近百年。雍正年间，"北京名伶张五号摊手五……逃亡来粤，寄居于佛山镇大基尾……以京戏昆曲授诸红船子弟，变其组织，张其规模，创立琼花会馆"，《广东戏剧史略》的说法，粤剧界一般也认同。后人据此认为琼花会馆最早建于雍正年间。直到20世纪初，佛山大基尾的琼花会馆依然规模非凡，会馆门口有四根大柱，牌匾高挂，上书"会馆"二字，庭院深邃，地方宽敞，面积相当于几个足球场。一左一右青云巷护卫会馆，分别署"龙翔""凤翥"。全馆共分三进，第一进钟鼓，后有活动式舞台，可拆可合；第二进琼花宫大殿，内供华光大帝，大殿前场地宽阔，容纳观众看戏；第三进议事之所，隐秘的地方，门禁森严。

仔细观摩琼花会馆的微缩模型，会发现其舞台很特别，座向背对门口，面向琼花宫大殿，与现代戏院完全相反。为什么这样设置呢？

带着这个疑问，走进广东省粤剧博物馆。迎面一个高大的黑脸汉子塑像，他就是李文茂。琼花会馆的兴衰，跟李文茂有关，在著名剧作家田汉眼中，他是"世界戏剧界史无前例的光辉榜样"，这样的评价，可谓史无前例。清代咸丰四年（1854），即一百七十年前的广东，因清政府割地赔款，百姓生活饱受盘剥煎熬，社会矛盾异常激烈。作为梨园子弟戏团的佛山凤凰仪班，所演戏本皆为锄强助弱，且戏班成员武艺高强，富有侠义，爱打抱不平，在广州、佛山一带很受欢迎，周围聚集了众多底层民众。受凌辱、被压迫的平民百姓多么希望有人振臂一呼，为民出气，粤剧戏团，自然而然扮演了这个角色。在佛山，血气方刚的李文茂第一个站出来，高喊"武装起来"。他把红船弟子编成三军，以文虎、猛虎、飞虎命名，他们头扎红巾，腰缠红带，在佛山石湾镇的丰宁寺集合队伍，揭竿而起，被称"红巾军"。起义时，李文茂身穿蟒袍戏服，红船弟子皆按行当穿着，脸涂黑色，似人似神，亦人亦神，起义行动轰动四野，气势如虹。作为领头人，李文茂有胆有识，有谋有略。起义队伍在佛山打响第一仗，然后出发，围攻广州，再转入广西。一路上，队伍不断壮大，红巾军越战越勇。进广西后，甚至建立自己的政权，铸造货币，立规颁律，坚持了长时间的反清斗争，给清政府极大打击。

烟灭云散，岁月静好。反清、鸦片、起义，这些属于历史的名词，永远留在逝去的岁月里。我们可以罔视时间的流逝，可以抹去曾经的踪影，但是，李文茂，以及红船弟子们在历史的皱褶中刻下的痕迹，是难以消退的。对于这样的先辈，我一直怀抱崇敬，还有好奇。怎样的身世经历，在李文茂心中栽下侠义的种子，并且随着岭南的雨水勃勃生长？

一百多年后，粤剧博物馆内，与李文茂的相遇，也许能解答。石湾陶艺大师制作的李文茂坐像，黄绿蟒袍，火红头巾，左手扶铁剑，右手握律法，双目炯炯，怒视前方。李文茂相貌堂堂，身材魁梧，戏台上必定出演除暴安良的英雄好汉。在反清复明运动中，他以艺人之位卑，肩负起复明之大业，辗转斗争数年之久，可歌可泣。当年那场斗争，佛山是起义军的据点，也是各种武器和精锐力量的集结地，琼花会馆的第三进建筑，就是李文茂等红巾军头领秘密聚会、商谋反清活动的地方。这座曾经响起南音大嗓、弦乐悠扬的建筑，印上了冷兵器的凌厉、反抗者的呐喊、红船弟子们的英勇。李文茂出身梨园世家，父亲是著名的粤剧伶人。粤剧又称"广府大戏"，起源于广东民间，题材多来自民间传说，忠侠仗义，锄奸扶弱。自小耳濡目染，李文茂养成勇敢侠义的性格。随着年龄渐长，更萌发爱国爱民思想，《三元里打番鬼》就是他自创自演、表现反抗洋人入侵的戏剧，他与那些红船弟子一样，敢打勇猛，不怕伤亡。但是，面对清政府正规的军队和武器，李文茂的失败也是必然的。起义失败后，清政府开始对起义军追杀肃清，红船弟子四散隐匿，有的逃去外地，有的躲藏上山，有的混入疍家船，有的装扮成乞丐，仿佛顷刻间人间蒸发。

衙门到处搜查，逮拿不到，愤怒之下，把火气撒在琼花会馆。这座会馆，寄托佛山一带民众对艺术的崇拜，凝聚民间追求正义的力量，最后，不幸成为清政府维护无能面子的摧毁目标。清代俞洵庆《荷廊笔记》有记，"琼花会馆设于佛山镇，发逆之乱……故事平毁之"。一把火，从第一进门厅开始，向内蔓延，精美的雕塑、堂皇的建筑，在烈火中渐至灰烬，从此，门庭冷落，渐至荒芜。

然而，作为民间传统艺术的粤剧，并没因此萧索。粤剧与李文茂红巾军一起，根植在这块土地上。据说，工匠每次修缮祖庙，都特意在木雕香案隐蔽处，刻上纪念李文茂和反清复明内容，艺人们虽然星散零落，依然在乡间田野、街头埠尾，坚持卖艺表演，星星火苗，长明不熄。后来，这些复仇的信念渐渐演变成有形的行规，演戏及拜华光神诞时，拒穿清代服装，一律穿明服，以示自己是明朝人，不忘反清复明祖训。行规的来由，让人感慨不已。在先辈们看似传统斑斓的艺术成长中，饱含了多少人间血泪、情感和鸣啊。

反抗者李文茂没有看到，他终身喜爱的戏剧，在佛山这块奇妙的土地上，不断吸收广东音乐、民谣曲律，融入南派武术，使用大锣、大鼓、大笛、喉管，形成了生动传神、语言通俗、声腔独特、武打新奇的风格，喜闻乐见、雅俗共赏，粤剧的生命力如雨后春笋、星火燎原。广东省粤剧博物馆有一个不完全统计，作为粤剧发展的中心，清末佛山地区固定的戏台，居然有三十多家，分散在佛山区域各个地方，这还是有确切记载的。民间演剧之习盛行，每有喜庆吉事，必请戏班助庆。从年头到年末，曲韵不断：

三月三日，北帝神诞，乡人赴灵应祠肃拜，各坊结彩演戏，曰重三会，鼓吹数十部，喧腾十余里。

三月廿三日，天妃神诞，其演剧以报。

四月十七日，金花夫人神诞，祈子者率为金花会，报赛亦繁盛，然以拟珠江南岸之金花庙，则远不逮矣。

六月初六，普君神诞，凡列肆于普君墟者，以次率钱演剧，凡一月乃毕。

八月望日，吾乡喜秋宵……征声选色，被妙童以霓裳，肖仙子于桂苑，或载以彩架，或步而徐行，铛鼓轻敲，丝竹按节，此其最韵者矣。

九月廿八日，花光神诞……集伶人百余。

十月，晚谷毕收……乡人以演剧以酬北帝，万福台中鲜不歌舞之日矣。

没有一月不演剧，没有一天不看戏。当街头巷尾丝竹之音响起，男女老少都能哼唱几句。乾隆版《佛山忠义乡志》对此，则优雅地对上一联："优船聚于基头，酒肆盈于市畔"。唱曲子的红船，喝酒的店铺，一聚一盈，盛世标志。再细看这一座琼花会馆模型，全木结构，美轮美奂。围着模型转了几圈，感觉比佛山祖庙还大。这么宽敞的戏行会馆，可以想象当年粤剧行业的红火兴盛。

琼花会馆实址虽不存在，但它及李文茂在粤剧史上的地位，一直没动摇过。佛山市兆祥公园内广东省粤剧博物馆，因了政府保护及粤剧界人士传承，琼花会馆的资料有很多，光是高悬的"琼花会馆"牌匾，四个大字熠熠生辉，令人神往。博物馆分史、艺、人三大部分，展出源远流长的粤剧文化，诸如从明代至现代的剧本、海报、戏桥、戏服、乐器等，还有粤剧电影、剧照、唱片、名伶书画等珍贵文物，无不昭示粤剧文化的丰富内涵和独特魅力。这里，还可以看到红线女、马师曾、薛觉先、白驹荣等粤剧红伶的剧照和活动照片。粤剧，曾经被周恩来总理誉为"南国红豆"，除了深受两广喜爱，还在东南亚、欧洲、美洲等粤籍华侨中繁衍，受昆、弋、汉、徽、秦、湘等剧种的滋润和影响，粤剧自成一格，与传统文化一脉相承，又具有浓郁的岭南文化特色，剧目多达一万多个，被剧作家田汉誉为"热情如火，缠绵悱恻"。

岁月流转，日子有情，作为粤剧发源地和重要发展地的佛山，对历史上消失的琼花会馆，已有了周详的复活计划。据说新馆建筑面积达到五千平方米，传统工艺，设戏台、茶楼、钟楼，砖瓦木石，大式建筑结构，彰显广府风格，凸现岭南古建筑的传统意趣。关于琼花会馆的舞台为何背对大门口，也有了答案。人们认为粤剧是神功戏，有神灵罩着，演出便是祈福、酬谢神恩，所以，舞台必须面向华光大帝，观众坐在琼花宫大殿前，与华光大帝一起看戏。

与华光大帝一起看戏，想到这儿，便心驰神往。某天，闲坐戏楼，手摇葵扇，施施然品茶，悠悠然点剧，李文茂折子戏《芦花荡》当在首点之列。此时，豪放的张飞骑着乌骓马直冲台前，"哎哟哟——草笠芒鞋渔夫装，豹头环眼气轩昂，胯下千里乌骓马……"粗犷，激越。精彩处，大声叫好；低回处，与张飞同叹同吟。戏至高潮，琼花盛开，八音和鸣。

邓世昌（1849年10月4日—1894年9月17日），广东广府人，出生于广州，清末北洋水师名将，是清朝北洋舰队"致远"舰管带，伟大的民族英雄。1894年9月17日在中日甲午战争黄海海战中壮烈牺牲，谥壮节公，追封太子少保衔。光绪帝挽联：此日漫挥天下泪，有公足壮海军威。后世纪念邓世昌的文学影视作品有《甲午风云》《英雄邓世昌》《甲午大海战》等。

邓世昌：有公足壮海军威

邓公：

您好。很想与您谈谈太阳。昨晚，与我家猪猪出外散步，正是华灯初上，暮色四合，归家人脚步匆匆。一辆电动车从身后冲出，尾座撞着我，不由得"哎呦"一声，扶着痛处蹲下。一秒钟前无精打采的猪猪，瞬间化身护花使者，蹿出几步对着走远的车子狂吠，我用力拽回绳子说，没事没事，不要激动。它走回身边，使劲抽动鼻子，伸出粉红色长舌头，舔我大腿痛处，似安慰，又像按摩。摸着它毛茸茸的脑袋，不由得感叹，真乖。就在这一刻，突然想到您的太阳。

邓公，还在中学时候，老师就说过您与太阳犬的故事。彼时年少，不理解人犬之间的情感，但一直深信，这不是传说。

此刻，突然急切地想知道，关于太阳，关于您。回家，上网，海量信息中，突然读到这一段，"……先严堕水，犹奋掷大呼，骂贼不绝。义仆刘相忠随同蹈海，携得浮水木梃，让与先严，拒弗纳。浮沉波涛间，有平日所豢养义犬，凫水尾随，衔先严臂，拯出水面。先严撑脱，仍堕波底。犬复紧衔辫发，极力拯出。先严长叹一声，抱犬俱沉，溢然长逝"。未及读完，潜然泪下，想象这一幕，内心充满悲壮之感。而就在此时，一直独自玩耍的猪猪慢慢走来，仰头望我，眼神清澈，有不解，有担心，然后转身，准确坐在我右脚背上，一股暖意从脚上传到我心里。养宠秘籍都说，狗狗爱你，才敢背对你，才会坐你脚背。我弯下身，抱着猪猪的头，一颗泪水滴在它的头顶上。

邓公，此犬非彼犬，我家猪猪断不敢与太阳犬相比。可是，忠心，对主人的关注爱护，天下犬类都一样。从猪猪身上，我深深理解了太阳，理解了生死存亡一刻，他守护您、追随您的忠烈。太阳犬之于邓公，就如邓公之于国家的忠贞。

刘公岛上有一座铜像，太阳依偎在您膝边，您右手抚摸着它的头，你们互相对视，依依有爱。这座铜像，重现了当年你们相处的情景，亲密、温馨。一百多年过去了，我注视着铜像，眼前，犹见太阳从"致远"舰跳向大海的雄姿，波涛起伏中，他艰难地游向您。邓公，您本不该牺牲，落水后，士兵给您扔来救生圈，还有亲兵游近身边保护您，可是，也许您失望了，一腔热血为国，换来的是什么？官员互相倾轧，炮弹变成沙子，心胸坦荡却饱受排挤。您一手带的兵，您朝夕相处的舰，都在这大黄海上，消失于炮火中。"今死于海，义也，何求生为？"决意赴死，救生圈、救兵，都被您躲开。可是，太阳不愿离去，它怎么会眼见主人溺于大海呢？先衔住手臂，您推开，又咬住头发，您还是挣扎着向深海游去。太阳不知如何是好，一沉一浮中死死咬着头发不放。您红了双眼，双手紧抱爱犬，仰天长啸一声，一同沉没在波涛下。

茫茫大海，毅魄何存？邓公，您不惜以牺牲召唤民众的冷漠，震撼社稷的孱弱。此后一百多年，中国海军渐渐走向强大。到了现代，我们不仅有舰艇、潜艇等现代化装备，我们还有航空母舰。2012年9月25日，一个消息同时炸响世界各大媒体，中国首艘航空母舰"辽宁舰"正式开始服役。七年后，国产航空母舰"山东舰"，又在中国之南海南三亚亮相。

深夜的灯下，翻阅这些资料，内心被深深触动、牵引。从一百多年前的北洋水师到现在的中国海军，从仅有几艘主力战舰到如今的"双航母时代"，这样的漫长却又倏忽，这样的不可思议却又必然真实。邓公，您出生于四季飞花的岭南广州，自加入北洋水师，几十年间只回过南方三次。第二次回家时，全家人站在番禺海边，小女儿指着海上的船问："父亲大人，那是您的大铁船吗？"您自豪地答："是的。"儿子又问："宁静以致远，致远号是这个意思吗？"您两手背在身后，遥望着海的远处，自豪地告诉儿女们："致远，就是走向大海深处，走向深蓝。"如今，中国海军以双航母向全世界昭显中国军队的深海雄心，这一切，与您当年的梦重合了吧？

这个夜晚，我又一次想到太阳。倘若它没遇上您，又或者不参与海战，那么，我家猪猪那样的吃饱卖萌撒娇，便是它的明天和后天。然而，你们选择了，选择对方，从此，人犬相依，互为生死。江山无限，别时容易见时难，你们一同在无垠无边的深蓝中，成为永恒。太阳的生命，因此而喷薄，而绚丽，成为甲午海战腥风血雨、惊涛骇浪中最动人优美的一瞬。犬犹如此，人何以堪？太阳如太阳般闪炫，后人呢，能否存一缕光于心间，并照亮前方的路？

邓公，大海有情，甲午海战一百多年后，您的致远舰再次出现在国人面前，炮管锈迹斑斑，但鱼雷引信完整，一块带有篆体致远铭文的瓷片，无声诉说着先辈们的忠勇无畏。而与致远舰遥相对望的上海黄浦江码头，一声激越高亢的长鸣冲破浓雾，战舰徐徐出港，军旗猎猎，上书世昌舰。

> 吴趼人（1866—1910），原名宝震，清代谴责小说家。广东佛山人，自称我佛山人。以此为笔名，写了大量的小说、寓言和杂文，名声大噪，成为近代"谴责小说"的巨子。代表作品《二十年目睹之怪现状》《痛史》《九命奇冤》《新石头记》《糊涂世界》《上海游骖录》《劫余灰》等，其中《二十年目睹之怪现状》对晚清官场的讽刺嘲弄，对官僚的揭露挖苦，对没落社会的无情批判，对人性肮脏的形象描绘，愤世嫉俗，讥讽嘲弄，笔力老辣，表现出爱国主义思想。一生述著过四百万字。

吴趼人：从佛山到上海，一只茧的破壁成蝶

1882年的初冬，佛山，雨水连绵，人们禁不住寒气湿意，都躲在屋子里，哆嗦着，赌咒着，祈盼这个寒冷天赶紧过去。岭南这个地方，到了冬天特别不好过，尤其下雨天。佛山书院的少年们，也一反平时的喧闹，乖乖坐在课堂里看书写字，每个人脚边，都放着一盆炭火，氤氲而起的暖气，暂时隔开屋外的寒冷，使少年们不至于搓手顿脚。

"少爷，少爷。"窗外有人小声叫唤。几个孩子抬头向外张望。

"边个？"先生突然出现，大声喝道。

"先生先生，找我家少爷有急事。""什么事？""我家老爷出事了……"

一个壮实的男孩子已经冲出门口，急切地问出什么事。

这个男孩子，就是少年吴趼人，他的父亲吴升福，在浙江宁波一个九品小巡检任上突然过世。寒冬冷雨，消息无异于再浇上一头冰水。吴趼人转身就往家里疯跑，他记挂着家中的母亲。一边跑，泪水一边哗啦啦地流。父亲这一走，母子俩以后的日子怎么过？他记得两三岁时，他们全家在北京与祖父住在一起，祖父吴莘畲的官不大不小，但身为广东人能在京城当差，也能罩着一家大小，家肥屋润。奈何祖父命数浅，过世后，人情冷暖，世态炎凉，一家人再也立不住脚，只好举家南迁，回到家乡广东佛山大树堂，在吴氏家族祖宅安家。

看到家门，吴趼人擦了一把泪水，他不想母亲看到自己这个模样。父亲不在，自己是男子汉，要像父亲一样保护母亲。

次日，依然寒雨霏霏，吴趼人只身出门，简单的包袱，遮雨的斗笠，跨过家庙门槛，回身，向母亲招手，这一刻，小小的吴趼人长大了，他要奔赴宁波，跋山涉水，背负家人重托，把父亲的灵柩迎接回家。无胆识，无魄力，如何做得到？从这天开始，17岁的吴趼人，还没成年的吴趼人，二十年后在上海滩靠着一杆笔横扫"怪现状"的吴趼人，立誓接过父亲的担子。

但是，他没有承袭吴氏祖祖辈辈的官宦之路，虽然他读书的佛山书院学养深厚，光绪年间，曾一次考取过十五个举人，大名鼎鼎的梁启超、北洋政府总理三水人梁士诒都曾在此进学；从1879年至1884年，吴趼人的少年时光，都在佛山书院度过。凭他的聪明，倘若当官，总该比父亲的九品要高，然而，吴趼人偏偏反其道而行。打理完父亲的丧事，刚满18岁的吴趼人踏上外出自由"打工"之路。

1884年，上海，收留了这个刚刚经历丧父之痛的年轻人。

从此，吴趼人开始了他与"科举+官场"背道而驰的笔墨人生，以一杆如椽大笔，叱咤海上风云，勾勒众生丑态，谴责二十年之怪现状。

19世纪末20世纪初的中国社会，政府软弱无能，国民饱受欺凌，民族危机空前严重。有志之士、有识之士开始觉醒，希望借助西方的先进思想和技术、先进的政治制度改变现状，拯国家于危难中。西方科学技术的发展，刺激了国内封建体制的积陈守旧，因之，在这种社会变革中，社会趋向动荡复杂，矛盾越发激烈。此时的上海，因为洋务运动的影响，出现大批企业及民族资本家，学习西方，提倡科学文化，改革政治教育制度，发展农、工、商业，成为当时社会改良的方向。于是，这些新思想新运动与旧的文化、旧的观念开始了一场级数相当的博弈和较量。吴趼人当然属于新文化人，他广泛涉猎西方科技著作，严复翻译的《天演论》更藏于枕边，晨昏即读，视为宝典，科学理论开阔了他的视野，新思想帮助他提升思维能力。他目光犀利，能"目睹"各种蛇虫鼠蚁、豺狼虎豹、魑魅魍魉，原话是："只因我出来应世的二十年中，回头想来，所遇见的只有三种东西：第一种是蛇虫鼠蚁，第二种是豺狼虎豹，第三种是魑魅魍魉。二十年之久，在此中过来，未曾被第一种所蚀，未曾被第二种所啖，未曾被第三种所攫，居然被我都避了过去，还不算是九死一生啊？"此为假托《二十年目睹之怪现状》主人公所说，从吴趼人1884年离开佛山到上海，至1903年开始在梁启超主编的《新小说》连载《二十年目睹之怪现状》，中间就是二十年，这二十年，可谓看尽"鬼蜮"怪态，世间炎凉，种种黑暗、疯狂、狡诈、虚伪，成为目睹之镜像，成为谴责之现实。此书，也被文学界解读为吴趼人的自传体小说。

许子东以"20世纪中国小说"为题，专门开课讲过《二十年目睹之怪现状》，并与李伯元《官场现形记》比较。李伯元与吴趼人是好朋友，比吴趼人早几年过世，据说，吴趼人还借过钱给李伯元，并且在李伯元去世后，把借条销毁，可谓仁义之举。许子东说，两人写的都是荒诞的人伦故事，李伯元平铺直叙，吴趼人多了很多感情倾向和曲折迷离；李伯元像是写纪委调查报告，毫无感情色彩，吴趼人是"吃瓜群众"看热闹，喜怒形于色，就差有图有真相。这个评论很有意思，如此不一样，也许跟两人的生活背景有关。李伯元祖上三代当官，家中独子，长辈视他如珠如玉，自小无外乎绫罗绸缎，亭台楼阁。吴趼人少年失怙，单丁漂泊在外，孤儿寡母，家族内无恃无势，必然受到凌辱。这样的人生经历，自然影响到脾性喜恶。一般的广东人，性情比较温厚，尤其佛山，天眷物候，风调雨顺，百姓生活安稳，所以佛山人待人接物含蓄恭良，吴趼人笔下的种种风貌，显然跟个人生活有关。而这种个性显露，直截了当，甚至作者现身大骂的写作风格，连鲁迅也看不过，虽然鲁迅先生嬉笑怒骂皆成文章，但在小说创作上，他主张不要"辞气浮露，笔无藏锋"，在后来评判谴责小说时，就提到这个观点，鲁迅还说，"相传吴沃尧性强毅，不欲下于人，遂坎坷没世，故其言殊慨然"，从吴趼人的身世切入分析，可惜，吴趼人听不到了。

不过，作为读者，谁会喜欢听报告呢？谁不喜欢有图有真相的生花妙笔呢？

翻开《二十年目睹之怪现状》第八十八回"劝堕节翁姑齐屈膝，谐好事媒妁得甜头"，说的是有个当官的叫苟才，儿子结婚半年去世，苟才与老婆媒人合谋，把年轻美貌儿媳妇送给丧妻的大帅，为自己升官加爵开路。这苟才为了达成目的，尊为公公婆婆，却和老婆双双跪在媳妇面前。"苟才向婆子丢了个眼色，苟太太会意，走近少奶奶身边，猝然把少奶奶捺住，苟才正对了少奶奶，又跪下去。吓得少奶奶要起身时，却早被苟太太捺住了。况且苟太太也顺势跪下，两只手抱住了少奶奶双膝。苟才却摘下帽子，放在地上，然后嘭嘭嘭的，碰了三个响头。原来本朝制度，见了皇帝，是要免冠叩首，所以在旗的仕宦人家，遇了元旦祭祖，也免冠叩首，以表敬意。"可是，现在对着自家媳妇行大礼，这是什么样的官？什么人啊？吴趼人忍不住现身评论，话语带讽。少奶奶听说要去伺候大帅，"犹如天雷击顶一般，头上轰的响了一声，两眼顿时漆黑，身子冷了半截，四肢登时麻木起来"。前后两段描写很有现场感，绘声绘色，动作、表情、心理、语言非常到位，犹如看电影。故事的结局，少奶奶拗不过苟才夫妻，只好含泪答应。然后大喊，"什么三贞九烈，都是哄人的话；什么断鼻割耳，都是古人的呆气……"苟才狗官，节烈媳妇，人心丑恶，官场龌龊，洋洋洒洒一番后，吴趼人又站出来批评："奸刁市侩眼一孔，势利人情纸半张。"

这样的故事，自然比毫无情感的报告好看，也更能引起共鸣。虽然，鲁迅先生还说过，吴趼人的写作有时失之真实，过于夸张，削弱了文字的感染力。但从苟才"劝堕"这回看，恰当的夸张描写，恰好揭露了官场阿谀奉承的潜规则，读者有暑天吃西瓜的爽快。

在上海，吴趼人凭着这样一支笔，日夜笔耕，呕心劳力，竟写下了几百万字的作品，包括小说、散文、戏曲、诗词、评论和广告文案，可以说，在他不长的一生中，没有什么没写过。引用一个网上记载，"仅以1908年而言，他在1月18日出版的《月月小说》第12号上就发表了小说《云南野乘》第2回，《发财秘诀》5、6回，戏剧《邬烈士殉路》之第二折《追悼》，笔记《趼尘剩墨》3则，《俏皮话》22则。时过20天，2月8日出版的《月月小说》第13号上又发表了小说《发财秘诀》7、8回，《劫余灰》5、6回，短篇小说《光绪万年》，《俏皮话》8则。在3月出版的《月月小说》第14号上，他发表了小说《云南野乘》第3回，《发财秘诀》9、10回，《俏皮话》12则。以后的《月月小说》，差不多每期都是如此"。这样的创作状态，可以用疯狂形容。一支笔养活全家，这种疯狂，使他成为我国第一位自由撰稿人，鲁迅还是在他之后。

可是，作为他的家乡人，我们很少找到吴趼人与佛山相关的文字，从两岁离京回乡，到18岁漂在上海，整个童年、少年时期都在佛山度过，这样一段童蒙无邪的岁月，不应该值得回忆和记录吗？

那个桑基鱼塘的佛山，那个明珠一般抽丝的蚕宝宝，那些木趟栊门花阶砖琉璃花窗，在他心里究竟是怎样的？春水初生时，吴趼人肯定曾经挤在河涌头鱼塘边，与小伙伴一起争看鱼花翻滚；热风飘过桑树梢，吴趼人也肯定偷摘桑果，玫瑰色染红了衣袖和唇边；一年一度的年晚行花街，大年初一拜北帝，正月十五行通济。这些，这些，究竟藏在他心里哪个角落？也许，吴趼人的少年时光，更多在"卜卜斋"私塾学院，在"天地君亲师"中度过，这样的日子，未必无忧无虑，未必很快乐，总之，吴趼人甚少提起。佛山吴氏族谱的记载表明，佛山吴氏大树堂是大家族，咸丰以后，开始慢慢萧条衰落。吴趼人的曾祖、祖父都曾在京师当官，但时间不长。也许，我们可以再翻翻《二十年目睹之怪现状》，第十八回"恣疯狂家庭现怪状，避险恶母子议离乡"，一窥吴趼人身世。这一回写到吴氏族人恃强欺弱，看他祖父、父亲都过世，家中没有得力男丁，觊觎吴家祖上留下的财产，企图用龌龊手段霸占。此间斗智斗勇，斗人情斗势力斗心计，吴趼人写得言语带讽，犀利尖刻，读来真有一个"爽"字，然而掩卷思量，却又无限伤感。

如此家族背景，如此世态，吴趼人又如何回忆呢？

族谱还有记载，其父吴升福娶妻前曾"得痴病"，简单三个字，背后却蕴藏着一段国仇家恨。1860年，吴趼人祖母，即吴升福母亲病逝，19岁的吴升福披麻戴孝，日夜长跪，在京城海淀家里看守母亲灵柩。而这个黑暗的日子，英法联军攻陷天津，转侵北京，掠杀老百姓，所到之处火光冲天，圆明园大火连烧三天三夜，几百名宫女太监花工葬身火海。北京城疮痍满目，已无完土。吴升福只好冒着锋镝危险，扶柩出城，希望找一处偏僻之地，不让亡母灵柩受到骚扰。一路上道路堵塞，走难人哭喊连天，吴升福提心吊胆，满腹凄凉。刚走到城郊，突然,一队黄毛蓝眼的洋人走来,喝令吴升福开棺。吴升福颤抖着告知亡母灵柩,不可冒犯。洋人听不懂也不理会,一拥而上,乱刀猛砍棺柩,眼看棺木劈裂,吴升福不顾一切扑在灵柩上,放声痛哭。可恶的洋人不松手,"强夺棺剖而尸见",这样一幕惨无人伦,吴升福只觉得天旋地转,心痛欲绝。辱母之耻,如何容忍?"拼了",他跟洋人扭打在一起。然而,手无寸铁,羸弱书生,哪里敌得过残忍的洋鬼子?一轮追杀,他跌落满是泥泞的水沟,又惊又怒,耻辱交加,从此落下"痴病"。

这样一段往事,想必吴趼人听说过。

小小年纪,背负家族家国冤仇,先辈的血泪,家人的屈辱,就像锻刀的水火,不断锤炼、锻打,他性格中的疾恶如仇、慷慨耿介,有根源、有来历。这样一把刀,势必现刚强、现锋芒。

1909年,吴趼人的小女儿铮铮5岁,按照旧时陋习,就该缠足。女孩儿是否缠足,缠得好不好,直接影响到终身大事,娶妻求淑女。淑女,有三寸金莲的女孩儿。"以足之纤钜,重于德之美凉,否则母以为耻,夫以为辱,甚至亲串里党传为笑谈,女子低颜,自觉形秽"。所有女孩儿,都经历这样的人生过程,没有人过问她们是否愿意,也没有人了解缠足的痛苦能否承受。甚至连女孩儿自己,也认为理所当然。当一个个小脚女人摇摇晃晃出现、消失,人们盛赞她们的美丽、小脚的可爱、家教的严谨。这样的风气,就像一块坚硬冰冷的钢板,怎么可以穿透?不。吴趼人的呐喊冲出胸膛,像一颗子弹,穿过钢板。当了父亲的吴趼人,依然是那个有胆识、有主见的少年,何况,事关亲爱的女儿。"不行。"他一口拒绝,坚决不让女儿缠足,并且向外界高调宣称,"宁终身不嫁,亦不缠足",一字一顿,铮铮有力。此话一出,众人皆惊,但想想,在他人身上可惊,吴趼人则不必,惊风骇俗,只有他能。女名为铮铮,实则父亲以此明志,在他呵护下,女儿从此免除削骨之痛,后来还加入天足会,致力于倡导抵制缠足运动。女儿的一生,父亲永远是她身前的一盏明灯。

铮铮的吴趼人,凭着一杆笔,把"我佛山人"在上海目睹的种种,都写进《二十年目睹之怪现状》。同为佛山人,至今,我却找不到吴趼人的大树堂。离开佛山时,吴趼人还叫吴茧人,后来不慎摔倒,他灵机一动,把成蛹抽丝的茧写成趼。这只从佛山出来的蚕茧,在上海这个冒险家乐园,不止抽丝,还破茧,成蝶,以跟广东人迥异的个性,笔走龙蛇,所向披靡,写成与李伯元《官场现形记》、刘鹗《老残游记》、曾朴《孽海花》齐名的晚清"四大谴责小说"。

1910年10月21日晚,吴趼人新居入伙,请来老友庆祝。史料记载"晚宴后喘疾发作,延医急救,已经无效",看到这一句,蓦然想起,吴趼人曾写过他的启蒙老师冯竹昆,他说:"犹记吾束发授书时,蒙师教我读,字未尝识也,而师年老多咳病。吾退塾时,殊不复忆字之能识与否,而必做伛偻状以学吾师之咳。"少年之调皮作怪可见。如此说来,吴趼人的童年,总还是有喜有乐,尤其上学堂的日子,有可戏谑的老师,有同玩耍的学伴,慈母溺爱,年少无忧。只是,相对于之后的忧愁颠沛,这样的日子太短暂了。

童年,通常用来回忆,而回忆,只能属于晚年,吴趼人也不例外。他觉得自己还不够老,没到回忆的岁数;他有很多事还没办，很多朋友要交，很多故事要写；女儿铮铮还没长大，等到铮铮穿嫁衣，要把她的手交到另一个男人手中；他要回一次家乡，听佛山人说佛山话，看看佛山书院门前的石狮子，是不是还跟小时一样……44岁，搁在现在，正是壮年，一切都还来得及。

一切，却来不及了，一部《情变》只写了八回，新房子才住了一天，女儿铮铮还等着父亲送她上学，时人追读的小说《二十年目睹之怪现状》，永远无法续写下篇了。广东佛山，佛山大树堂，终于没等来吴家弟子。"我佛山人"，从此成为佛山人口中的传说。

黄飞鸿（1847年7月—1924年12月），原名黄锡祥，原籍南海（今佛山市南海区）西樵禄舟村，是岭南武术界一代宗师，也是济世为怀、救死扶伤的名医，在南派武术的发展中有着重要影响。黄飞鸿一生充满传奇色彩，曾追随著名爱国将领刘永福在抗日保台战争中立下功勋，在武术界推尚"习武德为先"，广受弟子爱戴。相传其绝技有双飞砣、子母刀、罗汉袍、无影脚、铁线拳、单双虎爪、工字伏虎拳、罗汉金钱镖近二十种。因影视媒介的推荐，佛山无影脚广为流传。

黄飞鸿：佛山，何处不"飞鸿"

对于佛山以外的人来说，倘若这个城市最后退化为一个影子，那么，影子必是黄飞鸿。佛山本地人呢，铁血柔情如用浪漫阐释，浪漫的代表也是黄飞鸿。

对黄飞鸿产生浓厚兴趣，是在结识多个外地的同行朋友后。东北长春，会议后，同行们结伴去长白山。车上，大家开始熟络，说起各自的家乡。"我来自佛山，广州边上……"话音没落，几乎全车人都叫起来，"啊，黄飞鸿！"很夸张。我愣了一下，想起耍醉拳东倒西歪的成龙，好一阵，都不能将这形象和佛山连在一起。之后，每遇见新朋友，他们的神态和说话几近复制出来,"啊,黄飞鸿!"无限向往之情。黄飞鸿,就这样陡然鲜明。朋友们、同行们可以不知道佛山,不知道四大古镇,不知道石湾陶瓷,却不可能不知道黄飞鸿。

　　黄飞鸿是这个城市的名片。陈先生,黄飞鸿家乡人,沧桑的嘴角,浮上几丝笑意。那笑意,是一种自豪。白色练功服嵌着黑边,袖口、裤脚利索收拢,看样子已年过七旬,一个马步站稳,双拳守在腰间,精神矍铄。他问:"你们最欣赏黄飞鸿什么,武功高强?""对。黄飞鸿挥拳痛击洋人,恨揍恶霸,除暴安良,真是大快人心。"他响亮地说:"你们啊,去看看黄飞鸿纪念馆吧。"

　　象征"武侠"的牙边大旗,就在这时,呼啦啦飘扬起来。大旗下,黄飞鸿的塑像面向各路英雄拱手,眼神逼人,气宇轩昂。或许有人曾告诉你,黄飞鸿"佛山无影脚"厉害,驳骨疗伤神奇。但朋友说,看黄飞鸿电影,要的就是两字,"解气",看电影的过程,就是情感骤然释放过程,从生理到心理,非常痛快。在纪念馆里,再次体验这种感觉,那一瞬间,四个字跃入眼帘,"仁者无敌"。电影、电视、电台、小说、舞台,所有传播媒体中的黄飞鸿,联袂阐释着一个"仁"字。

　　南海体育馆公园,正在进行一场武术表演,8岁的双胞胎姐妹,一个佩剑,一个提刀,招式利索,身形矫健,现场掌声阵阵。后来知道,他们来自黄飞鸿第四夫人的家乡——南海叠滘乡。提起第四夫人莫桂兰,不能不说说十三姨。十三姨美若天仙,跟随黄飞鸿打拼天下。两人一中一西,黄飞鸿日常对襟唐装,十三姨却小洋装,小花伞,还会说洋文。一天,十三姨突发奇想,要教黄飞鸿说英文"I love you",可孔武有力的黄飞鸿用尽牛虎之力，却说成"爱老虎油"。这些情节诙谐幽默，印象深刻，给黄飞鸿这个英雄形象增加了几分生活情趣。其实，十三姨只是徐克导演的构思。真正的红颜娇妻，是莫桂兰。

黄飞鸿和莫桂兰的姻缘，听说是一鞋一掌打出来的。那天，黄飞鸿应邀到南海表演。功夫精湛，观者众多，他很高兴，一个连环腿，转身大脚一踢，鞋子应声飞出，直向观众席，不偏不倚，打在莫桂兰额头。19岁的姑娘当众出丑，心头一怒，疾跑上台，一掌掴在黄飞鸿脸上，大声骂道："什么名拳师，表演如此不慎，若是武器脱手，岂非伤人性命？"面如桃花，声若雷公。

这个听来的故事，让人对第四夫人的容貌多了几分想象。真正看见相片时，还是呆住了。相片中莫桂兰大约50岁，穿碎花贴身旗袍，披西装外套，右手安静地放在大腿上，微微侧着身子端坐，瓜子脸含笑。整个人透露出来的端庄秀雅，和掌掴黄飞鸿的形象，根本判若两人。夫妻两人的年龄相差整整四十岁，我们无从知道，莫桂兰如何跨越年龄藩篱，但他俩伉俪情深，不能不让人感叹英雄美人的天作之合。

历史悠久的佛山中山公园里，精武会会馆的拜师仪式正在进行。掌门人梁旭辉和他的妻子坐正席，黄飞鸿的画像正从他们身后的墙上，默默注视着。画像下两个大字，一"武"一"尚"，醒目威严，掌门人两侧，众多精武会元老，一字排开，场面肃穆。众人注视下，年轻人缓步走入，跪在梁旭辉面前，双手呈上红包，梁掌门人接过，拿起一张收徒帖，大声诵读堂规："修身助人，兼济天下……"一言九鼎，字字如铅。读完，徒儿恭恭敬敬接下收徒帖，双手端起盖碗请师傅喝茶。此时，整个会馆大堂鸦雀无声，气氛凝重。掌门人喝茶后，将红包递还，徒儿跪地三叩头，再给师母端茶叩头，至此，拜师礼完成。

不管城市文明多么发达，古老的拜师仪式，还在继续传承，黄飞鸿的开钵授徒，济世为民，影响着一代代习武人。黄飞鸿武术馆，每天都有高桩南狮武艺、洪拳表演，外地游客到佛山来，这是必赏节目。该馆每年举办狮艺武术夏令营，为佛山培养了众多狮艺高手，成为宣传、普及武术文化的核心基地。这里习武成风，大人小孩儿都会几招，逢大小节日，武术表演是重头戏。

2019年10月，庆祝中华人民共和国成立七十周年大会举行，武术大方队表演拳术。广场上唰的一下，几百人摆开阵势，气势如虹，黄飞鸿电影主题曲响起。方队里，白胡子白发老人、稚气小儿、中年姨记、发福大叔，所有人提臀立定，双拳紧握，目视前方，仿佛大敌来临，严阵以待。黄飞鸿，不可能看到这一幕，但此时，人人都是黄飞鸿。城市上空，蒸腾着豪迈之气，高楼阔街，叠印着侠骨英姿。

陈铁军（1904—1928），原名陈燮君。籍贯广东台山，出生于广东省佛山市一个富商家庭，1925年考进了广东大学（后改名中山大学）文学院。求学期间，追求进步，并把原名燮君改为铁军。1926年加入中国共产党。大革命失败后的1927年10月，受中共党组织派遣，装扮成周文雍妻子，并参加了广州起义。1928年1月27日（大年初五）被叛徒出卖，与周文雍同时被捕，在狱中备受酷刑，坚贞不屈。敌人无计可施，判处他们死刑。在生命最后时刻，他们将埋藏心底的爱情公布于众，在广州红花岗刑场举行了革命者婚礼，表现出大无畏的英雄气概。

陈铁军：1928年，春风里最美影像

觉　醒

佛山的夏天不是从一草一花开始，而是从佛山人的短袖裙子开始的。春节过后，远远还没到谷雨，天就热得没了节奏，惯于短裤背心的人，早早摇起葵扇。见了面，三婆说好热好热；长婶紧接着附和系啊系啊。你言我语间，没留意到一个女孩子走过，白色小褂，黑色短裙，齐肩的头发在晨风中轻轻飘

起。"谁呀？谁家的女仔这么穿，裙子又短，还露出膝盖……"两位老人指指点点，絮絮叨叨。女孩子回头，稚气的脸颊露出笑意："三婆，长婶，我是善庆坊陈家的，这是我们学校的制服，好看吗？"她双膝微微一曲，似敬礼，在一串调皮的笑声中走远，留下两个目瞪口呆的街坊婶婆。

走进佛山市福贤路善庆坊六号，站在那棵苍虬的紫薇树下，眼前便出现这一幕。这一幕，已过去整整一百年。

这位青春少女，便是陈铁军，在1920年，她还叫陈燮君。

陈燮君住在善庆坊六号，这座清代建筑，有着典型的岭南民居风格，青砖墙，红介砖地，五彩玻璃窗，开放式敞厅。1904年农历二月二十三日，陈燮君在这里出生。她出生时，其父有三间店铺、五间大屋、十二亩桑基鱼塘，还合股经营糖铺、百货商店，是佛山数一数二的富庶人家。按世俗思维及父母的想法，富家女孩子必然循着"小时深闺女红、大时嫁人少奶奶"的路子，可家人没想到，他们家的女孩子，她叫陈燮君。

生性活泼的陈燮君很不喜欢幽居生活。她的房间挨着大院围墙，围墙外，有两棵高大苍郁的大树，一棵是大叶紫薇，一棵是小榕树，常常有鸟儿栖息。一天早晨，陈燮君倚在窗前看书，突然听到叽叽喳喳的叫声，她一转身，两只雀鸟唰地从树上飞起，直冲天空。追随着鸟儿的踪影，陈燮君羡慕极了。她想，什么时候自己也像鸟儿一样，想飞去哪儿就飞去哪儿。就在这时候，受省城广州影响，佛山也开风气之先，办起了女私塾。哥哥们都在家里说，陈燮君听了很兴奋，她多么希望走出家门，到课堂上学习。在国外做生意起家的父亲，有别于民国封建家族的家长，思想比较开明，深知知识的重要，不管男女，有文化才不受欺负，有更好的前途。于是，父亲一口答应了陈燮君读书的请求。

走出深闺的陈燮君，大口呼吸着自由的空气。随着知识的长进，却越来越不满足，她善于学习，也善于思考，对普通女子的归宿很迷惑，尤其对"三从四德"很反感。她想，女子为何要从父从夫从子而不从自己？什么德言容功，最后还不是回复闺房当附属品？读书究竟为了什么？

下课了，闷闷不乐的陈燮君和妹妹陈燮元走出书馆，她喜欢自己走路回家，而不像别的女同学需要用轿子接送。穿过紫荆花树浓浓的树影，转过佛山祖庙，就到福贤路的家。突然，祖庙大门前一群人吸引了她俩，他们有的大声说话，有的向行人递发东西，看上去年龄都跟她俩差不多。陈燮君挤上去，刚想开口问，一个短发女孩儿塞给她一叠纸，说："请帮忙散发一下。"两姐妹接过来，上面写着"唤醒诸君力图自强""妇女解放，男女平等""政府无能，科学救国"……一连串的字眼发聋振聩，陈燮君犹如春雷炸顶，激动得满脸通红，拉着妹妹陈燮元说："快快，我们把这些都发给人们看。"短发女孩儿看着她大声说："你做得对。"这个女生叫郭鉴冰，也是佛山人，是这支队伍的领头人。这支队伍来自广州女子师范学校，把五四运动反帝反封建的呼声传到了佛山。

虽匆匆一见，郭鉴冰身上的活泼、大方、勇敢，深深吸引了陈燮君。看着比自己大不了多少的郭鉴冰，14岁的陈燮君一见如故，从她身上，似乎看到光明，也看到一个女子的希望。陈燮君想，对，就像她一样，知晓国家大事，懂得革命道理，走自己的路，做有意义的事。

从这天开始，从接过传单开始，从认识郭鉴冰开始，陈燮君心里蓦然点亮一颗火苗，一条广阔的道路从面前缓缓铺开。

反　抗

就像破土而出的幼芽，尽管弱小，但有着生长的动力和勇气。当时的佛山，得益于天时地利，有钱家庭的女子可以出外读书，甚至留洋；没钱的也进工厂，或下南洋当女佣，男女平等初见端倪，社会变革及发展冲击着每个人。冰雪聪明的陈燮君，在这段时间做了两件大事，让所有人都惊讶不已。

第一件，转学。虽然受五四运动以及进步学生宣传的影响，佛山出现不少新言论新行为，但毕竟古镇旧势力盘根错节，当陈燮君提出转学到郭鉴冰开办的季华两等女子小学校（下称季华女子学校）时，当地舆论哗然。因为这所学校摒弃旧学制，采取新式教学，女学生一律穿校服，白衣黑裙，学新科学新文化，而且，还上体育课。有人摇着头咬着牙指责学校伤风败俗，有的人家里坚决不让孩子们上这样的学校，更有人上书当时的政府意图取缔办学。种种阻力，都扑灭不了陈燮君的决心。"爸爸，您说过读书的事情听我的""哥哥，你们都学过英文，知道西方人怎样学习，你们应该支持我"，她耐心地跟爸爸谈，跟哥哥们谈，年龄不大可说话有纹有路，父兄都没理由反驳，卒之，陈燮君、陈燮元姐妹俩转到季华女子学校（现禅城区沙塘社区田心里17号），开始新的学习。

于是，当同龄女子穿着长衫旗袍时，她们的白衣黑裙学生制服清新脱俗，展示了年轻人的活泼自由，在同龄人中别具一格，可也常常遭到旧思想人士非议，尤其他们家族在佛山有头有面，一举一动都受人关注。可陈燮君完全不放心里，每天穿着制服上学放学，在种种怪异眼光中来去自如。

一波未平，一波又起。有天，几个学生家长到学校，吵吵嚷嚷，说要见校长。他们说，听说学校要上体育课。这个说，这不行，大热天时，会把女仔晒出病的。那个说，上嘛，也不是不行，但要搭凉棚遮太阳，"不要把我的女儿晒黑了，以后嫁不到好人家"。奇谈怪论，让学校左右为难。这一幕，正好让陈燮君看到，她看着这些爸爸辈的大人，很不理解，晒太阳有那么可怕吗？哪有锻炼身体还搭凉棚的道理？晒黑了更健康。她想，学校肯定很为难，我要带头，带头积极参加体育课，带动其他同学。于是，她和陈燮元主动找老师，提出上体育课，课堂上，她俩大方活泼、朝气蓬勃，倔强、勇敢，完全摈弃富家小姐做派，完全不同于闺房里的纤弱小姐。锻炼后的两姐妹，小脸红扑扑，身材更健美，同学们见了很羡慕，纷纷效仿，慢慢地，体育课成为年轻人追求的课程，学校的难题迎刃而解。老师们高兴地说："你们两姐妹不是男孩子，胜似男孩子，坚强，要强，将来肯定大有作为。"

在学校里，陈燮君第一次接触到进步刊物《新潮》。这本杂志，向她展示了一个不同于现实的世界，一个自由理想的世界，也让善于思考的她第一次把自己和国家命运联系起来，把女性和人类解放联系起来。这所季华女子学校，不仅给了陈燮君健康的身体，还给了她新潮的思想和反抗旧封建的勇气，成为陈燮君迈上革命道路的始发站。

第二件,拒嫁。与旧时所有富家女子一样,还没成年,家里就为她们定了亲,父母之命、媒妁之言是她们的必然命运。陈燮君偏不信邪,尽管当她意识到必须反抗时,她与"佛山盲公饼"何合记大老板孙子的婚姻,已在两家家长的操办中。而此时的陈燮君,已是读着《新潮》写出《争取妇女解放的重要性》的新青年,怎么会"人为刀俎,我为鱼肉"呢?可以一己之弱,反抗强大的世俗礼教,又何等困难啊。坚强而聪明的陈燮君在学校进步老师启发下,灵机一动,想出了缓兵之计。

1920年秋,两家人见面商量嫁娶之事。陈家正厅,双方家长正在密斟中,这样的场合,陈燮君是不能出现的。可关系到自己的前途命运,她岂能听之任之?在要好的小婢女阿美帮助下,她躲在厅角,把两家人的商议细节全听到了,当听到为了"过门冲喜"要马上举行婚礼时,她忍无可忍,从一边冲出来,严肃地向何家提出两条上轿理由:第一,父母刚刚过世,自己重孝在身,只能拜堂,不能同房。第二,拜堂后回娘家继续读书,以后还要读中学、大学。倘若两条都同意,就上轿拜堂,否则……人小话重的陈燮君把两家人都镇住,在场各位面面相觑,不知如何是好。陈燮君的两位哥哥很尴尬,以为何家人会拂袖而去,可并没有,他们对陈燮君毫无办法,但实在喜欢这个聪明伶俐的女孩儿子,很希望娶她回家。矢在弦上不得不发,最后只好同意了她的"上轿两条"。

知识给了她力量,思想也给了她勇气。拜堂当晚,她大方而恳诚地跟新郎谈心,希望同是年轻人的他,能理解自己支持自己,没想到,对方并非她心中所想之人。三天后,她果断回到娘家,继续学业。

"休言女子非英物",年龄刚到16岁的陈燮君,就这样把命运牢牢掌握在自己手中。此举在佛山镇引起了极大轰动,不仅嫁娶双方都是有名富商,更因出嫁当天,两家极尽钱财操办婚礼,几条街搭建彩棚,八音锣鼓喧闹演奏,各方名流纷纷上门庆贺。而陈燮君的"上轿两条",可谓前无古人,匪夷所思,冲击极大,很长时间社会各界议论纷纷。陈燮君才不管这些,如常上学,如饥似渴吸收新思想新文化。她的行为,也影响了身边的闺密朋友,她的妹妹陈燮元、好朋友李淑媛,后来也走上了革命道路。

惊世骇俗,有思想、有胆识、有智慧,这就是少年时期的陈燮君,走出福贤路善庆坊六号的木门槛趟栊门,踏过善庆坊的青砖小路,在"自由、平等、独立"的道路上,她逐渐向共产党靠拢。可以说,没有少年时期的人生经历,就没有后来的革命烈士陈铁军。

改 名

"一个女子从远处走来,身披霞光,衣袂飘飘,木屐敲打着石板路,'啲嗲啲嗲',清脆悦耳。我凝神观望,想辨出她的模样,而眼前如雾如霞,不得不眯着眼……这是一个梦,长久做着,从青年开始,到中年,断断续续。这个女子,有时是外婆,我那个娇小清秀的外婆,路过我的童年、少年的外婆,有时,她却是另一个女人,叫陈燮君。

"记得,曾专门查过'燮'的读法和解释,觉得拥有这个名字的女子,该是秀雅端好的淑女,倘生在宋朝,她是'和羞走,倚门回首,却把青梅嗅'的小小李清照,若长在当今,或许与我相似,谋生之余,写自己欢喜的文,赏四野恬静的花。然而她不是,她出生时,这个国家已灾难深重,她注定不能学易安居士婉约或如我般与世无争。

"于是,她把名字改了,改为陈铁军。"

上文之所以提到外婆,是因为,外婆和陈铁军同为台山人,性情相似相近。此文,我还专门提到女性的刚强。网上曾看过一句话,大意是,每当危难时刻,女子的刚强和坚韧,总比男人强,如张志新、林昭、严凤英。此话的作者是男性,须眉之褒扬巾帼,应为由衷之言。确实,细数那些留有馨香的名字,譬如柳如是,殉名节而投荷花池,风骨铮铮,可她夫君钱谦益却说"水太冷不能下";再如李香君、秋瑾……当陈铁军还是陈燮君时,柳如是、李香君已香消玉殒,秋瑾女扮男装东渡日本,这些美丽女子,是否留驻她心里,我不得而知。然而少年、青年时候接触的那些进步人士、共产党人,成为她心里的火,路上的灯,她曾经慷慨激昂地说:"一个革命者应该学习古今中外伟大人物的高尚品质、英雄气概。"这些伟大人物和共产党人引领着她,一步一步走出黑暗,走出个人狭隘天地,走出佛山,走进革命队伍,把青春和生命献给党,献给人民。

1925年,已是广东大学(现中山大学)二年级学生的陈燮君,积极参加校园的政治活动,在妇女是否解放、中国是否走俄国十月革命道路等问题上,提出新颖而有说服力的主张,成为同学中富有影响力的人。5月30日,上海爆发震惊中外的"五卅惨案",死伤数十名学生,逮捕一百多人。消息传到广州、香港，激起了省港两地群众和学生的义愤。广东大学的学生积极配合工人，走上街头游行声援。6月23日，陈燮君再一次参加了中共广东区委组织的声势浩大的游行。这次游行，共产党广东区委主要领导人陈延年、周恩来也参加了。浩浩荡荡的游行队伍抵达沙基，又转入菜栏街，井然有序，许多人手举小红旗，高喊"打倒帝国主义""为五卅牺牲的烈士报仇"。正当陈燮君和区梦觉他们行进到沙基时，沙面西桥突然枪声大作，英法军队用机枪向沙基疯狂扫射，武力镇压游行队伍，很多同学走避不及，当场死亡。目睹暴行，亲眼看见同学受难，陈燮君悲伤、愤怒。

若说沙基暴行点燃了陈燮君心中的怒火，那么广东大学校园里的抗争，则最后激起了她的勇气和决心。在选举广州学联代表时，反动势力在校园的爪牙"市的党"肆意破坏，大喊"打遍广州，打遍中国，打败共产党"，陈燮君勇敢站出来，与他们论理，在冲突中被打，脸部受伤。得知消息，当晚，共产党人谭天度来探望她。谭天度的公开身份是大学教师，也是陈燮君的国文老师，在教书的同时，逐渐引导学生们阅读《新青年》《劳动与妇女》《向导》《广东妇女解放协会宣言》等进步书刊。平日里，陈燮君很主动积极，经常找谭老师请教，提出许多想不通的问题。在谭天度的引导下，她慢慢开阔了心胸，擦亮了眼睛，不断向共产党靠拢。这次见面后，谭天度见她眉头紧锁，寡言少语，怕她受不了打击，影响情绪，于是带她走在校园小路上，知道她国文水平很好，经常写词作诗，为了开解这个年轻人，谭天度指着天空说："你看，今晚月色多好哇，古人云花好月圆人寿……"陈燮君毫不客气，一口抢过老师的话，说："什么花好月圆人寿，分明是花残月缺人亡，就是今天的写照。"她仰头望着朗朗月色，大声说，"老师，不用担心，我想好了，我要改名，改为陈铁军。"谭老师问："为啥改名？你想好了吗？燮君挺好啊。""是很好，可是，面对恶势力反动派，不坚强不行，不强硬不行，他们以为打我我就害怕。不，我不但不害怕，我还要用铁军两字告诉他们，一定要反抗，要斗争，共产党是为人民谋幸福，你要打败共产党，我偏要跟着共产党走！"

她一字一钉，斩钉截铁。看着这个勇敢坚强的学生，谭天度打定主意，一定要发展她加入中国共产党。

铁军这个名字，意味着她完全把自己豁出去，她还专门托人转告"佛山盲公饼"何家，两人无感情，请对方另娶他人。从此，摆脱一切羁绊，坚持自己的信仰，开始了一段短暂而壮美的人生。

砥　砺

1926年4月，广州城的木棉花开了，马路上空，殷红如火。这个特别的日子，陈燮君在党员登记表上，庄严写下陈铁军三个字，心里升起了神圣的情感，面对党旗，面对窗外红彤彤的英雄花，举拳头宣誓："对党忠诚，积极工作，为共产主义奋斗终身，随时准备为党和人民牺牲一切，永不叛党。"中共广东大学文理院总支书记非常欣赏她，说陈铁军"工作活跃，斗争坚决，和（国民党）右派打架出了名勇敢得很"。

成为中国共产党员的陈铁军，全身心投入革命工作，为了从接近工农群众，方便交流，她换下白衫黑裙的学生装，穿上大襟衫阔脚裤，大热天时留长发，梳着农村妇女一样的发髻。到群众家，她抢着做家务，带小孩儿，扫地担水喂鸡，深入了解妇女们的痛苦和需求。她还把自己的工作经验与同志交流，细心地说，要关心农村妇女的疾苦，放下架子跟她们做朋友，这样才能团结大家一起革命。

大襟衫，阔脚裤，发髻，这个样子的陈铁军，很难跟我心底的烈士形象联系起来，可明明又是她。佛山市福贤路善庆坊六号，现在成为陈铁军故居，屋里有一座陈铁军雕像，青春短发，眼望前方，朝气勃勃。学生陈燮君与革命者陈铁军，前者经过怎样的洗礼、蜕变，才成为彻底的革命者？她做到了，为了旧中国疲弱颓丧变为旭日东升，为了民族生存大义，为了世界的光明，为了信仰，为了真理，她舍弃一切。

1927年4月，蒋介石在上海发动政变，到处捕杀共产党人和进步群众，随后，又在广东发动反革命政变，反动军警包围了中山大学宿舍，意图逮捕进步学生，一时间白色恐怖，风声鹤唳。而此时，陈铁军正在中大女宿舍，幸亏她平时与工人群众的关系好，一位女工听闻，危急关头，火速赶在军警到来前通知了她。陈铁军只身脱险，转移途中，突然想起邓颖超同志因为分娩，此时还在西关一家医院。她意识到，邓颖超同志的安危事关重大，"一定要帮助邓颖超同志转移"。她完全忘记了自己常常抛头露面，很多人都认识她、容易暴露的危险，转身就向西关跑去。"化装，化装。"随行的女工提醒她。对，气质是现成的，装成贵妇人应该不容易被认出。一路上，她不停催促黄包车夫快跑，到了医院，直奔邓颖超床前，环顾左右无人留意,悄悄招呼"大姐"。邓大姐支撑着虚弱的身体,疑惑地望着眼前这个少妇,端庄发髻,闪亮耳环,旗袍手袋。"是我,铁军。"邓大姐这才认出来。在陈铁军等人的帮助下,邓颖超顺利登船,脱险到香港。

类似的危急时刻,对陈铁军来说是家常便饭。很多次,差点被认出、被逮捕,但最后关头都幸运脱险,这其中,她帮助过的工人、用人、农村妇女等工农朋友给予很大帮助。有一次被搜捕,在广州藏不住,跑回佛山家里,她三哥担心她的安全,劝说:"你这样东跑西藏哪是办法?这样吧,我出钱你留洋读书,怎么样?"面对三哥的好意,陈铁军很感激,毕竟骨肉情深,她知道亲人担心她,这些年因为自己,家里担惊受怕,她有些难过,眼睛也湿了。她拉着三哥的手摇着,像小时候撒娇一样,对三哥说:"三哥,对不起,受惊了,你和三嫂要注意安全,不用担心我,我没事的。"她转身,擦去眼角的泪。革命的心已定,不可能动摇。同样躲藏回家的妹妹陈燮元(此时也改名为陈铁儿)也坚定地说:"我就要跟着姐姐,革命到底。"

广州的反革命政变,致使一批共产党人和革命群众被捕,陈铁军所在的广州大学就有四十多个学生被抓,为了保存革命力量,党组织转入地下工作。此时,社会上出现很多流言蜚语,革命队伍中也出现一些灰心丧气的人。陈铁军姐妹俩回到广州后,马上深入群众中去,讲解革命道理,揭穿敌人散布的谣言,白天穿街过户宣传,晚上印制革命传单《告工人书》《告农民书》。为了工作方便,党组织指示她和周文雍组成假夫妻,寻找失散的同志,建立组织开展活动。于是,陈铁军装扮成各种身份的人，有时是买菜的用人，蓝头巾竹篮子，出入在街市和横街窄巷中；有时是小学老师，竹纱长衫旧布鞋，与小学生同行；有时是出门打牌的少奶奶，来往于学校、工厂、各种商肆之间，为党组织和工人搭桥，布置任务，传送情报，迅速凝聚力量，建立队伍。

有一天，陈铁军为了火急传达一个消息，简单装扮后，就去了珠江边一个工人棚区，谁料，身后悄悄跟着两个人。她发现后，故意站在江边，瞭望对岸，脑子里紧张思索着如何脱身。就在此时，一个老工人突然出现，把陈铁军拉进旁边一间小草屋，草屋里的人马上带她从后门出去，左转右拐，迅速离开江边。工人们嘱咐她一定要注意安全。可陈铁军毫不惧怕，她说："革命受到挫折，我们尤其要保持沉着冷静，要勇敢，有跟敌人斗争到底的决心。相信胜利的那一天一定会到来。"

就 义

要奋斗，就会有牺牲。在多次侥幸脱险后，陈铁军被叛徒出卖，在广州，她与周文雍一起被捕。

1928年临近春节，因为要为党组织活动筹措经费，她于腊月廿八回到佛山，找亲人商量。她的哥哥们因为姐妹俩影响，生意做不下去，日子也越来越艰难。但三哥三嫂与陈铁军来往多，情感上倾向于共产党，虽然生活拮据，也想办法东筹西借，最后筹到两百大洋交给陈铁军。

正月初二（1928年1月24日），陈铁军回到广州的秘密机关，在这里，她和周文雍、妹妹陈铁儿共同居住和工作。初五

（1月27日）早上，想着大过年自己东奔西跑，也没好好跟两位亲人同志吃顿饭，于是，陈铁军走进厨房，把从佛山带回来的萝卜糕切好，刚放进锅里，准备点火，突然，急速的脚步声传来，陈铁军马上凝神倾听，片刻，咚咚咚的撞门声夹杂吆喝声。"敌人。"陈铁军马上意识到。此时，陈铁儿也跑到她身边，陈铁军镇定地拉开抽屉，拿出怀表塞给铁儿，指着厨房窗外邻居家的瓦面说："快，从天棚翻过去。"机警的陈铁儿边跑边回头问："姐，你怎么办？""别管我。"

周文雍前一天出去，此时还没回来，陈铁军冲到阳台，拿起地上的白色搪瓷盆，刚想放到阳台栏上，这是他们平时商定的危险信号。砰！大门却在这一瞬间撞开，一群面目狰狞的人端着枪涌进来。危险信号发不出，陈铁军快速思索着怎样通知周文雍，没想到，周文雍一步踏进家门。敌我对峙，逃脱是不可能了，陈铁军机警地想，要想办法保证机关里资料的安全，不能落在敌人手中。于是，她慢悠悠地说，有点冷，我要换件衣服拿条围巾。她边说边向周文雍打眼色，让他拖着敌人，然后镇定地走进房里，快速处理资料，确认不会暴露。

在邻居帮助下，陈铁儿侥幸逃脱，而陈铁军、周文雍被捕。

当时，社会各界群众对他们的被捕非常关注，地下党更想尽办法，力图营救他们出狱。对于狱中情形，中立媒体给予详细报道，譬如香港《申报》、天津《益世报》以及《广州民国日报》等，持续向社会传达他们的凛然不屈。严刑拷打，不怕；封官许愿，唾弃。敌人束手无策。那张被亲人们一直保存的照片，也是这些报刊首先刊登出来，一时间，香港、广州两地及国内各大报刊竞相转载。两人站着，神态从容，虽历经严刑拷打，陈铁军身姿依然挺拔，素帽黑裙，挨着周文雍，甚至透出一丝妩媚。他们的从容，更衬出身后铁窗狰狞。这张照片，是两人给同志、给亲人的最后告别，也是他们给党组织留下的明证，为革命、为人民，他们献出了自己的一切。

1928年2月6日，元宵节，广州街头没有一丝过节气氛，寒风萧萧，阴雨如晦，行人渺渺。这天，陈铁军和周文雍被押赴广州红花岗。

临刑前，周文雍用鲜血在牢房墙上写着："头可断，肢可折，革命精神不可灭。壮士头颅为党落，好汉身躯为群裂。"铮铮铁骨，字字千钧。他深情地将脖子上的围巾转绕在陈铁军颈上，紧紧握着她的手，陈铁军的另一只手使劲插到绑着周文雍的绳子里，一起承受着绳子的紧缚。两人毫无惧色，昂首挺胸，面对枪口，面对那些悲愤无奈的人，面对1928年的春风，陈铁军庄严宣布："当我们把自己的青春生命献给了党的时候，我们就要举行婚礼了。让反动派的枪声，作为我们结婚的礼炮吧。同胞们，同志们，永别了！望你们勇敢地战斗，共产主义一定会胜利。未来是属于我们的！"革命者的爱情如此浪漫而震撼人心。

这一荡气回肠的历史镜头，永远定格在广州红花岗的松柏前。

牺牲时，陈铁军只有24岁。

传　承

2021年4月的一天，几十年没见的老同学突然打来电话，说周末要和台山市三合镇领导来佛山，参观陈铁军故居，与佛山文化界人士座谈，商量如何宣传铁军精神。

陈铁军是台山三合镇人，他强调。

陈铁军祖籍台山，祖父那辈还是辛辛苦苦耕田的农民，她的父亲小小年纪便跟人下南洋，最后到了澳大利亚，靠着台山人的勤劳吃苦以及聪慧过人，从一点一点财富积攒开始，建立了自己的生意圈。陈铁军出生时，他们全家已定居佛山。我想，从大家闺秀到反封建的新女性、从女学生到共产党人、从邻家女孩儿到革命烈士，陈铁军短暂而英雄的一生，有多少品德和精神值得后人了解和学习。不了解过去的人，命定要重蹈覆辙，要承受更多的苦难，也许身体、也许心灵。前辈们遗落世间的精诚傲岸，是后人的福祉，我们应该或者必须接受这种福佑，并以庇护今后。如今，家乡人以陈铁军为傲、以学习铁军精神为荣，这足以令人欣慰。

而在佛山这座城市，有一个以铁军命名的公园，佛山铁军公园，公园里矗立着陈铁军的雕像。曾经有段时间，我家就在公园边，家里小孩儿会问，这个姐姐为什么站在上面？把陈铁军的故事说给她听，告诉她，这个姐姐是英雄，我们要记住她。等下一次经过，孩子又问，这个姐姐为什么站在上面？再把故事讲一遍……这样一次又一次，后来，她也会讲，还给幼儿园的小朋友们讲陈铁军故事。公园附近有间佛山市铁军小学，孩子的爷爷，一个新中国成立前粤赣湘边纵队小鬼班班长的老人，把自己的工资悄悄拿出来，捐给学校乐队，他希望，学生们向铁军烈士学习，奏响铁军精神。

在这块红色土地上，还有铁军少先队、铁军志愿者服务队、铁军社区……铁军，已成为一种精神的象征。

又一年清明来临，铁军公园的陈铁军雕像，周围放满鲜花，很多年轻人选择在这里宣誓，读党章，学党史。公园里，小朋友们追逐玩耍，市民打拳跳舞。时光流逝，精神永存。陈铁军、周文雍，以及许许多多像他们那样的人，在历史的某个时刻点燃自己，照亮一段崎岖的路。他们如幽草潜光，在寥寂的夜空、在蕴藉的远山、在僻静的汀洲，兀自发出迷人的光彩，照耀着城市的步伐。他们是时代之丰碑，先驱者之楷模，后来者之航标，璀璨的生命，我们会永远铭记。

2021年7月1日

> 冼玉清（1895—1965），别署"琅玕馆主""西樵女士"，原籍南海西樵，生于澳门。现代著名学者、文学家、诗人、书画家，中山大学教授，有"不栉进士""岭南才女"之称。

冼玉清：庚子年春与玉清姐姐书（三笺）

第一笺：题咏，留得横斜疏影在

玉清姐姐慧鉴：

　　距离写下这几个字，已经过去快一年。今天是2020年1月12日，广东人说法叫"埋年十八"。广东降温了，中山大学那幢小楼前，丛丛修竹，应该有了些少萧疏之意吧？竹梢随风摇摆，竹叶落满一地，风过处，叶子簌簌，细碎而明亮……哦，这是我想象的。自从知道您住的那座小楼，就心心念念想去看看。可是，也就想想而已，因为，其实，那幢小楼，已经不在了。很多次，在心里描绘小楼的模样，想象红砖小楼门前，您站在那儿，望着通向校园的小道，跟路过的学生打招呼……此刻我想，倘若我经过这里，当您跟我扬手说"同学"，我会怎样呢？就像见到一个素未谋面的长辈，总有一点忐忑。但是，自从认识您，或者说自从知道您的名字后，就有一种天然的亲近,似乎从前相过从,好像,您就是熟稔的长辈,真奇怪啊。其实,这只是我的痴心而已,愚笨木讷如我,又怎么可能在那里遇见您呢?

太阳从阳台的玻璃大窗透进来,在地板上形成一幅魔幻的光影,外面市声隐隐约约,若远若近,这时,反而觉得四周很安静,我想,写信吧,现在最适合给远方写信了。

玉清姐姐,您好奇我为什么称呼您姐姐吗?

前年,辗转数回,终于寻回您的两部线装著作,《碧琅玕馆诗钞》《琅玕馆修史图题咏笺释》。这两部书,书店没有,据说印出来,根本没上架流通,就被分光,很多喜欢您的人,都希望能有这么一册在手。这是卖《琅玕馆修史图题咏笺释》的人说的,他在孔夫子旧书网经营一个旧书摊。在他的摊上,找到您这本著作。店家在网上留了电话,我当即打过去,因为看到只有一本。回音是个很粗糙的男声,时断时续。解释说在高铁上,正回广东,回家后马上把书寄出。我说很需要这本书,可以马上转钱给他。店家有点意外,问:"哦,你喜欢冼玉清啊?"

是的,但书店里几乎没有她的书,尤其是诗集、诗钞。

当然,这本《琅玕馆修史图题咏笺释》只印一千册,哪够分啊?他话语中透出些少得意。我心中一怔,他怎么舍得卖掉?

不再敢搭话,生怕他收回。

玉清姐姐,收到书的那一刻,有点小激动。翻开扉页,看到一张黑白照,瓜子脸,嘴唇轻抿,目光清澈,静静地凝视着我。这么一个端庄秀丽的女子,不就是姐姐吗?有一种迎上前抱一抱的冲动，心里一个个走过人家对您的称呼，"冼子""冼姑""冼姑婆""琅嬛馆主"……哪有姐姐来得亲昵温暖？玉清姐姐，您不怪我乱了辈分吧？

　　书上这帧照片背景模糊，仍看出您穿的衣裳，小立领，斜襟，包衣扣，我们把这种衣服叫唐衫。您的头发顺着耳边向后梳，是绾成发髻吗？唐衫，发髻，朴素清雅。景慕之情，霎时充盈心扉。

　　《琅嬛馆修史图题咏笺释》，一本多么美好的书啊。单看装帧，已爱不释手。宝蓝色绢布匣套，套着一本同样宝蓝色绢布封面的书，线装、宣纸、竖排、繁体，拿在手上，软绵温润。我想，倘若我曾握过您的手，就是这种感觉，温润软绵。《琅嬛馆修史图题咏笺释》，这样的书名，实在教人神往。"题咏"，如今哪里可寻？无端想起了古人的曲水流觞，想起兰亭雅聚。然而这些都太悠远，没"琅嬛馆修史图"更接近我。距今七十年的"庚寅夏"，您"欲乞吴湖帆为其画《修史图卷》"，读到这句，深觉有意思。那时候，您跟吴湖帆交往已久，两人互有唱酬，按说也是熟人，为何还如此拘礼呢？

　　关于吴湖帆，今人大多不甚了了，我也是从您这里知道，他收藏过黄公望《剩山图》、文徵明《玉兰花图》、董其昌《画禅室小景》，还是张大千的朋友。你们笔墨有缘，但姐姐您仍托朋友冒广生，再通过他请吴湖帆作画，这般繁缛曲折，请问为什么呀？开始我想不通，陆续读了那些题咏后，我想，这趟画事，您当作修史生旅的大事，所以，郑重其事，彬彬有礼。冒广生又是何人呢？查资料后知道，他曾在清政府任职，参与"公车上书"，大名鼎鼎的"明末四公子"之一冒辟疆是他的先祖。提到冒辟疆,总会想起董小宛,这些过往的风流,我们也是可望不可即了。冒广生是广东人,你们共事多年,过从颇密,就是说,你们俩是好朋友。这位晚清举人并没有我想象中的拘板,他说您俩"其视吾若严师,吾视之如畏友",呵呵,我笑出声,此话好玩。以齿序看,冒广生至少比您年长二十年,"严师""畏友"从他口中说出,怎样一种场景啊?冒广生还说,您"修洁自爱,望之如藐姑射(yè)仙人",他把您比作神仙啊,姐姐,冒氏真有趣。有趣而又腹笥丰赡,如今,这样的人越来越少,不是现代人不想幽默,而是没有幽默的时间,人人都在忙,忙着自以为的"诗和远方"。姐姐,真羡慕您,羡慕你们,彼此的融洽和无间,惺惺相惜,而不及浮世利欲。

我觉得,冒广生亦庄亦谐的笔调,恰好勾勒出您在这些士大夫心中的形象,他请吴湖帆为您作画,当是水到渠成,玉成大事。果然,《琅玕馆修史图》"含刚健于婀娜中",画作完成后,吴湖帆对冒广生说,"三年以来,无此得意之作",可知倾尽心思。观此画,高山碧池、青松翠竹、草亭书斋、笔墨书架、红衣女史……无不折射出中国文人的风情雅趣,更与您的绝俗高标相衬相配。可惜,书中画作黑白印刷,墨色成块成团,线条模糊,吴湖帆为人称道的"烟云"绘画特色,难以体现。据编者说,原作现藏于广东文史研究馆。幸好近年民间学术气氛渐浓,对玉清姐姐慕仰的后辈,常有翻印传抄您的作品,在您诞辰一百一十五周年纪念期间,文史研究馆以高仿真形式,按原尺寸影印出版。所以,即便不太清晰,但可一亲芳泽,一解望梅之渴,洵赏心乐事。姐姐,感谢您。

是时各方名流为《琅玕馆修史图》倾倒，舔豪研墨，浅吟高诵，羡杀旁人。玉清姐姐，您乃奇女子，这本书里，题咏者皆为七尺男儿，所以读到吴湖帆所题"班门艺略，载世久名垂。枕书漱玉，拈字炼金，羞却须眉"，简直会心而笑，他既写班门两代，更写您——"琅玕馆主"姐姐，他把这二十七位当代赫赫有名的"须眉"大师（包括他自己）都置于您之下，多么高的赏识和赞誉啊。

陈寅恪、沈尹默、龙沐勋、张伯驹、柳诒徵、廖恩焘、吴庠、顾廷龙、叶恭绰……这些熠熠如长空朗星的名字，忍不住要列出，今人大多不认识。惭愧，我也多知其名不识其人。仅仅半个世纪，就湮没在岁月烟尘中？所以，《琅玕馆修史图题咏笺释》于我，有如珠宝，不，比珠宝还过之。想想，何地可一窥先贤笔墨真迹？哪里有如此私密的唱酬诗文？这么薄薄的一册，刻印的不只是个人文字，更是一代人的风骨涵养。

我有陈寅恪《柳如是别传》，也读过张伯驹的《烟云过眼》。读这两本书，纯属好奇，好奇陈寅恪如何隔世再现柳如是，也好奇张伯驹珍宝的最后去向。但是，即便把这两部书读完（何况柳如是是读不完的），也不如阅读他们为玉清姐姐题咏的诗词真切。陈寅恪的三首七绝，其首起句"流辈争推续史功，文章羞于俗雷同"，多为后人引用，作为对玉清姐姐学术品格的褒赏。类似的诗词，在二十七人题咏中不在少数。第二首却锋芒毕露，直指编史的恣意和删改，"国魂销沉史亦亡，简编桀犬恣雌黄。著书纵有阳秋笔，那有名山泪万行"。一个"泪"字，尽吐胸中块垒，尽管是诗，但作者不屑于掩饰，也摈弃了诗句应有的曲笔，几近直抒胸臆。本书编者很贴心，特别说明由于意旨过于直露，后来编陈寅恪的诗文集，都没有收入此诗。再看看张伯驹题的《四园竹》词，上半阕盛赞修史图的冲淡雅致，眼中似只有丹青玄黄，谁料下半阕画风陡转，凄其心，苍茫貌，心事重重，欲说还休，何解？"莫问"。唯有借班昭、司马迁，寄望"玉清女史"写出真实的历史。

两人风格不同，内心的无奈却如出一辙。二十七人题咏中，如此忧虑之句过半，表现出对社会变革局势流转的疑虑。对此，我不觉得奇怪，他们一步跨过两个世纪，对社会发展大势感到迷茫，这很自然。我想，把这理解为士子学人的自省和反思吧，在历史大变局之前，他们坦陈内心，坦率表达，甚至对某些历史事件，保有自己看法，这些，不恰如孟子所说，兼善天下吗？

夜深了，搁笔，去翻朋友圈，看到有朋友在西樵山相聚，"只及见寒梅——纪念冼玉清先生诞辰125周年"。心中一动，隐约记得姐姐生辰好像就这几天？赶紧去翻生平年表，果然，1月10日，是前天。姐姐，真巧，冥冥中有神谕，提示我用写信的形式记住这个特别日子吧。朋友们在西樵山简村种下一棵蜡梅，他们把照片发在朋友圈，梅花如雪，含苞欲放。姐姐，您曾经用水瓶供养梅花，暗香在书斋里浮动，数日后花朵枯萎，您不忍丢弃，于是有"留得横斜疏影在，岁寒相对话心期"，标题为《瓶梅已落不忍弃之有作》。眼前这棵蜡梅，根植于您家乡的南海土地，是取自罗浮山，还是来于大庾岭？有了它，或许，您可以"梦回罗浮，春寻庾岭"了。

姐姐春安。

己亥猪年腊月十八午夜　庚子脚步渐近

第二笺：人间之苦，我甘受之

玉清姐姐：

今天是庚子年大年初十，向您致新春问候。

庚子年，本是一个普通年份，却因1840年鸦片战争爆发，让历史给予这个年份更多的凝眸。

埋年廿六，亦即1月20日早上，那天是星期一，很热，办公室里，我们都在讨论天气。璐璐说过年时会不会降温啊？不够冷没法打边炉。她是湖北人，在佛山安家，以前每年春节都会回老家，那边有外婆、小姨。今年还回吗？我问。不回了，小姨自己开车，带外婆来佛山过年。几个人你一言我一语，过年的气氛渐渐浓起来。

年三十晚上，美国的朋友发信息问候，"在看春晚吗？""没啥好看的。"

好起来，是每个人的心愿，背后，却有千万种不同的付出，甚至生命。

我惯于清净，倒也好。读书，弹琴，跑步，清洁卫生，三餐浆洗，事情满满当当，一点也没闲着。您的《流离百咏》，买后一直在读，散漫地读。而如今，再读《流离百咏》，有不一样的感触。此刻，依然有阳光，但不比前几天明亮，更没有年前的猛烈。弱弱的光斜着，从阳台外穿进来，照在《流离百咏》"自序"这一行字，您说："中日衅起，讲学危城，穗垣既沦，避地香海。旋以不肯降志，孑身远引。顾玉清有家濠镜，尚余薄田，使归而苟安，未尝不可，以隔岸观火，优游得计。

乃人之以为乐者，我甘避之；人之以为苦者，我甘受之。"每次拿起这本书，都把自序看一遍，此刻，手指按着薄薄的宣纸，甚至小声读出来，我在想，一个柔弱女子，当她说出"人之以为苦者，我甘受之"，心底会有什么样的情感在涌动？

姐姐，您家在澳门，香港讲学，本可远离战火弥漫的岭南，隔岸而优游，然而，您却不肯降志，选择了一条布满荆棘的路。关于"降志"，初读不解其意，后查阅中山大学陈永正教授著作才知道，日本人以"香港东亚文化协会"为招请，您不愿受邀，不肯低头，以弱质抗拒强悍，守志如玉，在民族受难之时，决然离开香港，衣衫褴褛地重回岭南。可是，这一路多么艰难啊，硝云弹雨，长途跋涉，随岭南大学辗转赤坎、遂溪、廉江、柳州、桂林。扯破了衣服，走烂了鞋子，逃至廉江盘龙，您的行李全部丢失，没盘缠没同伴，一个人在山野间，凄惶伤怀，孤灯远笛，历尽艰难。然而您说："人之以为乐者，我甘避之。""育人之天职未完，一己之安危有不遑瞻顾者哉。"心曲直抒，坦荡如砥。姐姐，八十年前的您，纤纤弱质，却峥峥如山，字句间逸出的"乾坤清气"，教我感羡，也教我心疼，更让我惭愧。

玉清姐姐，您在历经艰难凄痛之时，尚且愁深故国，泪与墨流，写下一百首流离绝句，记录宗帮之乱，民生之苦。歌颂，激昂，恢弘，太多人关注，太多不懈挥毫，我就着眼于日常和弱小吧。

猝不及防的事件面前，人性释放出最大的恶，自然也照见最大的善。

昨天，是近段时间心情最凌乱的一天，晚上，本该读书写

字,坐在灯光下,却心不在焉:

她捧着一叠衣服从房间里走出
红色连帽衣 灰T 牛仔裤有三个破洞
"带毛衣,明天降温"
"知啦……"漫不经心 貌似明天还在家
行李箱里一片狼藉
唐老鸭丢在沙发上 扁嘴斜眼

一个小时前她从五十里外赶回
说给我过生日
白切鸡 猪颈肉 马蹄肉饼 芝士包
还有蛋糕点心
米饭香 肉鲜美 糕点甜
但是 我的生日不是今天

从客厅到房间又去洗手间
像将军检阅部队
其实她就想看看
一个小小的洗脸精灵 果然逃不出法眼
啪地扔进行李箱
黄色箱子 完美浓缩十五个昼夜

小心开——一声哽咽把"车"卡住
她回身 笑着挥手

没事的。妈咪，照顾好自己。

您知道的，广东人喜欢称女孩子"妹猪"，我家妹猪乐观、开朗、坚强，这个"90后"靓女全然不是我的翻版，她的工作特殊，每天在岗二十四小时连续半个月，这段时间，不管外面发生什么事都不准离岗。"死人冧屋"都不能回家，她说。真的，你要照顾好自己。她又叮嘱。平日，也就小儿女一个，扮靓，好玩，极少谈工作。问起，则三言两语，如此郑重，啰唆，从没有过。送她出门，黄色行李箱，红T恤，黑背囊，过两道门，一晃，进电梯，电梯缓缓下行。突然很懊悔，千万人中，她只是其中一个，多少母亲，多少家庭，此刻，我怎么可以如此善感？前天，璐璐告诉我，她的阿姨及亲戚年初五就提前回到工作岗位。

手机响，女儿发微信"生日快乐"，是的，今天才是我的生日。饭桌上，她买的蛋糕还放着，亲友信息陆续发来，特别的日子，心思却在千里外。"倦眼抛书耽思处，琴台流水见孤帆。"纸上写下这几句，慨怅不已。高山流水，孤帆远影，多么美好的地方，此刻，我写这些软弱的文字有什么用？一种无力感浮上心头。

玉清姐姐，明天是立春——哦，应该说今天，午夜已过。此刻，万籁俱寂，往日喧嚣的汽车声也全无，人事皆睡，然而，醒着的总还醒着，医院、路口、车、船、飞机，医生、护士、警察、社工、志愿者、的士司机、清洁工人……

姐姐晚安。

庚子年正月初十至十一

第三笺：晨曦载曜 万物咸睹

玉清姐姐：

今天是2月20日，正月廿七，还有三天，这个属于鼠年的正月就过去了。早晨推窗，晨曦载曜，虽没出外，但古人说过"万物咸睹"，世间所有事物，同一个太阳，同一枚月亮，不管高贵卑贱，远近高低，都应该被照亮。

9点50分收到一条手机信息，"亲，我是盒马配送小哥，今天为你配送尾号21999091订单，请在指定时间收货，注意接听来电哦"。亲，"亲爱的"简说，如今的网络语言，普遍用到社交场合，表示亲近，我们都习惯了。通常收到信息后十分钟左右，订的东西就到。于是换好外出的衣服，下楼到大门外拿盒马的生鲜。今天买了鸡里脊肉、鸡腿、青团、鸡蛋，还有豌豆尖、板栗肉、鲜百合，可以吃几天。物业公司很周到，小区大门外，临时设置一个三层货物架，两张一米长的木台，用来摆放送来的物品。小哥会提前打电话或发信息，说明货品送达时间和摆放地点，业主们自行拿取。这叫无接触配送，新说法、新做法。

早晨十点，太阳真好，阳光洒在黄槿树上，温暖明亮，马蹄形的叶子密密匝匝，微微晃动。从树下经过，光影、树影在地面跳跃，晃得眼前一片金黄，恍惚间，竟想坐下，拿本书读。

迎面过来一辆童车，车上小女孩儿有一岁了，小脸大眼，我看着她，她也使劲盯着我，眼神纯净，我赶紧一笑，擦身而过那一刹，又想，她能感受到我的善意吗？

黄槿树后是草坪，往日很热闹，遛狗遛小孩儿，老人谈心、青年人谈情，各有安顿。今天空无一人，小草绿着，丛中一块牌子，醒目却寂寞。转过草坪，小路尽头，一个妈妈与孩子在打羽毛球，一下猛抽，男孩儿接应不着，"哇"，边上看球的女孩儿跳起来，声音在这个早春二月显得很不真实，没有附和，没有掌声。这个，是学校布置的作业吧？前天晚上十点多，母亲突然发微信，"楼上还在跳绳，地板咚咚咚，怎么睡啊？"老母亲八十多了，平时一般早睡，此时发微信，应该很烦躁。我赶紧安慰，她儿媳有楼上人家微信，让她沟通下？

阳光的气息使人安谧，站在草坪边，暂时抽离郁闷，不愿回去。有时候，真希望有孙大圣之类的神仙，一夜间灭妖除害，让人间回复朗天良序。所幸，担当起拯救苦难大任的人一直都在。人之为人，只因为有情有爱，谁的心里不藏着家中一盏明灯，人之为人，又因为在可以轻松时选择负重前行。"我学这个，人一辈子总要做点有用的事，把学的用上。"话语平淡如水，却透着不容反驳的职业担当和坚强。

灾难当头，世间总有人性的光辉照耀，所以，庸庸吾辈，踯躅也得前行，在困顿中振奋，在苦难中反思。

两个月前感染了登革热，让我与幽灵打了个照面。登革热感染的病症，包括发烧不退，头疼，骨头痛，难以下咽，器官损坏，最坏的结果也是死亡。登革热是老病毒，源于蚊子传染，传播广泛，人类与之纠缠了几百年，至今不能消灭，也没有特效药和疫苗。去年11月2日，莫名其妙，不幸找上门来，半夜突然高烧，烧得全身疼痛不已，烧得以为世界末日，发烧的七天里,侥幸和绝望,两种情绪轮番交战,肉身和精神都沦为战场,退烧后,感觉身体成为废墟,颓废不堪。康复后一段时间,甚至不想参加聚会,不想见人。对传播病毒的蚊子,更有了深深的敌意,有时甚至过分紧张,听到嗡嗡声便以为蚊子,烦躁不安,必定找到拍死。睡觉前若发现一点蚊子踪迹,整晚别想睡,更糟糕的是,其实没有蚊子,烦闷忧虑而致幻觉。灭蚊灯、艾香、蚊怕水、万金油等等,成为家中标配。这种身体和心理的改变,让人惧怕。怎么办?

必须自我拯救,我想。恶补传染病知识,追寻登革热传染路径,回顾发病前两周行踪,以染病为题,写下《警惕一只带花的蚊子》,复盘发病全过程,在不断反复直面痛苦中,砥砺勇气,追寻发病原因,摆脱登革热感染带来的精神后遗症,并借自身经历,溯源在所谓的卫生城市文明社区发生登革热的缘由,追索人与自然的相处之道。文中有这样几句话,"兼容消耗?见招拆招?警惕防备?你不犯我我不犯你?哪一种,都并非尽善和谐,选择怎样的密码和模式,决定着人类生活的走向。"有人说:人与自然相处最好的方式是远远看着,互不打扰。想起老祖宗发明的成语,相敬如宾,敬而远之。我以为就是这样,我有我的世界,你有你的空间,远远相看,互不干扰。

这就叫和谐相处吧?

可惜、可恨,人类并没有做到。

玉清姐姐,当下最安慰的唯有书籍。您的《碧琅玕馆诗钞》每天翻几页,这些天,几乎变成一种习惯,细细读着这些繁体字,才渐渐远离忧虑。昨天读到这两句"惟有琅玕檐外竹，霜筠不改旧时青"，突就记起第一信，我跟您说，想去中山大学红楼，看看这些竹子，那天是1月12日，今天2月20日，倏忽间，一个多月过去。断了铁索的路接上，才能更好地走，而其实最好的结果，是铁索从来都没有断，所以，此刻，我们该捡起这断了的铁索，追寻节节断开背后的并非虚构的灰暗，以期对得起逝去的生命和曾经的苦难，让早晨十点的太阳，也能照进每一个庸常的心间。

愿阳光长照。姐姐懿安。

庚子年正月廿七 夜 偶有汽车声传来

> 冼星海（1905年6月13日—1945年10月30日），曾用名黄训、孔宇，祖籍广东番禺，出生于澳门，中国近代著名作曲家、钢琴家，有"人民音乐家"之称，其作品《黄河大合唱》广为人知，是交响音乐中国化的重要奠基人。1945年10月因劳累和营养不良，病逝于莫斯科。

冼星海：仰望星空 面向大海

星海老师：

您好。给您写信，又不知从何说起。每次看见您的名字，就想起我的第一次大合唱。您有"人民音乐家"之称，那就从音乐，从《黄河大合唱》说起吧。我们那个年代，同学基本没受过音乐教育，别说合唱，就是自个儿哼哼，也五音不全，跑调跑到千里之外。可以想象，一百多号人一起发音，是如何的令人崩溃？唱完"风在吼，马在叫"后，"黄河在咆哮"成了进行曲，你追我赶，乱了节奏，气了指挥老师，急了我这个宣传委员，七窍生烟，女高音熏成公鹅嗓。

这一次大合唱，最终赢得好评，因为情绪饱满，激昂整齐，至于伴奏迁就歌声、重唱合二为一等，多年后想起，还暗自惭愧，更觉得对不起您，星海老师。当年，为了理解歌曲背景，特别找资料阅读，那是距今八十多年前的1939年，那是不眠不休的六个日夜，《黄河大合唱》是音符蘸着血泪，喷向中华大地的华彩乐章。您的音乐，瑰丽，肃穆，若火水交融，旋律中，荡漾着"博大浪漫主义的民族之魂"。

从小会唱《黄河大合唱》，一直以为，生在黄河边，喝着黄水长大的人，才能写出这样的曲子，高亢，悠扬。没想到，您，是我们广东老乡，老家番禺离我住的佛山，仅仅一个小时车程。

"《黄河合唱》排山岳，《救国军歌》壮鼓鼙"，这两句诗，收在冼玉清先生的《碧琅玕馆诗钞》，题目为《及门冼星海逝世十周年纪念》。四年前，在网络旧书平台，淘到冼先生的诗钞，这些诗，犹如洞开一扇窗，清风徐来，清明善美。她的"人之以为乐者，我甘避之""育人之天职未完，一己之安危有不遑瞻顾者哉"诸句，乾坤清气，汩汩逸出，教我敬仰，也教我惭愧。诗中得知，您是冼玉清先生的学生，这多么巧合啊，您俩都是我仰慕的先辈。

大约一年前，也曾给冼玉清先生写信，唤她"玉清姐姐"。某教授颇有微词，认为乱了辈分。哎吔，他怎么了解我的心思呢？"玉清姐姐，收到书的那一刻，有点小激动。翻开扉页，看到一张黑白照，瓜子脸，嘴唇轻抿，目光清澈，静静地凝视着我。这么一个端庄秀丽的女子，不就是姐姐吗？有一种迎上前抱一抱的冲动，心里一个个走过人家对您的称呼，'冼子''冼姑''冼姑婆''琅玕馆主'……哪有姐姐来得亲昵温暖？"星海老师，您觉得是这样吗？在您心里，她是老师，也更像慈母、长姐吧？何况，她比您仅仅年长十岁。

你们的相识过从，仿佛天注定，其中缘由，还是文学。

"试问春归何处？勾指柳悄残雨。往事那堪题，尽在游丝飞絮。无语！无话！乳燕双双休去。"您填写这阕《如梦令·春思》时，哪想到，冼玉清先生要求学生的作业中，暗藏着一个严师对学子的期待。您从新加坡回岭南大学（中山大学）附中读书，边读书，边担任附中的银行乐队指挥，半工半读，帮补家庭。冼先生任教国文和历史，她留意到，班上一位颇有贵族气质的学生，总是"目不旁顾，耳不旁听"，对文学艺术表现出浓厚的兴趣。冼先生喜欢专心学习的学生，于是，以《如梦令》为诗词作业，让学生自己选题填词，同时也是考察一下这个学生。您的《如梦令·春思》感动了先生，她没想到，新加坡回来的学生有这么好的诗词功力，不仅在课堂上讲评，还推荐到学报发表。从此，师生关系越来越亲近。"万里渡洋曾托母，卅年论学忝称师"，冼先生这两句诗，展开，便是一段亲情故事。课余，您常到冼先生家里问功课、"叙话"。我理解，你们之叙话，应该不止学业方面，更多是闲话吧，比如课余生活、爱好、交友、家境诸类。聊着这些话时，我想，冼先生于您，就是家人。《及门冼星海逝世十周年纪念》这首诗，冼先生只写了"托母"——您到巴黎学习音乐，不放心母亲孤身一人，把孤母托给冼先生照顾；却没写巨款资助您出国，这是冼先生的高华逸品。而您，从此感铭并更加努力，天赋加勤奋，让你成为出类拔萃的音乐家。

后人皆知《黄河大合唱》，上网找寻您更多曲子时，却发现另一类音乐作品，《冼星海古诗词系列歌曲》，霎时如同发掘到宝藏。喜欢古诗词，但真正入歌能唱的曲子不多。几年前，偶尔听到于文华所唱《兰亭序》，将一整篇的兰亭序唱出来，还配上濮存昕的朗诵，可谓珠联璧合，欢喜得很。后又耳闻台湾人改编唐诗创作曲子，但印象深刻的寥寥无几。此刻，迫不及待点开《冼星海古诗词系列歌曲》，第一首《陇头歌辞》，北朝民歌，"陇头流水，流离山下。念吾一身，飘然旷野。"游子离家，漂泊无助的苍凉，在悠漫的男声和童音合唱衬托下，霎时攫住我的心。《白头吟》《饮马长城窟行》《蝶恋花·春景》……一首首听着，节奏悠缓，乐音婉转，慢慢进入一种古典清越的情思中。没想到，"枝上柳绵吹又少，天涯何处无芳草"的苏轼，也成为您音乐的主角，爱之，识之，歌之。《蝶恋花·春景》一直藏在手机里，闲时听听，眼前闪过一幅幅红花青杏，柳絮飞舞，绿草茵茵，总有一些惋惜缭绕心头。书房的墙上，贴着苏轼的《买田阳羡帖》碑拓，本为赏字，这会儿，当大大的"东坡居士轼"撞入眼帘，不由得撞出阵阵惆怅。东坡居士，您的隔世知己。"为建立中国的新音乐奋斗了多年"，正当创作盛年的星海老师，却被饥饿和劳累击倒。1945年10月30日，是个伤感的日子。

　　星海老师，仰望星空，面向大海，如此诗意的名字，来自您母亲，也因为您生于大海上、星空下。从澳门到新加坡，又回广州，负笈巴黎，返回北京上海，再至莫斯科，母亲，一直是您的牵挂。然而为了音乐，为了"负起一个重责，救起不振的中国，使她整个活泼和充满生气"，您忍痛离别慈母，并最终为了音乐，永恒在星空大海中。

　　星海老师，向您致敬。

> 鲁迅（1881年9月25日—1936年10月19日），原名周樟寿，后改名周树人，字豫山，后改字豫才，浙江绍兴人。著名文学家、思想家、革命家、教育家、民主战士，新文化运动的重要参与者，中国现代文学的奠基人之一。夫人许广平是广东番禺人，鲁迅是名正言顺的广东女婿。

鲁迅：1927的年很幸福

鲁迅先生的《过年》很短，几百字，开篇就说过年有两个称呼，"废历"和"古历"。这两种称呼代表两种价值观，一轻一爱。然而年来了，怎样的价值观都得过，于是，鲁迅先生难得幽一默，"待遇是一样的：结账，祀神，祭祖，放鞭炮，打马将，拜年，'恭喜发财'！"把一个繁文缛节的年，简化为一行字。成年人看到这，也就会意一笑，在小孩儿眼里呢，过年，可不是一行字那么简单。而在富贵人家，过年，是要兴师动众、浓墨重彩的。比如，红楼梦五十三回"宁国府除夕祭宗祠，荣国府元宵开夜宴"，从腊月开宗祠请神主开始，写到正月十五元宵节赏灯夜宴，洋洋洒洒近万字，直把人看晕。把书卷掩上，回过神来，仔细想，噫，左不过一个字，吃；四个字，吃喝玩乐。

国人所有美好的祈愿嘉许，似乎，最后，都落在吃上。大年三十那顿饭，有人称之"团圆饭"，亦有唤作"年夜饭"，这顿饭作为过年的序幕,在中国人心里,是万万不能轻慢的重头戏。

小时候没有年夜饭概念,乡人把年三十这顿饭唤作"煮肴",不仅年三十,凡有鸡、鱼、粉丝、腐竹的列阵组合,统统称之"煮肴"。煮肴,一年中也就两三回。所以,在小孩子心中,一想起煮肴,就汹涌起澎湃的向往。我却是例外。学龄前的时光都跟外婆一起过,一个年三十晚,她夹起一块鸡肉放我碗中,说快吃快吃,这么瘦多吃点。捏捏我的胳膊,又叹一口气。我慢吞吞嚼着。外婆又说,"从前,有个阿婆……""外婆,是你吗?"嘴里含着鸡肉含糊不清。"大人说话细佬仔别插嘴。"外婆给我一筷子。从前有个阿婆"去村"吃肴,一张台有一只鸡髀,切成好多块,人人都可以吃一小块。阿婆吃完鸡髀后就不说话,赶着回家。她一直急急地走,遇见熟人也不打招呼。回家后,拉小孙女进屋,从嘴里吐出鸡肉,说吃吧,鸡髀,好好吃。说到这,外婆放下筷子,看着我问:"知道吗?独食难肥,好东西一定要分着吃。"我急忙把吃剩的小块肉夹到外婆碗中:"我不独食。"外婆瞪了我一眼,说:"讲这个古仔,是要你记住怎样做人。"

外婆故去几十年,这顿大年三十吃肴,从不敢忘记。过年的重头戏,成功地用来正心教人,这番苦心,自然比那荣国府"笙歌聒耳,锦绣盈眸"的热闹来得妥帖。百姓的日子,得一米一粟砌就,容不得半点虚浮。外婆的教诲,也就一点一滴融入孙女的人生,在每个拐弯、穷途、绝路中,捞人于彷徨无助。

一只鸡髀分着吃的日子,已然天方夜谭。过年的吃喝玩乐,也慢慢脱离了形式的放纵,衍化为情感的充电宝,一条条线连起四处闯荡的人儿,过年,该回家了,父母煮好菜肴等着呢。也有结伴出外游玩，这么多年，我却一次也没有。以前孩子小，后来不好动，总有理由。现在想，其实还是那句"父母在不远游"，堂上嬉闹，膝下承欢，多少国人穷其一生，追求的不就这么简单吗？就连二十三年不过年的鲁迅，在有了儿子海婴后，也跟"不"过年和解，大年三十，许广平亲自下厨做年夜饭，饭后，带着4岁的儿子登上屋顶，一连放了十几种烟花爆竹。以50多岁的身腰攀爬四楼屋顶，老夫聊发少年狂，左牵子，右擎炮，鬓微霜，又何妨，西北望，一二三，贺岁礼炮从公寓楼顶，射向1933年上海的天空。那个除夕夜晚，鲁迅不是勇士，也没有匕首投枪，只是一个宠爱孩子的父亲，很温柔。

常常想象，这个长长日子中的一瞬，作为父亲的鲁迅，跟四岁的儿子说了什么？是一如既往的"离奇和芜杂"，还是"忆起儿时在故乡吃过的蔬果"。周海婴在上海出生，没回过家乡，此刻，年的味道，糅合着亲情温情。鲁迅先生的心中，也许能暂时放下那些骂人话之类的，给孩子讲述有趣的故事，比如《山海经》。也许跟天下所有父亲一样，此时此地，最关注还是别让鞭炮伤着孩子，他忙着捂小海婴耳朵，唠叨着教孩子如何点鞭炮。

这样的猜测，还来自《两地书》。因为授课的关系，最近又重读《两地书》，网上查到有新版，又买一本，新版本太有浪漫气息。网络书店的宣传，简直循着爱情小说路子设计，什么"大先生和小文青的定情之作"，什么"135封书信完整记录爱情轨迹"，实际上，当您真正揭开书页，却都是"正儿八经的……"（黄永玉）。比照现代非诚勿扰的速食版，《两地书》确实不够卿卿我我，鲁迅在前言中也说，这本书"没有死呀活呀的热情，也没有花呀月呀的佳句……信笔写来，大背文律""并无革命气息""写得含胡些"。似已猜测到现代人的想法，所以，先来个自我解释，堵住闲人的嘴。每次读到这几句，都遏制着想笑的冲动，可爱的鲁迅先生啊。

那么，"并无革命气息""写得含胡些"的真相是什么呢？鲁迅说：时时感到无聊，没有写作的兴致，即使写，也不过是敷衍；而同时，能吃能睡，也许肥胖一点了罢；我实在比先前懒得多了，时常闲着玩，不做事……这些话，怎么看都像撒娇。许广平说："现在无处不是苦闷，苦闷，苦闷……"完全的撒娇。鲁迅即刻回信安抚：我觉得小鬼苦闷的原因是"性急"；鲁迅告诉许广平，我写给你的信啊，都要步行到邮局寄出，投在邮筒里太慢了；许广平一天收不到来信，就接二连三给鲁迅写，常常，鲁迅同时收到几封信。1927年1月18日，在厦门的鲁迅赶赴广州，与许广平汇合，两地书终成一地情。现在看来，广州这段时间，是鲁迅一生中最浪漫最幸福的日子，他陪许广平看电影、喝冰水、吹江风，在永汉旧马路东逛西走，漫无目的。岭南广州四季如春，风物闲美，与家乡及北京迥然不同，引发了鲁迅的兴趣，他自称"外江佬"，又或是许广平嘲弄他的，鲁迅说"广东的花果，在'外江佬'的眼里，自然依然是奇特的。我所最爱吃的是'杨桃'，滑而脆，酸而甜"。他还喜欢广东饮早茶，"十八日　雨。……午后同季市（许寿裳）、广平往陶陶居饮茗"。这段话写于1927年3月，鲁迅到广州后的第三个月，看得出来，他已经完全适应了岭南的生活。但也有怕，怕炎热天气，以及蚊子和突如其来的雨水天。"广州的天气热得真早，夕阳从西窗射入，逼得人只能勉强穿一件单衣。"文章多次提到"驱赶炎热""热天和雨天"。习惯于深夜写作,鲁迅只好左手大葵扇,右手握笔,间中叼着烟斗猛吸几口,驱蚊。

然而,这段"广州时期"并不长,从1927年1月到埠至9月离开,仅仅八个多月,但跨了"古历"年,一向不过年的鲁迅在广州过了一个纯正的广东年。到广州两个礼拜后,即到大年三十,广东人传统过节的气氛浓烈,深深感染了鲁迅,这个年,他很开心,大年三十晚,与中山大学的朋友夜饭畅谈,初一至初三连续三天,学生兼爱人许广平赠食陪玩。广州的花街,第一次见识这个横眉黑胡男子的笑容;广州的电影院,宽容接纳了这个语挟机锋的超级影迷;越秀山的松涛,惊讶于中年鲁迅的顽皮,他居然学小孩儿"从高处跃下",结果"伤足"。尽管如此,有爱情滋润的鲁迅,心情明媚。大众熟悉的文集《野草》《朝花夕拾》《中国文学史》《而已集》,以及《魏晋风度及文章与药及酒之关系》等文章,都在这个时期编撰修订和创作。

这个1927年的古历年,在广州,是鲁迅一生中最柔软的年,也是鲁迅一生中昙花一现的幸福年,更多时候,"虽生之日,犹死之年",才是真正的生活状态。1927年9月27日,广州的菊花还在盛放,鲁迅带着许广平离开,自此,再没来过广州,自此,鲁迅开始了"怒向刀丛觅小诗"的勇士生涯,直到病故。

写于广州的《朝花夕拾》小引,篇末署着"一九二七年五月一日,鲁迅于广州白云楼记"。郑重其事写上广州白云楼,除了一以贯之的习惯外,还有别的意思吗?掩页细思,我们有理由相信,鲁迅先生情感生活的华彩乐章,就在花团锦簇的广州城谱就。

> 何新荣,广东佛山人。1945年8月日军投降后,何新荣受命留下坚持斗争,1946年被叛徒告密被捕。在狱中表现顽强,当时中共地下党组织曾设法营救,因何新荣受折磨过度,营救未及,于1946年1月20日在狱中牺牲。新中国成立后,追认为烈士。

何新荣:留得心魂在 残躯付劫尘

寒风吹来,朦胧中,何新荣觉得自己坐在河涌旁,身边的战友正在哼着一首歌,"我们是抗日的先锋,我们是青年的游击队,生长在珠江畔,战斗在南海边,为保卫肥美的稻和桑,为收复失掉的地方,我们跟鬼子决死战……"听到这里,何新荣心底一阵激动,也想放声唱,张开嘴,却发不出声音,喉咙干涩,身体疼痛。他急了,竭尽全力从心里吼出来,"看,同志们!铁的队伍,散布在乡村,埋伏在森林,前后夹攻,叫敌人永远不能再前进。打击它,最后消灭它……"他终于睁开肿成一条缝的眼睛,从激昂的歌声中清醒过来。

这首冼星海作曲的歌,名叫《广东青年抗日先锋队队歌》,何新荣平时总在心里哼哼,无人处也会大声唱,觉得一唱,身上就充满力量。而此时,他却出不了声,甚至一动,身上就火烧火燎地疼。他只好扭动僵硬的脖子,向透着一点亮光的窗子看去。突然,戴头盔的影子,在铁窗前映现,几声野狗狂吠,撕裂夜晚的漆黑。他猛然醒悟，自己还在监狱，歌声、战友，只是幻觉，是梦境。他闭上眼睛，心底里念叨着战友的名字，大强、张队、发仔……多么想念他们，想念并肩作战的日子……

"河口沦陷了"，一个消息迅速传遍三水各地。1938年，随着广州沦陷，日军入侵佛山三水，随即飞机轰炸，大炮轰击，烧杀抢掠，胡作非为，三水堕入黑暗中。目睹日军暴行，何新荣及其同乡们义愤填膺，他们知道，只有拿起武器奋起反抗，不当亡国奴，国家和人民才有生路。血气方刚的何新荣一马当先，振臂呐喊，动员、组织身边的村人，成立民众自卫队。1938年10月，在抗日统一战线帮助下，他们成立队伍，打起南三花抗日游击队的旗号，公开抗日。

彼时的三水，军民抗日情绪高涨，但兵力、武器等相对不及日军，游击战成为抗击日军的主要形式。何新荣和队员们同仇敌忾，奋起抗击。他们昼伏夜出，打一枪换一处，构筑工事，声东击西，神出鬼没在日军营地，剪电线、炸堡垒、抓鬼子，给敌营极大扰袭，大长抗日民众志气。

想起这段往事，何新荣仿佛又回到战场，"弟兄们！姐妹们！挥起大刀，瞄准土炮，准备反攻！我们是青年的游击队，我们是抗日的先锋"。他从心里吼着，用尽力气。但是，此刻他一动也不能动，多天来严刑拷打，两条腿已被打断，身上多处受伤，头肿得比面盆还大。疼痛使他意识模糊，偶尔清醒，思想马上回到抗日战场，回到曾经的烽火岁月。

三水人民的抗日斗争，在火种一般遍布珠江三角洲各处的共产党人领导下，开展得如火如荼。此时的何新荣，也在广东人民抗日游击队珠江纵队领导的启发教育下，正式参加革命。他依然记得，围攻南海官窑的那场战斗。1945年2月6日，暴雨前夜，天空一片漆黑。从沙头沿西南涌大堤的路上，一支庞大的队伍，人影绰绰，脚步匆匆，人人腰里别着手枪，背上背着炸药，队伍直奔几十里外的官窑圩。这是广东人民抗日游击队珠江纵队独立第三大队的手枪队，以及当地的民兵队伍，有四百多人。何新荣就是这支队伍的一员，而且，还是民兵常备队队长。午夜时分，悄无声息的队伍来到了官窑圩，悄悄包围了南海县三区伪区署，一场战斗就要打响。为了摸清敌方兵力武器，何新荣受珠纵三大队队长委派，前去侦察敌情，他带着两个队员，乘着夜色，机敏地摸到伪公署和炮楼，把里面的敌人武器数量、岗哨布置等了解清楚。根据他们的情报，抗日队伍兵分三路，突袭中街伪区署、上街炮楼和下街牛圩三个据点。半夜两点，正是万籁俱寂、人神皆眠，突然兵从天降，三个据点的敌人措手不及，乱成一团。何新荣一马当先，带领队员们冲在前面，凭他的机智勇敢，直奔公署制高点，夺取敌人的机枪。一场激战，三个据点被攻下，缴获机枪、长短枪、弹药一大批，还有粮食、衣服等，被解救的三十多名监押群众欢天喜地，直呼"多谢嗮"。

在战争中锻炼出来的何新荣，得到上级表扬和嘉奖。

此刻，躺在监狱里的何新荣想到这些，叹了一口气，要不是叛徒出卖，他现在应该在家乡三水乐平，和战友们一道继续战斗。"狗叛徒"，他狠狠啐了一口，气得心口隐隐作痛，多么希望外面的游击队员尽早捉到叛徒，帮他报仇。

黑夜里又有几声狗吠，慌张，凄厉。何新荣盼望天快亮，天亮就可以见到太阳,他的思绪,又回到另一场激战。

1945年2月14日上午,南三大队部分战士和民兵,与乐平圩据守炮楼的骆汉戎联防队遭遇,久攻不下,战斗异常惨烈,牺牲了不少战士和队员。次日,日伪顽匪近一千人,对独立第三大队驻地沙头大举进犯,面对数倍于我之敌,独立第三大队顽强抵抗。此时,敌人的林伯平部队从西面过来增援,上级命令何新荣带领常备民兵转到南海彭边村,阻击西面进犯敌人。何新荣带领民兵们立刻投入战斗,手枪、步枪、手榴弹、炸药,连番使用,战场硝烟弥漫,在他们的顽强阻击下,林伯平增援部队被打退,狠狠打击了敌人的气焰,给三大队驻地保卫战有力支援,激战两天,终于取得胜利。

想起大大小小的一场场抗日战斗,他心潮起伏,全然忘记身体疼痛。按照上级指示,他要留在三水继续地下工作,可叛徒的告密,打乱了他们的部署,也给地下工作带来重大损失。被捕十几天,敌人妄想以酷刑撬开他的嘴,但何新荣视革命秘密为生命,咬紧牙关,半个字都没吐过。宁为玉碎,不为瓦全。他打定主意,死也不投降。

阴森的铁窗,模模糊糊,似乎透进一点清光,何新荣想,是不是天亮了?他想翻身,想看看阳光,可怎么用力也翻不了,已经虚弱到气都喘不过来。他明白,也许明天,也许后天,就会作别这个世界。日本鬼子投降了,离胜利不远了,他却看不到红旗飘起,心里充满遗憾。黑暗的牢房里,对着透出幽光的铁窗,他紧紧咬着牙关,慢慢举起右手,他想用尽力气,向想象中的红旗,敬礼。

1946年1月20日,何新荣在狱中牺牲,时年56岁。

中华人民共和国成立后,经三水县人民政府审查,追认他为烈士。

何新荣,三水乐平田螺布村人,牺牲前为珠江纵队南三大队中队长。

> 一百年前,在珠江三角洲,生活着一群神秘女子,未婚,却梳起头发盘成髻。她们群居生活,自食其力,流行"夸相知""金兰恋",坐卧起居,情同伉俪,终生不与男人来往。这些女子,乡里唤"姑婆",后人称"自梳女"。自梳女除了有进入当时的缫丝厂当缫丝工外,还有结伴下南洋,给富贵人家当保姆。自梳女是广东地区独特的文化风景,可谓"前无古人后无来者"。

自梳女:一梳而终的芳华

一

女儿满月,带她回乡下。村口一个老妇人,身材矮小,面容清癯,四五个小孩儿簇拥着。车门刚开,她就一把拉着我,大声说,新抱来了!声音尖而亮,声线似只有常人一半,听起来细小短促,听惯老人粗糙缓慢的语调,觉得她突兀而奇怪,仿佛少女的身胚被魔化为老妇人的外貌,而声音却泄露秘密。

这是大姨妈,婆婆的亲家姐,我是她侄媳妇。

早知道她,第一次见,还是陌生。她一直用力拉着我的手,穿过大大的晒谷场,绕过一条小河,在大大小小狗崽们的前呼后拥中,从村口到巷尾她的家。她不停地说,新抱辛苦吗?苏虾乖唔乖?够奶食吗?你要多补,才有奶水……到后来,她的气力明显弱了,只是唠唠叨叨,断断续续,脚步蹒跚,而手还是紧拉不放。面对这样的亲密,我竟很不习惯,几次试图将手缩回,大姨妈却更用力攥住,清秀的脸上浮现两块红晕,狭长的眼睛不时在我身上睃一下。突然,她又用力拉着我,带向天井旁的小偏间,这是花房子,有许多花盆,石榴、杜鹃、兰花、玫瑰。大姨妈尖尖的下巴抬起,贴上我耳朵神秘地问:"新抱,几时生个仔?"

啊?我大吃一惊。

她背后拖一根长辫子,一直垂到腰间,油亮的头发夹杂几丝花白,一丝不苟的五手辫很好看,粗粗的红丝线扎着辫梢,非常抢眼,不由得多望几眼。走动时,长辫子花蛇一样伸缩自如,在线条浮凹的背后透迤扭曲。现在这种装扮已绝无仅有,何况还是风烛老人,奇异的感觉开始膨胀,激发好奇。相处的几个时辰里,眼光每逢和她的辫子相遇,总是一怔:年轻时,这俊俏的辫子会不会钩一样,勾去几多后生仔的心呢?

大姨妈却终身未嫁。

二

正是蝉鸣蕉熟时节,珠三角一带熏风吹拂,芭蕉肥大的叶子在田基上招摇,矮墙后争相露出霸王花青绿的笑脸,这些惯常的风景,常使她开心不已,而此时,少女没心思看这些。她急咻咻走着,浅蓝色大襟衫,腰部卡得恰到好处,勾勒出高高的胸、窄窄的腰、翘翘的臀。宽大的裤脚下一对大脚板，把河边闲走的小鸡惊得乱跳，粗亮的长辫子在背后急剧摇摆。

小河尽头一间大屋，门口已经站着几个女子，高矮肥瘦各不相同，却一式打扮，后脑勺盘着大大的髻子，发髻旁斜插两三朵白玉兰，大襟衫，宽脚裤，整整齐齐，素雅洁净。"来了，来了"，少女走近，她们雀跃起来，年长的女子快步上前，拉着少女的手，其他人簇拥着走进屋子。厚厚黑黑的大木门在身后，悄无声息关上，将五月的阳光，芭蕉的清香，知了的狂叫关在门外，将暗藏的嫉妒、惋惜的慨叹、不舍的凝望也关在门外。

一只黑狗奋力追来，还是来不及跟进屋里，它昂着头，对紧闭的大门汪汪乱叫，叫声渐弱，低下头，身子趴在地上，一丝悲凉从眼里迸出。

这平房，乡人称"姑婆屋"。

姑婆屋简朴干净，大院里，鸡蛋花树逸出清香，宽阔的天井后是大厅，正中一列"神主牌"，供奉一个个黑色名字。此刻，案台上香烛明灭，屋里弥漫着紧张庄重的气息。少女立在牌位前，双手绞在一起，眼睛低垂，丰满的胸部起伏不平。年长女子扶着她的肩膀，轻声但清晰地问："阿妹，想好了吗？"

少女秀丽的眼睛渐渐浮上雾气，动了动身子，竟滚下两颗泪珠。阿妹……少女抬起头，看到一双关切慈爱的眼睛，这眼神，多么像出嫁的姐姐，可她，熬不过婆家百般凌辱，上吊死了。

眼里雾气褪尽，亮晶晶的眸子水洗一般。

热腾腾的"香汤"抬出来，清澈透明的水面上飘着绿莹莹的叶子，柏叶、黄皮叶、艾叶，叶子的清香被热水蒸发着，氤氲在房间里。少女慢慢脱下大襟衫，底衫的大红色血一样亮。辫子打散，披在胸前背后，少女雪白的身子在热气中微微发红，像一枚熟透的木瓜。年长女子有点浑浊的眼睛，宛如一双温暖的手，动情抚摩着少女美丽的身体，头顶、额头、鼻子、颈窝、双乳，她眼神一亮，进而黯淡下来。转身，左手悄悄拂过胸前，那里，也曾和少女一样饱满过，骄傲过，可是，她轻叹一声，唉……

"来吧，洗香汤，洗去邋遢、洗去乌糟。阿妹，以后我们是姐妹了。"

少女慢慢抬脚，进入水里，搅动的热气马上包围她。掬起一捧水，馥烈的香气直钻心底，全身浸在热水中，却觉得寒冷从脚底、手指、项背、四肢向心脏突奔，一阵哽咽，从身体深处突然爆发，少女的手久久地，没从脸上放下。

"神主牌"上一个个女性名字，冷然望着，宛如深邃的目光。少女不是第一个，也不会是最后一个。既然下了决心，就不能反悔。老人们说，反悔会遭雷公劈，死无葬身之地，变成游魂野鬼，没有家没有亲人。她们都不敢，她们都循规蹈矩，她们都这样走过来，又这样走过去。少女哦，以后，你也会把名字刻上这些牌位的。

"一梳福，二梳寿，三梳自在，四梳清白……"年长女子细心温柔地为少女梳头，一下，两下，三下，红木梳子紧紧地将油亮漆黑的长发拢在一起，将不同姓氏的女人拢在一起，将一颗扑通乱跳的心，收拢。

姑婆屋里，又一个女子成为"自梳女"，这一年，1946

年,她18岁。

三

"大姨妈很早就梳起了。"后来婆婆告诉我。这个时候,大姨妈正在乡下老屋,精心梳理她的长辫子。

髻子什么时候放下?婆婆不记得。为什么放下?婆婆也不知道。梳起,是珠三角的风俗,一些年轻女子终身不嫁,为洁身守玉,将自己的辫子梳起挽成发髻,表示一辈子不求人、不靠人、不嫁人,她们被称为自梳女。头发形式,轻而易举改写一个女性的终身命运。

曾以大姨妈为蓝本,在一篇短文里这样写:

"姨婆脑后梳着一根小辫子,灰白的辫子里编进一根红胶线,更衬托出老年人的羞涩,这是'自梳女'的标志。尽管风霜染白了发顶,那辫子仍然是一个印记,拖在佝偻的背后。闲时,她将辫子拉在胸前,用牛骨小梳子一下一下地梳理花白的辫梢。这时,很安静,时光在她身上几乎没有留下痕迹。她属于那个时代,属于自力更生的年代。那时,她应该很自豪,当别的姐妹们被迫裹小脚,被迫嫁鸡随鸡而忍声吞气时,自梳女却娇呵,一生不嫁人!他们将满头青丝梳成一根大辫子,从此开始自食其力的生活。这一生,辫子从双手合拢到盈盈一握,从油光可鉴到灰哑花白,生命差不多就到尽头了。

"姨婆梳辫子的姿势很温柔,甚至有点妩媚,她在沉思吗?想起一首民谣,'一梳梳到尾,二梳梳到白发齐眉,三梳梳到儿孙满地……'这是女儿出嫁时,慈爱的母亲边为女儿梳头,边细声唱的歌谣,是阿妈对女儿今后如鼓琴瑟的祝福。句句都是家园兴旺相亲相爱的渴望。姨婆心里,可曾回响过这样的旋律?"

这些文字,现在看来多么幼稚,谁知道自力更生的背后,曾有过多少不为人知的辛酸?姨妈爱美,虽然头发稀少枯白,还是执拗地梳辫子,因为旧时珠三角爱美的后生女,都这样梳扮。暮年的姨妈,是否用这样的发式,追忆年少风情、留住曾经的美丽呢?生为女儿身,本应芳意无限,坠粉飘香,到头来却花开无人采,用终生的孤独守护这份纯洁,换来却是更多的孤独和萎悴,又有谁在百年后,记起这样的孤苦和不堪呢?

四

梳起,挽成发髻,18岁少女从此住在姑婆屋,远离父母兄长族人,放弃做女人的权利,放弃成一个家的愿望,甚至放弃了爱情、原欲。然而,蓬勃的生命如南国夏天的太阳,从早到晚恣意发热,炽烈,甚至毒辣猖狂。滚烫的青春没有放弃她。"十八无丑女",和所有妙龄少女一样,她的健美,她的丰盈,来自珠三角充裕的雨水、甜蜜的水果、鲜嫩的青菜和芳香的大米。她像一枚鲜润欲滴、汁液四溅的草莓,连空气也漂浮着甜蜜。这样的女子谁个不爱?

这年七夕的月光格外亮,大大圆圆的,挂在天井上空,不动声色俯视姑婆屋。天井上摆七样水果,香蕉、菠萝、龙眼、葡萄、阳桃、白榄、油甘子,这天也叫"七姐诞",属于女性的节日,闻说这天虔诚祈祷,可令自己聪明乖巧,赢来疼爱。

夜深人静,姐妹们各自安寝。少女没有睡,隔着深蓝色蚊帐,她看到一丝月光,水一般泻在床前。听说,顺着月光梯子一直向上爬,会偷看到牛郎织女拥抱。那时候,她常常脸一红,想有一个多情的男仔爱自己,该多么好;在爱人的怀抱里撒娇,该多么甜。她有许多许多梦,梳起后,已经不敢做了,她被告诫要安分守己,不能行差踏错,否则菩萨要惩罚。她怕端坐"神主牌"上的前辈,她怕雷公发怒,她怕"浸猪笼"。可是,她还是起来了,她不知道为啥这样,站在月光下,玲珑的身体微微战栗,姐妹们都睡下了,这么好的月光,她们能安睡吗?

月光像一把拂尘,悄然拂去积聚的灰尘,最柔软的心底裸露,疼痒莫辨,羞怯难忍。以前听嬷嬷说过,深更半夜躲在葡萄架下,可偷听到牛郎织女的情话。哪里有葡萄架?仿佛火焰轻轻掠过,皮肤燃烧起来,滚烫的手捂不住狂跳的心。

年长女人也没睡,她怎能睡?这样的夜晚不知过了多少,她仍然害怕,怕明亮如水的月光窥测内心秘密,怕夜风不解风情,撩拨她僵硬却敏感的身体。二十年前的"七姐诞",她花一样盛开,开在一对含情的眼里,开在一双粗大有力的手上,迷乱,充盈,疯狂,融化。那一晚是种子,嵌在她身体里,每当雨水来临,就要发芽。嫩芽一发,她就生生掐断。多少回这样残忍,多少次这样无奈。失眠难熬的午夜,身体的浪潮伴随泪水,常常浸湿整个夜晚。潮起潮落,她无言咀嚼这种痛苦,一天又一天,一年接着一年。

少女痴痴站着,惘然不知身后有人。年长女人站了很久,一前一后,月光将她们剪成两个修长影子。不知过了多长时间,月亮将最后一抹清辉,静静洒在大门上,"清修自在菩提地,善行同登般若门",门上对联格外醒目。她俩抱在一起,沁出的泪水同时打湿对方肩膀。

这一晚，牛郎织女鹊桥相会，温存缱绻；这一晚，两个孤苦的女人互相抚慰，难解寂寞。

无欲无求是天堑，谁能逾越？又是无眠夜。

十二月的乡村，景物和人都真正进入冬天，夜色空蒙，村子寂静，漆黑的天幕，只有一颗不甘寂寞的星星忽暗忽明。黑狗躺在巷口，已经睡着，一动不动。整个世界似乎失去知觉，沉湎在黑暗中。

"沙沙，沙沙……"轻微的脚步声；

"嗒嗒嗒！嗒嗒嗒！"跑步声，急剧杂乱；

"汪！汪！"狗醒，猛叫；

"跑了，抓住她们！"声嘶力竭，气急败坏。

几根火把引带一群黑影冲出巷口，黑狗被大脚踢翻，大声吠叫，小孩儿尖锐地哭啼，开门声，关门声，咒骂声。沉睡的村子被惊醒。

姑婆屋里，年长女子呆立窗前，身后几双忧郁的眼睛，被远处的火光晃得惊恐万分。担忧，慌张，不安。

两天后，18岁少女的灵魂，永远绝息在姑婆屋后小河上。折断梳齿的红木梳子，静静躺在河边草丛，她是回来告别的。年长女子坐在少女睡过的床上，枕边两朵并蒂的白玉兰，已经枯萎，暖黄色的花瓣缩成小长条，仿佛并排的"孖公仔"。"阿妹，和他好好过，有人真正锡你，是你的福气。"泪水一滴、两滴、三滴，白玉兰兀自飘香。

好多天，姑婆屋大门紧闭，任凭那只黑狗不停哀叫。她们在怨恨，在哭泣，她们不明白，自梳后，为何自己的命运仍然不能掌握在自己手上？难道，冥冥中还有一只无形的手，而她们，却看不到它在哪里。一场大雨，窗棂外野草疯狂地长，挡住低矮的窗口。这场雨，把她们心底最微弱的火光浇熄。

长夜快过去了，年长女人还跪在床上，反手背后，梳理长及臀部的头发。头发不再油润光亮，仍柔软服帖，如摸着有点松弛的皮肤。幽怨、惋惜像浮动的雾气，游走在黑暗的屋子里。只有双手机械地动，很慢，慢得似乎停下——但一直没停，顽强地。全部头发被拨到胸前，分成五股，十根指头如坠重石，纠缠，交叉，缭绕，打结，打开和合拢，纷繁和孤寂，喧嚣和静谧，这过程如一个世纪。编好了，辫梢结上粗大的胶线。女人累了，双手垂下，身影溶在黑暗里，比黑暗还暗，雕塑一般凝固，似乎被抽尽精气神，只剩下一副骨架子。房间里静悄悄，突然，浓重的气息从鼻腔蹿出，垂下的手一动，胶线断了，长辫子剧烈扭曲反转，蛇一样挣扎变形，瞬间松散，溃不成军。

五

也许因为终身没嫁，也许因为守身如玉，大姨妈体态少女一般，轻盈苗条。可她的腰直不起来，走路时微弯，仿佛为了平衡，双手在身后两边摆着，脚步明显拖沓沉重。她没有自己的子女，却有很多侄子女，放假了，都回到乡下探望她。她非常高兴，单薄的身体转来转去，脸上露出少女般羞涩的笑容，尖细的声音异常欢快。这样的时间其实很少，后生们来去匆匆，将这样的探访视为度假，慰问的话也千篇一律，看过，说过，各自散去。这时候，大姨妈的笑容仍凝固在脸上，可分明透着十分落寞。

再回乡下，女儿已能说会走，乡舍新鲜，大一岁的小表哥和她，把村人的鸡们追得屁滚尿流，我百般劝阻，大姨妈却大声鼓励，玩吧玩吧，玩够了杀鸡给你们吃。后园几棵石榴树果子结得星星一般，兄妹俩一人一竹篙，死命拍打果子。我恼了，婆婆也看不过，大姨妈却母鸡护小鸡，把我们挡在园外，关上门任他们胡闹。再进园内，一地树叶和破裂的青果子，大姨妈毫不在乎，笑嘻嘻说明年再长。

我无法回答她"几时生个仔"的询问，虽然答案明摆着。她就一再重复问，并说多个孩子多个福，家里热闹。我说再生就不好维持生计了。她咬着我耳朵笑道，不怕，姨妈有钱。我突觉好笑，我生个仔与你有何相干？你的钱又和我有何相干？复又心酸，她纵容孙辈们胡闹，仅仅因为老年人的慈爱吗？我知道，她渴望一个家。她的家在哪里？那个属于她的家，应该有小孩儿的哭闹，有女人毫不害羞的袒胸露臂，有男人抽吸水烟的呼噜，甚至，还有男人女人床头打架床尾和的调情，凌乱的，破烂的，肮脏的，都不要紧，因为是她的。可是她没有，这一切与她无关，她一个人整齐娴静，静得发慌，静得混淆白天黑夜，静得一根针掉下也把猫儿吓得一跳。猫仔太寂寞了，上屋顶勾引邻家猫女，把大姨妈独个儿撇在园子。

她把月饼、龙眼、石榴摆在月光下，她偏爱石榴，但不吃，说酸。每年结果子，都托人送来。这种果子圆溜溜红艳艳，掰开外壳，里面一颗颗晶莹透亮的果肉，密密麻麻挤着挨着，像一个人丁兴旺的大家庭。吃过石榴，确实酸，电话里告诉她，好酸好酸。她在那头呵呵笑，尖尖细细的嗓音送入耳膜，好孙，好孙。粤语中，酸孙同音，此刻我知道，她说的必然是孙，孙子孙女的孙。月饼她也不吃，油腻的东西，清寡的肠胃藏不住，她何时开始吃素的？竟没有人知道。枯坐月光下，佝偻单薄的身子，目光也空洞迷离，不再对眼前一切感兴趣。她的专注，她的精神，甚至身上的血肉，都被年复一年的光阴耗尽，她瘦削得令人心痛。

月亮从门前升起，温情地拂过她的肩膀，移过头顶，又倏地偏入屋后，这里太清静，星星也不肯落脚。园子里，花花草草睡着了，连以往唧唧不停的蟋蟀也无声无息，该是回家团聚？大姨妈依依不舍起身，环顾四周，干瘪的嘴唇抿在一起，"叽叽叽叽"，细弱的叫声唤不回没心没肺的猫仔。她摸黑走回屋里，黑暗在身后形成更大一团，吞没了她。

与昨天一样的今天过去，毫无新意的明天又来临。不同的是，今天是中秋。

82岁高龄，大姨妈永远走了，带着她的秘密，不被我们知道的心事永远走了。我是否相信她有过这一切？绮丽迷乱，激情灿烂。近乎一个世纪的时间，那根辫子从长到短，从黑到白，从蓬勃到枯萎，生命没有回头了。冥冥世界里，不知大姨妈能否重逢18岁少女，她们会不会谈起当年，说起她们的"自梳"？说起姑婆屋？18岁少女肯定会说那个男子，与她携手共赴黄泉的人，他们的爱，他们曾经的缠绵悱恻。大姨妈呢，她会说什么？

秋风瑟瑟。

> 安人，流传在广东五邑（台山、开平、恩平、新会、江门）地区的民间称谓，对奶奶的尊称，来自宋代朝廷命妇。至今在一些隆重的场合或者偏远乡间时有所闻。

安人：因沧桑 而美丽

剽悍的蒙古铁骑
扬起一路索命的征尘
将瘦弱的南宋
逼上
悬
崖

——张况《南宋的末日》

长久以来，不断想象这样一场战争。

茫茫山野间两军对垒，死命厮杀，硝烟和呐喊声，将荒山野岭搅得天昏地暗。两山对峙之外，大海浊浪排空，残桅断橹，鲜血染红的海水直扑岸边，愤怒拍打崖石，惊心动魄。两只海鸟惊恐地掠过战场，留下一串凄厉的悲鸣。海水极处，火光骇目，夕阳下，只听得慷慨悲歌，怒号阵阵……

想象这场战争，并非好战，亦非尚武，只因交战一方——南宋王朝皇帝姓赵。

这是一场真实的战争，距今七百多年。听说这场战争前，根本不会对自己和宋朝有过什么联想，虽然我也姓赵。听说以后，想的也是战争，而不是那个风云激荡、文化粲然的朝代。可某一天，突然明了"安人"的来历，想象，就在长天白云、惊涛骇浪中，恣意驰骋起来。

这是一场什么样的战争？

史书这样描述：南宋君臣和将士用鲜血和生命，在崖山镌刻着激荡人心的正气歌，在崖海凝聚了感天动地的民族魂。

然而，他们失败了，一个王朝，就此湮灭。勿论多少繁华和鼎盛，只要屈服强权，结局只有一个。血腥的呐喊，亡国的悲凄，曾经的家仇国恨，都永远消失在岁月的风霜里。

张况写道：一轮红日，堕海，而亡。

仲夏的一个下午，来到这个古战场——广东新会崖门，远离声色犬马的城市，这里，仿佛从来都是静止的。一边，青山葳蕤，林涛微漾。另一边，崖山与汤瓶山各踞左右，两山对峙，中扼清流，两山外的大海，沉静似镜，波澜不惊。灼人的阳光下，只有炮台锈色斑斑，沧桑如晦。当年，就是这些铁炮轰天咆哮，护卫着孱弱的南宋幼主？

摩挲着冰凉的炮管，极目风平浪静的海面，好一阵感叹。

还有什么，能敌得过时间这只魔手？

可是，近八百年后，我却偏偏知道了，安人，这声在四邑（海外华侨对台山、新会、恩平、开平四市的统称）乡野时常听到的称呼，竟和宋朝，和在崖门激战的南宋王朝，有着千丝万缕的联系。平静的心，这时，也不能不开始激动。

"安人",童年时非常好奇的称谓。学龄前那段时光,一直跟着外婆,初春的早晨,赖在被窝里不愿起来,却听到一声清脆的招呼:"安人,早哦。"外婆笑着和来人说话。安人?第一次听到外婆被叫"安人",疑惑不解,在来往皆"二叔""三婆""长公""大妗"的称呼中,自小知道婆、公是老人,叔、妗比较年轻,可"安人"是什么?绿树青竹环绕的小村子,没人能解释我的疑问。

这个春天的早晨,"安人"在小女孩儿的心,轻轻划上一道优美的弧形。

许多年过去了,乡人的谈吐中,偶尔还能听到"安人"两字。年岁渐长,更知道安人只存在于某些地方,它不大众化,或许有人从没听过这个词。这道弧形,在岁月的拉扯中,变形、缠绕,衍变为一只蝴蝶结,繁复、迷幻、诱惑而美丽。它究竟隐藏什么秘密?它为什么让我念念不忘?好奇,不解,渐成执拗,总觉得它不同于一般称谓。平和中,似乎隐藏说不出的矜贵。

它应该有来历,我想。

果然,舍近求远遍查手头上的资料后,终于,在《辞海》"安人"条下看到这样写,"命妇封号。北宋政和二年(1112年)定,用以封朝奉郎以上至朝散大夫之妻"。

安人竟来自宋朝?

那么,宋朝,或者说宋朝的安人,和我生活过的这片土地,中间只有一个连接点——崖门!

一直以来飘忽不定的思绪,竟有了落脚点。曾认真问过父亲,赵家有没有族谱,父亲茫然,他们那辈人,为生活疲于奔命，哪有这等心思？而今因了一个突如其来的解释，对八百年前崖门惨烈海战，有了激越而沉郁的想象。

历时二十二天誓死抵抗，宋兵弹尽粮绝，终不敌元军，宁为玉碎不为瓦全，丞相陆秀夫背少帝赵昺投海殉国，二十多万军兵血染崖门，这是历史上四大海战中最悲壮惨烈的一场。然而，人的生命那么刚强而伟大，在我的想象中，一定有一些朝廷的命官及其"安人"——他们的家人，在昏迷后，在死过去后，又被善良的山风唤醒，被激奋的海水挽留，被这片古老而多情的土地，扣住孤苦的灵魂，注入生的力量和活的勇气。在腥风血雨中，他们苟活下来，并且确信，国号没有了，家园破灭了，还有青山，还有绿水，这山这水，就是他们固守的理由。扎根当地，融入本土，渐渐地，他们的习惯、喜好甚至面貌都在改变。但是，当生活和文化都辨不出原貌时，他们却顽强地，保留这个脱胎于从前官宦人家的称呼，安人。

山野津边的小村子里，少妇款款而行，荆钗裙布，手挽竹篮，装着刚摘的青菜，露水未褪，碧绿闪亮。凉风吹来，掀动小路两旁的喇叭花，少妇采下一朵，插在菜篮子上，想想，又插在衣襟前，羞涩地前后左右张望。前面，一个老妇人慢腾腾走着，少妇碎步上前，挽着老人肩膀，甜甜地问候"安人"，顺手取下喇叭花，插在老人鬓发上，"哎——"老人笑盈盈，抬手摸摸头发，泰然自若。这一幕，在村子里不断重现，谁都不觉得突兀，很随意，很亲切，同时，也透露出对长辈的尊重、恭敬。多少年过去了，"安人"随着乡人日出而作，日落而息，平静而安谧，从一代人，传到另一代，代代相传。只要祖母身份，都有资格被小媳妇们唤作"安人"。那场战争，被纳入历史的古井里，后来的人，甚至不知道安人的来历。

是的，倘若没有那场战争，它可能一直回旋于锦衣妙食的殿堂，怎么可以流落山野呢？

现在已无法考证，是谁，第一次将这个称呼用于民间，男人还是女人？是听命于朝廷的武官？还是大门不出二门不迈的贵夫人？知道安人的来历后，另一个问题又开始撩拨我：据资料载，宋朝廷命妇的名称，除了"安人"外，还有淑人、恭人、宜人、孺人等，这些，后来都销声匿迹，只有安人流传下来。为什么？安人，对于中原流落下来的人，有特别含义吗？

非常可惜，在我认识的家乡老人中，还真没人能回答。

仲夏的那个下午，在崖门，除了看古炮台，还在碗山拣过瓦片，据说，碗山是宋兵做饭的地方，"遗落煲、罐、碗、碟堆于一处，风吹泥土，堆积成山"。几片陶片拿在手里，辨不出颜色，左拼右凑，还是不知道什么东西，盛水的罐子？做饭的锅？喝水的碗？都有点像。八百年前，曾端过这碗这罐的官兵们，被元军追赶，一路抵抗一路南下，直至客死他乡，那时，他们心里最想什么？千里之外翘首的亲人？温暖的家中，和亲人们静静享受晚餐？还有，那些追随左右的家人，远离故土，坎坷辗转，颠沛流离，诸般苦难尝遍，对他们来说，还有什么，比安稳平静的生活更能抚慰受重创的心呢？

似乎有点明白，"淑人"之善良、"恭人"之敬重、"宜人"之妥帖，对饱受战争摧残的人都不重要，只有"安人"——安，和也，安乐、平和、安宁、和谐，才是他们的福祉。

这就是答案？又或许，臆测而已。可是，谁又能证实，它没有合理的一面呢？

总之从那以后，慢慢地，安人成为草莽中一个特殊称谓。也许，人们还有这样的梦想：服饰可变，口音可改，什么都可以随着时间消失，可刻上历史印记的语言，好比"安人"，万万不能丢掉，因为它是身份的认同，暗藏祈愿和人性的善良，还因为，它有口舌相传的特性，相当隐秘。时光可以冲刷这些无形无状的语言吗？任凭什么外来力量都摧残不了，可以完整保留下来。以后——从那时到现在，因这种密码般语言的开启，我们都能循着回路，找到一个共同的先祖。

一种语言从地球上消失，就等于失去一座卢浮宫。语言学家这样说。在我的家乡，除了小媳妇唤老奶奶为"安人"外，还有一个非常有趣的称呼，对父亲的母亲也就是祖母，我们都唤作"人"，曾找过好多资料，证明只有四邑地区的台山才有这种称呼。当年离开家乡外出求学，和同学交谈都用粤语，明知道广府话祖母唤"嬷嬷"，可就说不出口，临了还是用乡音"阿人"取代，同学们都觉得奇怪，究竟"人"为何来？

现在总算明白，显然，从"安人"而来。

岁月是一棵秋后的树，日子越深，飘落的叶子越多，总有一些叶子一样的东西，被抛在时间之后。在我家，孩子叫她奶奶"嬷嬷"，而弟弟的儿子，叫我母亲也是"嬷嬷"。在我们周围，已极少听到唤"阿人"，这个称谓到下一代，可能就失传了。然而，我总是不甘心，总想有一声"阿人"等在某地，然后，我会飞跑过去，欣喜地问，请问您是台山人吗？母亲的几个舅舅都安家广州，家里小孩儿不会说台山话，他们中，有远涉重洋到国外谋生，有以日语翻译为终身事业，家乡的印象比较模糊，但所有孙辈，无一例外地，唤奶奶为"阿人"，而且是标准的台山音。我想，这棵树的叶子是越来越少了，但树根还在，它发达的根系，紧紧植在这片曾给先人生存勇气的土地上，何惧不再长出新绿呢？

四月的宁城，夏的气息如水，无处不入，小城早就换上夏装，而站在友谊酒家门前的新娘子，更穿上无袖露肩半胸的红色婚纱，性感、美丽，尽显女人一生的妖娆。按照本地风俗，新娘子要给长辈"斟茶"，这是一个庄严而具契约性的仪式，只有斟茶了，才被承认是这个家族的人，所以，新奶奶都非常重视。"安人，请喝茶。"新娘子双手捧杯，恭恭敬敬递上，声音羞涩娇媚，却很清晰。众人一静，旋即起哄："安人，喝呀！"新奶奶眉眼都笑作一处。后来，她偷偷对我说，真想不到，时髦的新抱（媳妇）竟会叫我安人。她的神情，竟有几分陶醉。

带着高贵的血统，"安人"从宫廷到民间，历尽八百年沧桑，仍保有当初的生命力，它像一个不老的灵魂，紧系后辈到处流浪的心，给他们体贴、温暖和安宁。在美国的唐人街，其芳踪无处不在，一声清脆"安人"，认识不认识的相顾一笑，心里明白，都来自同一个地方，彼此深谈几句，发现原来村子挨着村子，小时候一起上山打过柴，下塘摸过鱼虾。回家了，喜盈盈地对家里人说，今天，又遇到一个乡里……

对这个非同寻常的称谓，我愿意这样理解，它是历史留给后人的财产，像一种支撑，或者传承，是家园的热望、殿堂的神圣、堡垒的固守和亲人的眷恋。据朋友介绍，在广东，还有中山、花都等地，安人的说法也流行，那些地方的人，是否是宋室遗民呢？

只能留给史学家探究了。

现在，唤"安人"以及被唤"安人"的人，血管里所流淌的，或许跟八百年前的先辈没什么关系，但因相传近千年的特殊称谓，我们得以知道，其实，我们都是同一类人，都向往同一种生活。

关于那场战争，我还在不断想象，似乎，已不完全因为姓赵。右丞相文天祥被俘后，面对茫茫大海，发出"一山还一水，无国又无家。男子千年志，吾生未有涯"的悲叹，身为臣子，壮志烈胆，仍挽救不了一个朝代的衰亡，在他心里，对这个为之献身的王朝，蕴藏着多少深情和不甘？他的正气凛然，视死如归，又给了后人怎样的昭示和激励？如果，他知道八百年后的今天，因一个流落民间的称谓，那个盛极而衰的朝代被一而再再而三描画、想象，他该是怎样的欣慰？他更不会想到，对于今人，"安人"所蕴含的分量竟如此之重：若干年后——至少也跟宋代至现在的距离等量，那时，对过往时光的叙事，对这片蛮野而丰饶土地的阐释，最佳和最直接的切入，也许就是，安人——和时间抗衡的另一只手。

陈垣（1880年11月12日—1971年6月21日），字援庵，广东省江门市新会棠下人，中国杰出的历史学家、教育家。曾任京师图书馆馆长、故宫博物院图书馆馆长，国立北京大学、北平师范大学、辅仁大学教授。1952年至1971年，任北京师范大学校长。一生矢志办学治学，著作宏富，成就卓著，被誉为"中国近代之世界学者"，早年与王国维齐名，后与陈寅恪并称为"史学二陈"，毛泽东主席称他"国宝"。

祠堂，是族人祭祀祖先或先贤的场所，珠江三角洲的祠堂用途多，除"崇宗祀祖"、婚、丧、寿、喜诸事均可办，以及开办学堂。甚至设厨房，供日常议事聚餐。"祠堂"一词最早出于汉代，至今祠堂渐至失修凋敝，越来越少。

陈垣：祠堂香火否如前

陈校长：

您好。本应以"陈公"尊称您，但思忖再三，还是称呼校长。作为敬仰您的家乡后人，无缘亲炙，真系遗憾，一声校长，实发自内心，以您七十四载教书生涯，四十五年北师大校长职任，"校长"，想必是您喜欢的。

陈校长，您家乡新会"小鸟天堂"，是我小时候向往的胜景；圭峰山，是我成年后访友休憩之地。没想到的是，浩浩汤汤崖山之水，居然在八百年前某天，四面楚歌，历史，就在这里拐了个弯。家乡的山水，想必在您心田里扎下根。所以多年后，您在庙堂之上，在遥远的北方，想念水气迷茫的南方江门，怀想香火氤氲的祠堂，写下《忆太祖祠》："岐山头畔百花鲜，艳说真人圣水传。为问近年傩礼日，祠堂香火否如前？"

读到这首诗时，我正从江门潮连回来。陈校长，您知道的，这个小半岛，潮连，安静如世外桃源，唯有香火燃起时，它褪去雾的迷糊，树的掩映，从沉默的泥土中跃起，音姿容止，莫不瞩目。

见识过各地寺庙，山门高大，神台壮丽，有一种摄人心神的力量。可潮连的祠堂，却这么随俗，坐落在村子里，竹园边，水井旁，和早晨的鸡鸣、小孩儿的嬉闹、春耕夏收的人们，在一起。我想，月落乌啼，夜半钟声，更多是寺庙心情，潮连的祠堂是炊烟，是夕阳，是慈爱和亲密。所以，您走过严寒历经风雨后，依然想起家乡的祠堂。

祠堂，香火否如前？陈校长，如前，如前。

卢氏宗祠给我印象很深。从外面看，祠堂门庭宽大，左右对称，红、黑、灰白，三色互补，富丽堂皇。进入祠堂，一抹光亮，通过宽敞的天井，投射到两旁的檐墙。红花、古榕、绿草、耕牛，组成村野风俗画，风格各异。阳光抚慰下，变幻着奇特的色彩。两幅彩色雕塑中间，有一小幅红底黑字的书法小品，教人称奇。细看，其中一首是杨万里的《小池》，世人熟悉的"小荷才露尖尖角"；另一首："银烛秋光冷画屏，轻罗小扇扑流萤。天阶夜色凉如水，坐看牵牛织女星。"小杜的。唐宋诗篇飞上屋檐，太惊喜了。陈校长，我真没想到，在这个普通的地方，居然有如此雅致的建筑。又很奇怪，古典诗词皇皇大观，为啥偏偏选中这两首？

一年一度的祭祖活动开始了。祠堂里外洒扫一新，大门两侧，灯笼高悬，前厅上方，彩带横空。祭桌前，一字排开十多只金猪，绿柏饰侧，头蒙红纸。供桌上鲜花缤纷，香烛粗大，大小香炉，青烟缭绕，这是一个让人敛神凝思的地方，只要止步，只要打开心灵，就能聆听到远祖的声音。几百年前，祖先就在这里举行四时祭祀，青瓦上的苔痕，春风吹又生的小草，石地板下的尘土，都藏匿着先人的气息，记录他们曾经的兴旺和繁华。明器，纸帛，香烛，逐一点燃，香气袅袅。上香，献花，行礼，老幼尊卑，恭敬列队。

有什么比沐浴先人的光辉更感动呢？陈校长，这番描述，可以抚慰您的思乡之情吗？您的出生地新会，确实很特别。您年轻时，曾从广州回到家乡，在新会篁庄小学当老师。"我在这个学校是一揽子课都教。国文、算术，并兼教体操、唱歌……在那时，这些都是很新鲜的课程。"我对这段记述很感兴趣，因为二十七年后，著名作家巴金，也曾在篁庄的学校当过老师。巴金先生在散文《庶务室的生活》里写道，"在一座小山的脚下，并排地立着三座灰黑色的祠堂。这个纯粹中国式的旧建筑物便是'乡师'的校舍"。乡师，西江乡村师范学校，新会人自费创办的学校，1933年，此地已有自己的师范学校，江门新会，或者说广东南粤，文风馥郁，书香飘逸，可见一斑。

说起办学，倒想起一件趣事，陈校长，据说，您是在自己创办的西医学校毕业的，这所名为广州光华医学专门学校的第一届毕业生，毕业证董事一栏有"陈援庵"署名，而毕业生则为"陈垣"，亦即系说，您自己给自己签发毕业证，是这样吗？当然，这对于新会人来说，并不稀奇，比您略长几岁的新会同乡梁启超，无文凭无学历，却当上清华国学院教授，与赵元任、王国维、陈寅恪齐名。你们这一代人，留下太多的不可思议，太多的难以逾越，后辈，唯有叹服、景仰。于我，会把前辈的智慧、禀赋、雍容、美德珍藏，并以此，作为一程山一程水的奖赏。

过了中秋节，寒露悄然而近，重阳，冬至，元旦，人们开始忙碌，香火，在祠堂寺庙里长明。陈校长，此时，您回一次家乡多好啊，与乡人说说粤语"白话"（据陈垣嫡孙陈智超讲述，陈垣要求家中男孩儿一定要学会粤语白话），在祖先神位前装炷香，走回棠下镇石头村的石板路，在屋后的凉亭吹吹风……

延伸阅读：生生香火

外婆的村子尽头有间大屋，破旧，幽深，高门槛，禾草满地。有人经过，总惊起几只燕子（也许麻雀），在门梁上翻飞，啾唧乱叫。

外婆说，这是祠堂。认识祠堂时，我只有5岁。

一 祈愿

珠江三角洲。侨乡江门。潮连。

潮连是个小岛，这是以前的事了。现在，一座大桥连接小岛和江门市区，于是，世外桃源的潮连，无奈跟上现代文明的步伐。

幸好，还有祠堂。

见识过各地寺庙，山门高大，神台壮丽，雕像威严，有一种摄人心神的力量。可江门的祠堂，却这么随俗普通，而且不虚幻，草木都有出处，即便小物件，也能牵出一段历史，所有的存在，都能找出注脚。它们和曾经生活在这里的人，有千丝万缕的联系。月落乌啼、江枫渔火、夜半钟声，更多是寺庙心情；珠三角的祠堂是庸常的，坐落在村子里，和早晚的炊烟、小孩儿的嬉闹在一起。没有诗化，更不是神话，它实在，慈爱，亲密，接纳一切，又消融一切。而且，祠堂的存在，永远都在提示后辈，你的祖先在这里真实生活过，甚至辉煌过。

卢氏宗祠离广州不远，一个阳光普照的早上，我们来到这里。从外面看，祠堂门庭宽大，呈左右对称结构，红、黑、灰白三色富丽堂皇。进入祠堂，一抹光亮，通过宽敞的天井，投射到两旁的檐墙上。啊，是彩色雕塑，红花、古榕、绿草、耕牛，组成一幅幅风格轻松的村野风俗画，阳光抚慰下，变幻着奇特的色彩。让人称奇的是，两幅彩色雕塑中间，有一小幅红底黑字的书法小品，细细看，居然是世人熟悉的"小荷才露尖尖角"，还有"银烛秋光冷画屏，轻罗小扇扑流萤。天阶夜色凉如水，坐看牵牛织女星"。唐宋诗篇飞上屋檐，惊喜莫名。又很奇怪，古典诗词可谓皇皇大观，为啥偏偏选中这两首？也许，荷叶团团，树荫弄水，蜻蜓俏立，这些生活场景，打动了当初那个巧匠，手下一动，留下了百年印记。

在卢氏宗祠的侧厢房,一位精神矍铄的老人递上《重修潮连卢氏宗祠缘起》,粉红色的纸,黑字印刷,卢氏宗族对祠堂的崇敬和热爱,从这种雅致的颜色里逸出。"回溯我宗祠之创建,时为九世洪齐公,慨叹祖祭无所,倡议建庙……至正德三年(1508年)十世东华公,更作山以建后座,方成今日之规模。"祠堂从建造到渐成规模,中间历经二十多年,谁是那些雕塑、诗词的设计者,谁是能工巧匠,已无从考据。我只感叹它的奇巧、浓郁的生活风味,以及匪夷所思的匠心独运。这些诗句,是对生活细节的重复,又源于对生活美好的提炼。它是否暗示,静好的生活,就是先祖先贤所祈盼的,生活如细流般蜿蜒向前,就能生生不息,源远流长?

于是,当看到中堂大木门背后那些精美到极致的雕刻时,我对祠堂的打量,开始有了更丰富的联想。这一扇扇高大厚实的木门,黑得发亮,闪着幽光,或半掩,或敞开。走过这个门口,就要离开了,一个回眸,突然发现,门后有雕花!阳光经过大树筛下的斑影,细细碎碎,在上面跳跃着,玉米、稻穗、荔枝、芭蕉、双鱼、狗崽、小鹿,还有水仙花、香炉、花瓶,装饰性特强的图案上方,有祥云缭绕。徜徉在这些雕花前,仿佛看到几百年前,一个普通人家的日子。白天,耕种田畦,辛劳哺育,光阴伴随汗水,催生田野的丰盈;晚上,炊烟袅袅,庭院欢跃,布衣暖,菜根香,安妥,庸常。这样的生活,不就充满欢乐和慈爱吗?

一瞬间,我明白了。拥有这样的生活,就能世代繁衍,生生不息。

祠堂,以一个宗族强势的力量,无时无刻不在祈祝后世繁荣，血脉丰沛。这种浓重的世俗关怀，包含了对生命、对家族、对后代、对家国的深广祝颂，如果只用一个字来表达，那就是：爱。

二 召唤

"据《潮连乡志》记载，1946年潮连祠堂共127间，有卢氏、陈氏、区氏、潘氏……祠堂。祠堂密度大，每平方千米有10间。几十年来，有部分祠堂年久失修自然塌落，有部分为取其砖、木用，人为拆掉。……2004年仅存50间。"

这段文字很普通，可只要想想"每平方千米有10间"是个什么概念，进而再想，整个珠三角又曾经有多少祠堂？你会大吃一惊。

如今，这些散落在乡村各处的祠堂，就像磁石，发出强烈的吸引力，又像大海航标，矗立在喧嚣的波涛中，沉郁坚强，光芒闪亮。那些离乡背井的族人，远涉重洋的乡人，把家安在地球另一边的后裔，在碌碌谋生中，在奔波觅食中，每一次抬头，都能感受到它的呼唤。

12月4日，一年一度的祭祖活动。

祠堂里外洒扫一新，大门两侧，灯笼高悬，前厅上方，彩带横空。乡里德高望重的老人早早来到，仔细检查各种祭品。祭桌前，一字排开十多只烧乳猪，金黄耀眼，身侧饰绿柏，头上蒙红纸，名曰金猪。供桌上鲜花缤纷，香烛粗大。在这些琳琅满目的供品祭器中，神台，最值得浓墨重彩。造型方正，稳妥庄严，中立大红祖先牌位，前供大小香炉，青烟缭绕，大红灯笼高挂，红底金字对联分挂两旁，饰粗金龙、雕花、长金穗。这是一个让人敛神凝思的地方，只要止步，只要打开心灵，也许，就能聆听到远祖的声音。

精神矍铄的老人充当主祭人，恭恭敬敬鞠躬，宣布：祭祖开始。"……草木洁怀，当思孝思不匮，慎终追远，恒念祖泽情殷，木本水源，此身缘由来自，纸钱麦饭，无望春秋祀典，孝之道也……"主祭人饱含情感的声音，在沧桑的祠堂回转。前排是族里的长者，不管年纪多大，都努力站直身子，双目平视，集中精神。他们感到幸运，几百年前，祖先就在这里举行四时祭祀，青瓦上的苔痕，春风吹又生的小草，高柱大梁的缝隙，石地板下的尘土，都藏匿着先人的气息，记录他们曾经的兴旺和繁华。有什么比沐浴先人的光辉更感动呢？"今儿孙济济于敦本堂下，欢欣无已。看万宾云集，鱼跃龙腾，享珍馐百席，美酒佳肴。狮鼓同乐，礼炮齐鸣，灯香熠熠，金柱华华。光我列祖列宗，佑我胄衍胤蕃……"

焚烧明器、纸帛、香烛。上香。献花。行献酒礼。行献金猪礼。行三牲献礼。

众人合拜。锣鼓喧天。

一套仪式繁复浩大，其实也很单调，但人人衣履整洁，毕恭毕敬，唯恐错失一丝一厘。这些人中，有的甚至万里迢迢，舟车劳顿，从国外赶回，怀着一颗虔诚之心，只为参加这个活动。我想，这就是"乡愁"。有时，它不一定真实存在，也许只在心里，"日暮乡关何处是，烟波江上使人愁"，这种惆怅和痛苦，加速人们归根的向往。一旦遥感到这个确实存在的实体，比如祠堂，那么，就会以火山爆发的热情，扑向它的怀抱。

在江门市荷塘南村余氏宗亲祠堂，聚集着一大群老人，听说我们来看祠堂，停下正在玩的纸牌，热情地开始"讲古"。这间朴素的祠堂，在最近几十年里，两次险些被毁。年近七旬的康叔讲述时，语调充满不平以及劫后余生的欣慰。年轻的康叔绞尽脑汁，寻求保护方案，最终以养蚕为借口，作为集体财产保护下来。面对几百年历史的老建筑，康叔铁下心，拼着性命也要保护祖宗留下的物产，延续宗族精神……

"有祖坟，有祠堂，外面的人才回来。"康叔说。如今，他天天都来这里，像看家一样看护祠堂，他说，常有余氏族人来这里寻根，装支香拜拜祖宗，听听他讲故事。

是的，如果没有这些，对故乡还有什么牵挂呢？怎样确定自己和祖宗血脉相连呢？因为祠堂，他们知道，这里，永远有许多慈祥的眼睛，饱含深情，千世万世默默注视，注视着这块灵秀的大地，和大地上繁衍生息的子孙们。

三 传承

穿行在那些大小祠堂中，对这种浓烈岭南特色的老建筑，从迷惑到清晰，从无知到审美，有了一个相当立体的阅读。惊叹那些雕花的房梁，竟在演绎一个个完整的神话故事；琉璃瓦镶嵌的檐头，夕阳下闪着美丽绿光，仔细辨认精美的回字窗花，惊讶地发现暗含周而复始、九九归一的哲思；徘徊在窄窄长长的小巷里，感叹时光流逝和静止。因为偏爱，更对那些到处出现的对联、楹联、牌匾、碑刻给予很大关注。"祖德宗功流芳远，子孝孙贤世泽长""祖有德宗有功燕翼贻谋百代堂基巩固""成化于祠灵晖玉地千秋岁月千秋华"，都是吉言颂语，怀抱祖德，缅贤追远。这些字体很有趣，有正楷，有行楷，有隶书，有狂草，还有篆书。不断和各种各样的字体相遇，似在提示我们，祠堂能几十年几百年存在，不因岁月流迁而衰败，是因为这些堂皇的建筑后面，更有强大的文化根基支撑，源远流长的文化传播，从这里生发，伸张，并从这里走出，融进外面的世界。

所以，把祠堂和学校做一番联想，不算很难的事，何况，篁庄村欧阳氏祠堂，直接给出最好的想象载体。

让我们做一次时光旅行吧。

1933年5月31日傍晚，"太阳已经落下山了，晚霞正在天边燃烧……到后来晚霞淡到了肉眼看不见的光景，山脚下汽车路上，灯光就出现了"，灯光同样在山上的祠堂亮起，晚饭时光，一阵喧哗传出，人声隐约，西江乡村师范学校的学生三五成群，边吃边聊，意兴风发，古老的祠堂虽隐身山野草莽，却因这些年轻学子，因文化的浸淫，显得古雅儒厚，生气勃勃。这些学生中，有一位稍微年长的年轻人，谈笑风生，没有架子。祠堂旁的菜地边上，有一眼小水井，他去打水，吊桶却尴尬地浮在水面，打不上水。同学们一拥而上，纷纷大笑，这些来自乡村的孩子，谁不会打水？年轻人也笑了，说："你们帮我吧，我笨。"孩子们热心地帮忙把水打上来，簇拥着他走回祠堂一边的住所——庶务室……这一幕，后来成为文学大师巴金的散文《庶务室的生活》的素材。这个年轻人，就是1933年的巴金。

迎接我们的是一个欧阳氏老人，还有他们的族长。走过一段开着野花长着绿草的小路，终于站在宽大的欧阳氏祠堂前。欧阳老人指点着说，这里原来是课堂，那边是寝室，从这里还可上二楼，通向图书馆……"这边是厨房"，他特意带我们去看当年的厨房，现在仍是厨房，每年祭祖后聚餐，就在这里生火煮炊。老人指着门联叫我们看。"天下欧阳无二氏，翰林学士第一家"，他自豪地说，"天下姓欧阳的人都是一家子，欧阳修、欧阳询也是我们本家。"冷不防从他嘴里蹦出两个历史名人，我大吃一惊，然后释然，祠堂内随处可见"文渊北宋学，官史南雄风""开基书作器，创业德唯馨"等对联，足见此地文风馥郁，书香飘逸。

荷塘镇篁湾村的周源李公祠前，有一个大广场。以前，这是竖"石杆夹"的地方，为有功名之人而立，青石石杆，四四方方，直指青天。历史上，李姓族人中有二十多人考取进士、举人。站在20世纪正午的阳光下，遥想一百多年前石杆林立的情景，不禁心驰神往，二十多座石杆同时立起，该是怎样一种情景？

祠堂既承载了先人的荣耀和企盼，在这里办学、奖掖后代，也是很自然的事。后辈发奋读书，掌握良好技能，"雏既壮而能飞兮，乃衔食而反哺"也就非常自然。在卢氏宗祠，我们听说了卢氏名人卢湘父的故事。卢湘父是康有为弟子，早年中举，在卢氏祠堂创办"敦本堂"学堂，毕生致力于澳、港两地的平民和妇孺教育事业，许多社会名流、著名学者、实业家皆出其门下。临终，他将全部产业赠给澳门政府，这般胸怀，怎不长令后人敬仰呢？

在这些祠堂中穿行，感觉它们不再是一座座孤立的老屋，它有一种强大的磁性，将子嗣、文化、习俗、传统、观念等紧紧系在一起，形成一条流动的河，一条连接历史和现实、过去和未来的河，它又是一本本线装的古书，有明清的遗香，也有民国的逸趣，更有当代的幽情，既是时代的印记，也是家族文化的诠释。

穿行在堂宇轩昂的祠堂中，多么奇怪，关于祠堂的童年记忆竟变得模糊。眼前，门庭冷落的祠堂不复存在，只有写满历史符号的高墙青瓦，以及从砖缝瓦边慢慢沁出的沧桑，想起史学大师陈垣的诗："岐山头畔百花鲜，艳说真人圣水传。为问近年傩礼日，祠堂香火否如前？"陈垣是广东江门籍人，长居京城，晚年写下这首思乡诗，寄托对家乡祠堂香火的深深迷恋与期待，他的心，应该甜蜜而向往吧？如今，我看到了，不止香火如前，它更承载了无数的忆思和热爱，在这块富饶的土地上，继续逸发清气和馨荣。

离开篁庄祠堂，恰是正午，门前坡地阳光灿烂，蝴蝶翻飞，几只小燕子叽叽喳喳，我惊喜扬手，这些小燕子和童年见到的那几只，是一家子吧？

> 谈月色（1891—1976），女，原名古溶，又名溶溶，广东顺德人。晏殊诗有"梨花院落溶溶月，柳絮池塘淡淡风"句，遂字月色，以字行，晚号珠江老人。因行十，又称谈十娘。斋名梨花院落、茶四妙亭、旧时月色楼、汉玉鸳鸯池馆。工诗善书画，篆刻、瘦金书、画梅驰誉海内外。曾为毛泽东主席镌刻"毛泽东印""润之"等印章。

谈十娘：向铁毫 邀月色

谈十娘：

您好。今天是农历九月初一，后天即寒露。昨天与父亲吃饭，他又说起乡谚，"寒露三朝，过水寻桥"，寒露后，天气转凉，越来越冷，之后第三天，下河不敢蹚水，只能找寻小桥。耄耋老父对小时的事情记得很清楚，边说边吃，兴致很高。然而，时至昨夜，岭南的天，还酷酷如夏。半夜里吹来一阵风一阵雨，今晨，树梢草尖有了秋意。

如此凉晨，宜读书。

平日常去孔夫子旧书网闲逛，随意浏览，或找一两本心仪书，过过心瘾。这会儿翻到网站的拍卖版，一眼看到这幅画，梅花与水仙，一红一白俯仰多姿，顾盼含情，画面色彩淡雅，古意幽幽。一时无法绕开，于是点开画作，放大，越看越喜欢。画面左下竖排一行字，仔细看，"谈月色写于白下茶四妙亭"。心里一动，谈月色？谈十娘。

是您啊。记得也是这样一个非寒无露的日子，收到远方来邮，"你们广东有个女印家很了得哟……"随此话，还有一对闲章，方形阴文，分别为"十分冷淡存知己""一曲微茫度此生"。此两句，来自张充和先生诗，年轻时爱字句清雅，如今才懂个中三昧。印章，遂成掌中挚爱，偶尔在书页钤印一二，细赏慢品，自我陶醉。喜欢印章，还写过一篇小品文《误入藕花深处》，诉说与闲章之缘。后来，朋友告诉我，女印家就是您，谈十娘。此番不期而遇，教我惊喜。人生中这样的偶遇，太少了。

素喜清幽，此画正合我心思。您集唐人咏梅句，题在梅的左边："忽见寒梅树，开花汉水滨。不知春色早，疑是弄珠人。芳意饶呈瑞，寒光助照人。玲珑开已遍，点缀坐来频。"画面上，人之惊喜，玲珑梅之幽姿，汩汩而来。此画写于壬午年中秋，现代人对天干地支不熟，赶紧查询，您所在的壬午年，应该是1942年。1941年，您丈夫蔡哲夫，著名的南社早期组织者，在逃难的路上，在满目疮痍的南京城，贫病交加去世。你们本不必颠沛流离，不必吃糠咽菜，但蔡哲夫拒绝了伪政府邀请，辞掉可以锦衣玉食的工作，宁愿"病卧牛衣，蹇步茶邱"。自为您改名"月色"，两人就携手相依，蔡哲夫于您，亦师亦友，亦爱人亦同乡，半生缠绵，一世眷恋，如今哲夫病逝，这般悲痛不舍，如何扛荷？可您是谈月色，是谈十娘，4岁出家，青灯蒲团，学得一手好画；而立之年与蔡哲夫相见，那天，阳光照在一对汉玉鸳鸯上，温润柔美，一如您画梅的手，把汉玉鸳鸯抱在怀里，您蓄发还俗，宁愿屈身副室，从此追随哲夫左右。如此倔强、如此独立的谈十娘，哪能轻易被伤痛沦毁？这幅《寒香清供》，疏影横斜，冷香溢纸，我觉得，谈十娘正如梅花，傲对寒霜，风神高逸。

  谈十娘，1938年冬，您刻印"丁丑十一月七日当涂罹难戊寅八月二十八日广州家破"，记下国殇家破的悲怆。1941年12月蔡哲夫过世后，您强忍悲痛，编撰《寒琼遗稿》，并说："先外子漂泊四方，坎坷一世，杜子美放歌巴蜀，伤乱为多；屈大夫泽畔哀吟，忧时实甚。付诸剞劂，聊以阐幽，祸及枣梨，未尝计虑。"表白编刊诗集的初衷。您一生爱梅，眼里有梅，画里有梅，诗里也是梅："易米梅花不讳贫，玉台壶史自千春。闽茶绝品承遥寄，我亦城南穷巷人。"即便穷巷陋屋，梅之冷香，仍在困苦中开花……所有这些，我都没遇上。可我还是想了解，1922年，广州檀度庵的白梅，如何祝福你们效"赵（赵明诚）李（李清照）情缘"白头偕老；想倾听，1937年安徽白纻山的月色，如何慰藉您思乡的愁绪；甚至，想走进"月色画佛"这枚印章，偷看您悬腕冲刀，刚柔并济，见证一枚平凡石头的涅槃重生。很难想象，以一女流弱腕，竟能称雄印域，玩转刀斧，您的经历，只能说神奇。新中国成立后，您远离京城，默守一笔一石，生活淡泊。然而，艺术圈有您的传说，四方名人藏有您治的印章，何况瘦金书字体，多少人穷一生都练不好，而您自成一家。多少年后，关于广东顺德女印家为中南海伟人治印的故事，一传再传，那三枚印章，我也在万能的网络上找到，其一"润之"瘦金书体，飘逸遒丽，难怪桀骜的苏曼殊也赞赏："画人印人一身兼，挥毫挥铁俱清严。"

同为女性，我知道挥毫已不容易，小时候学过书法，深知其中枯寂；挥铁，更难以想象，一天天与锋锐、冷硬相伴，更别说一不小心铁刀刺破手指，十指连心……以柔弱对抗刚强，这神奇的背后，是怎样的泣泪饮血，椎心刻骨，您所付出的心力，后人也许只知一二。

我不懂画，但喜好，所赏所爱，并无圭臬，只凭个人感觉。赏过《寒香清供》后，一直不忘，几天后，再上孔网，点开此画，再看那几句唐诗，却无来由一惊，这些字体，不太像瘦金书吧？瘦金体书法，瘦如竹，硬如铁，可这些字，细看，转角甚至还带些许圆润。不甘心，网上搜索一番，果真找到另一幅《寒香清供》，墨色寒梅一枝，无水仙，同样的诗句题在右边，字体如金钩，如铁画，转折处稍见锋芒，与"润之"印章的字体十分相似。两幅画，同题"壬午中秋"日写。我糊涂了，难道说，两画中有一幅临摹吗？端详多日，总觉得，墨色寒梅的疏枝淡影，更潜藏谈十娘的遗世独立，更带有时情冷暖。转念又想，只要喜欢，是否真迹重要吗？

谈十娘，纸上风月，终会烟消云散，唯有那枚月色，将长久陪伴这片朗空，静静地，看时空变幻，薪火相传。

> 程坚甫（1899年10月—1989年11月），广东台山人，历任黄埔军校图书馆管理员、广东省盐业公会秘书、警察局文书、法院秘书等。1949年去职回台山，以种菜、卖菜、拾猪粪为生。一生写下近千首咏怀纪事诗，反映当时的社会现象，诗作沉郁顿挫，被誉为"中国农民中的当世老杜"，乡人多称三公。

程坚甫：江天寥廓 吟声已续

三公：

您好。今天是清明节，天气出奇地好，没有雨纷纷，也不见大日头。台山的风俗，不管人在哪儿，这个时节都要回乡"行山"，我本打算借返乡机会给您上炷香。可身在外地，父亲已然耄耋之年，不好劳顿，"行山"一事，唯有托付亲友，暂做遗憾。

遗憾，人生何处不在呢？自从知道您是台山人，家在台城镇附近的洗布山村，就常常想，我与您，我们曾经有过交集吗？台城周边有几座小山，石花山、牛山、洗布山，读小学时，有时会跟着邻居姐姐到山上捡柴。记得洗布山，是因为名字特别，洗布，洗刷的地方，难道不是河吗？记忆中台城有很多纺织厂，也许洗布山也有，需要漂洗布料。从不知道，洗布山下，还住着一位人称三公的老翁，和他的妻子三婆。更没想过,根据社会学"六度空间"定律,我跟三公您早就认识。所谓六度空间定律,是说任何两个陌生人之间,所间隔的人不会超过六个,也就是说,最多通过六个人,我就认识您了。三公,那我们是不是早就该认识呢?

三公,家乡才子谭楚明给我发来一篇《寻墓记》,写到来自广州佛山江门及台山的后辈为您扫墓。读后才知道,我这个后辈与您,中间隔着一个朱伟申校长。朱校长,三公您认识的,台山第一中学校长,三婆给他女儿当过十几年保姆。《寻墓记》记述,当朱校长后来知道您和三婆生活窘迫,沉重地说:"如果当时有现在的生活条件,我一定会把程老和婆仔供养起来。"眼前浮现朱校长的大眼镜,尖下巴,一副书生模样。三公,朱校长在职时,我曾与他共事,相信,他说的是真的。那时候,他也不知道您写诗,更不知诗中记录那么多人间困苦,否则,以文化人的惺惺相惜,怎不伸出援手呢?

然而,一旦以"如果"开头,就必然以遗憾续尾。如果真有这么一天,我想,三公您未必答应。当今所有关于您的生平介绍,都提到1949年您离职回乡当农民。当过黄埔军校图书馆管理员、警察局文书、法院秘书,以民国时期说法,您属于幕僚,或者广东人称之的"师爷",这在那个年头,是坐上座之人,怎么可能就不干了呢?人往高处走,常情常理,但凡有一丝留恋,也不至于回乡"拾遗"。可是,您回去了。

罢职回乡,如今想来,至少不算坏事。台山乡野,人事淳朴,一个拾遗谋生的"半叟",如同村头巷尾的阿公阿爷,谁会留意?所以,您只管吟自己的诗,画无人观赏的画,与少陵野老夜谈,效白乐天听雨,"剩有吟诗兴未阑","偶成诗画惭摩诘",在自己的世界里,以自己喜欢方式跟昨天对话。白天"逐臭求温饱",夜晚撚髭推敲诗;芳草丛中伴豕游,脑子里想着诗和茶,每个与您擦肩而过的人,谁能想到,眼前踽踽独行的老汉,内心与外表,竟然是两个世界,这般风雅,只有您写过的诗句知道,您走过的草地知晓。我读三公的诗句,常把自己代入,有些场景,小时候经历过,想到三公与村野种种即景,几可命名为"山翁春色图"。三公,我特别喜欢"戒口未能删绮语,琅琅对客读西厢""半叟嗜花狂似昔,月明夜夜踏歌回",有声有色有画面,文人的倔强和雅致,从诗里跳将出来,教人惊喜,教人遐思。我学龄前的日子,跟着外婆住在锦昌村,那村子离洗布山不远,村景大致相同,水牛啃草,黄狗乱窜,猪崽到处拱食,"补纳"衫旁边,开着紫色喇叭花,摇曳的竹叶倒影在洗菜的小溪中。在这里,我常常跟小孩子们到处逛,但更多时候,坐在外婆脚边,听她吟唱各种故事。关于美好、善良、丑恶、贫贱、高贵等等最初的认知,都来自这里。琅琅读书,夜夜踏歌,三公,读您,如见外婆。

"客囊如水贫难掩,妇面如霜笑更稀",这是50年代的台山乡村。您的诗,多次写到"褐不完""无完褐",褐,我专门查了字典——粗布做的衣服,"无完褐",连一件完整的粗布衣都没有,何等贫寒哟。每每读到此,口鼻酸涩,感伤不已。其实,十多年后的60年代,生活窘态也没有改变。记得外婆有一件深蓝色粗布衫,平时很少穿,叠好放在枕头下,只有带我回城里见妈妈,才穿上,每当这时,她就说,出门要企企理理(干净整齐)。那时我才几岁,但从大人的神情语态中,过早体会了生活的困顿。三公,您没有一件完好的衣服,精神却如出污泥之白荷，洁白清亮。读您的诗，处处领略雅趣，教人感觉，窘迫艰难中，总有一丝光亮悬照，鄙陋浅薄下，尚余清流涓涓不息。更何如，"酒逢佳品心先醉，诗入中年胆变粗""守株以待应无兔，执耆相随尚有豚"等句，莫不真实谐谑，天性浪漫和现实生活苦涩的交织，撞击着人间的丑陋和善良，也守护着诗人心底无人能进、无人可进的野草地。我想，夜深人静时，这块草地是何等丰饶妩媚，您独自吟唱，独享一个人的欢愉，不再理会树下能否等来兔子，簸箕前有没有嗷嗷的猪。

而他人面前，您依然是执耆拾遗的老翁。

台城西园，在三公的诗里，是吃茶的好地方，"西园佳处象田家，偷得些闲坐吃茶"，您和朋友闲坐西园水榭，烹茶换盏，临水谈诗，这个地方，三公应该很喜欢。艰难地为一天两顿劳作时，吃茶，也许是唯一能宽慰疲惫皮相的事。坐吃茶，是一个活动形式，什么茶不重要，重要的是过程，让人有一个形而下到形而上的阶梯，循梯而上，达到个人精神境界高地。这个西园，我也喜欢，何况，它就在城东路我家附近。可惜从记事起，西园已残垣断壁。大人嘱咐，经过西园不要停留，小朋友悄悄传说西园有鬼。于是，每次远远望见西园的白墙拱门，便绕路而过。有一次，和几个同学仔贪图近路，穿过西园拱门，里面有凉亭水池，水池干涸，池底干裂，结着青苔。脚下小心翼翼，眼睛东张西望。后来，跟人在旧金山的刘荒田老师聊起，他说，他写过西园，那时他正在台山一中读书。岁月渐渐远去，三公，您吃茶的地方，如今只能长栖于您的诗、我的记忆里。

《程坚甫诗百首》，一小本简陋的诗集，一位叫简里英的佛山文友自费印刷，他说很喜欢您的诗，印出来同好共赏。当年您写好的诗稿无可托，无钱印，只好藏箱底，如今，箱底的诗被有心人拾得，抄写，传诵，评注，犹如宝藏，一旦打开，便吸引了更多闪烁的目光。您曾说，"拙也无妨工亦好，老夫原不尚虚名"，是的，倘有那么一点点幻想，当年身为台山一中校长的朱伟申先生，怎可能不知晓呢？身后三十年，还有人如此追慕，总教人欣慰。写到这儿，还得提一提刘荒田老师，倘若我有心，十多年前就该知道三公的诗名，十五年前，刘荒田老师以《江天俯仰独扶犁》为题，向家乡人介绍三公及三公的诗，他从美国发来电子邮件，附上这篇万字长文，奈何忙于个人琐事，匆匆读完即放下。如今从收藏夹提出此文，细细读了一遍，内心的波动久久不能平息，三公毕生的情感与炽烈的爱，都献给了诗，而在世时，知之者甚少，仅有的三两知己，也耽于自身生计，难以倾心习诗。三公一生与诗相知相伴，相互慰藉，在诗的王国里暂做一回国王，而"可以兴，可以观，可以群，可以怨"的诗，在三公纸上，则呈现"苍凉沉郁"的气象。刘荒田老师说："在家乡这不算繁盛，并无多少奇才巨擘的小小诗坛，程坚甫是硕果仅存的一朵火焰，它虚弱而恒久地点燃，时代的疾风一次次刮来，它亮在熄灭的临界点。"刘老师此话，洵可告慰九泉下三公诗魂。

　　三公，家乡的白玉兰悄悄开放了，在佛山，三角梅红得铺天盖地，采一束，让它带着我的信，献给洗布山下的您。

　　江天寥廓，吟声已续。

辛丑年清明日

> 黄永厚（1928—2018），湖南凤凰人，年轻时曾在广州工作生活，当代著名画家，属于中国画中的"文人画"派，其作品除少量山水、花卉外，大都取材于历史题材和民间传说中的人物，自况"尽似古人，要我何用"，艺术界称其"文真、字古、画奇"。

黄永厚：很瞧不上没有由头的国画

老先生：

您好。每想起您，总感叹一句"逝者如斯夫，不舍昼夜"。倘若您听到我这样说，会不会立马拎笔作画，添上这一句呢？然而，电话里听您哈哈大笑，信笺上读您走笔龙蛇，早成为故事。

记得第一次跟您通电话，知道我来自广东佛山时，您语调从平淡到欣喜，冲口而出三个字。我听不懂，您带着一点鄙视的语气反问，粤语啦，广州话啦，你不懂啊？握着电话筒，脑子翻江倒海，蓦然醒悟，粤语？哈哈哈，嘻嘻嘻，一南一北两个笑声，居然心领神会。调皮的老先生啊，是您的开朗、可爱，让我从开始的忐忑不安，到后来肆无忌惮。

肆无忌惮，还包括了，胆敢以一外行眼光评论您的画作，而且，居然还胡诌成文，发表后把杂志寄给您看。而老先生您，在给我的信中，第一句就说，"果然了得"。现在回想起，当年的我多么沾沾自喜，可是，您当头又给我一棒，说写画评，"当事人像个傻子一样站在广场让人家指着鼻子摸着脑袋，受不了"，我惴惴不安，怎么敢指鼻子摸脑袋大逆不道，老先生可是我的前辈啊。您学生撰文说，老先生说话充满陷阱。果真如此。我读您的信，真系一惊一乍。您刚透露自己出了一本书，马上又说，"我呢，最恨朋友赠书，收了书就欠了朋友叫好的账"，这么说，是不让我开口要书呢？抑或怕我写不出叫好文字？老先生的智慧，让人左右为难。

忽一日，又收到您的信，牛皮纸大信封，您把我的地址姓名、您的地址姓名都写上，特别在左边写上两个大字"挂号"，还划上圈圈，笔墨铿锵，字正腔圆。我双手捧信，笑了很久，这个电子化时代，鼠标一点千万里，而您我，还尺牍传书，"展笺如晤"，浪漫呢？还是老套呢？更庆幸，这个小地方，也许人们不认识您，万一有人看见"黄永厚"顺手牵羊，真白费您心思了。信很长，足足写了正反两面。您说，朋友想得到您的签名书，您坚持不签不送，他无奈采取迂回战术，把书款加双倍邮费寄给您家保姆，教她买两本您的书，一本骗您签名，寄回给他，另一本代寄给另一位朋友，保姆却搞乌龙，张三的寄给李四，结果，他还是没收到签名本。最后，您一语做结，"人算不如天算"。我边读边想，您似乎对结果了如指掌，如老翁稳坐钓鱼台，尽见机智哟，人有张良计，您有过墙梯，这桩糊涂案，让我笑了好半天，陈四益先生说您具有"耐人寻味的幽默感"，果不其然。

老先生，还记得"水软橹声柔，草绿芳洲。碧桃几树隐红楼"吧？您说，您的画，画面上的文字，都是活学活用，读书读出趣味，然后就画，就写，"画为文生"，"我是很瞧不上没有由头的国画的"，信中，您说得不容置疑。那么，您在写《清·左辅 浪淘沙》这幅画时，是先读到左辅的词了。"乡梦不曾休，惹甚闲愁？"是水声、桃花、绿草，让您想起了遥远的南方，留在记忆深处的大榕树、水埠头？还是我这个南方人，让您记起了四季馥郁的花城春天？我知道，您曾客居广州几年，当时的广东省委第一书记陶铸，还请您做过雕塑。所以，四季飞花的花城，肯定还在您的记忆里。收到您的画，我不敢相信，送给我的吗？此画以清代左辅《浪淘沙》词意入画，一株桃花倒映河边，远处孤帆蓑影，春水粼粼，余韵袅袅，下款处写着"芳芳妆次"。当时的心情，简直可以用雀跃形容。

也许，您确实喜欢我写的画评。在我，这不叫画评，一些散漫文字而已，或心有郁结，以画为斧，一点点撬开心中块垒。我也确实喜欢您的画，画面怪诞，题材古旧，可并非离我们很远，有的就发生在身边，甚至每一幅画，都能从生活中找出原貌，读读画的标题，《时装》《组织手续》《今日哪位上岗》《名利场》，其实老先生把画笔和文字绕来绕去，始终没走出现实这个圈子。您的画不是清澈见底的水，而是发酵经年的茶，有时间揉搓的严峻，有温度调配的冷冽，个人的耿直，私己的睿智，古籍的丰厚，文化的自省，绝非逸笔草草。老先生，您曾说，看何海霞（著名画家）的画是要有相应的胸襟。我想，在您这儿，亦是。

您送我的画，一直不敢拿去装裱，怕人家不小心弄坏。前年新书《粤岭花静》出版，我用此画作为封面装帧，书画相衬，一展岭南文化清幽深邃之美。新书甫上架，众人大呼好美。作为精品书，还入选了"粤版精品图书""40年粤版图书"。您说，"审美，可以粉碎一切功利杂念直取艺术真髓"，这是一种境界，也是几十年笔墨研磨的朴直精义。您的教诲，您的提掖，我感铭在心，这厢，给您敬礼了。

昨夜，翻开《黄永厚画集》，扉页"于京东睡梦"，鸡蛋大的黄氏字体，我又乐了一回。仿佛读到一个顽皮老头，手持烟斗，冷眼傲睨，缓缓走过中国"文人画"艺术长廊，星火明灭，大幕拉上，灯光聚焦处，一枝兰花（注），遗世独芳。

注：大哥黄永玉评黄永厚的画"幽姿"，幽姿多形容兰花。

附读画心得：黄永厚，铿然一叶写幽姿

读画是很私人的事，何况还是行外人，最近有机会读了黄永厚老先生的画作，及画册，内心有一些朦朦胧胧的意绪，一旦诉之笔下，又担心未必读懂黄老先生，但总也希望，别让他"太伤心"。

阮咸拨罢意低回

曾弹过月琴，月琴是小巧的乐器，一手轻挽，可以来去自如。不过，这已是当年的事。当年，只知道它叫月琴，民乐中最轻巧最下里巴人。即便这样，月琴也成为回忆，早已退出我的生活。在完全忘掉它的某一天，看到这样一句话，"月琴也

称阮咸,你便知道最先摆弄它的主人是谁了……"中间还带注释:此据赵元任说,陈四益兄说唐人从古墓中得到的证据是长颈琵琶。这才知道,从前玩的月琴,还有个名字:阮咸。

阮咸,也是一个人的名字。

因为这种渊源,拿起这本书便放不下,封面,阮咸高髻宽袍,席地盘腿,怀抱月琴,忘情弹拨。头颈上扬,引吭高歌,嘴巴撑成圆形,状若专注沉醉。琴面上十指纤纤,造型优美,不由得想起"轻拢慢捻抹复挑",《琵琶行》把弹奏琵琶的指法归结为一句诗,形态、姿势、节奏尽在其中,白居易真绝。此刻的阮咸,在轻拢慢捻中,面对我们展现一个月琴演奏家的全部魅力——是谈论音乐的书吗?不。再写下去,黄永厚老先生可要说话了,以他的性情,说不定画笔一掷,说"你真让我伤心"。

遗憾的是,至今还没机会让黄老先生伤心。"伤心"一话并非杜撰,出自《头衔一字集》的前言一、陈四益先生的《读画》:黄老把一幅新作寄给陈四益,期盼有个说法,谁知看了半天,陈先生实话实说没看明白,黄老失望地说"你真让我伤心"。读不明白则伤了心?可知黄老对画作的上心、尽心和苦心。

把《冰炭同炉》和《头衔一字集》两本画作翻阅多次,努力揣摩阮咸弹琴背后的意蕴,或者,细看画面上错落有致的题跋,也许大约了解一点。黄老这样写,"尝跟人说阮咸是位玩真格的爷。因此我很担心今日所谓的'天王歌后'能到阮咸的始平太守治下不挨板子,挣得大钱回来"。套用一句用滥的话"醉翁之意不在酒",别以为黄老拿"宫商角徵羽"蒙不懂音律的人,不懂倒没关系,读清楚与画面同样苍劲古朴的字,其雅意即不离一二。当今流行文化风行,谁不知道舞台猫腻,假唱风波周期性出现，司空见惯。黄老笔下大大的阮咸弹琴占了画面正中，正襟危坐，神态肃然，自弹自唱，端的是庄重投入，没有丝毫谄媚娇嗔，所以，再把一大段题跋文字读完，该恍然醒悟，阮咸时代作假要挨板子，因为有个玩真格的爷，那现在呢？

醉翁之大意正在此间也。黄老，高！

这样一幅画，你还敢拿风花雪月来阐释吗？当然不。即便"嘈嘈切切错杂弹，大珠小珠落玉盘"，也总有隐藏在内的寄托，有独特峻峭的昭示，有不言自明的真髓。黄老先生自己就是一个玩真格的爷，他甚至把真格玩出极致。在《天下》一文中，他说人民大会堂的名画《江山如此多娇》，"一个太阳一片海水，我就看不出它好在哪里"，这样的话，没内蕴没底气，没有真诚和血性，谁敢说？另一幅《脱派》，不看跋，没准都当丈二和尚，三个赤裸的屁股齐崭崭亮出，其中一个还是女人，这叫什么？"没有人打屁股也有人争着脱裤子，为的是生怕别人把他忘了"，读完，只能哂笑，多么辛辣的讽刺！你会想起那些天天闹绯闻的明星，在上司面前装傻扮痴的精明人，主动献身"博出位"的潜规则……世间百相，尽此一脱。没有多余的话，笔墨极节俭，三个光腚子，却具有强烈视觉冲击力，取材刁钻，角度奇崛，出人意表，而内涵深厚，让人联想，催人顿悟。

众人大丑君大好

先说说这个小标题，前面还有一句"君独何为乐枯槁"，说的是中国画大师吴昌硕，他的画作喜欢以丑朴为美，入画的花草石缶大多不经琢饰，古旧残缺，颠覆惯常的审美意味，诡怪奇野。依我看，"大丑"二字用在黄老先生的画上，似也贴切。其兄黄永玉这么评价，"常作悲凉萧瑟，让观者心情沉重"，老朋友陈四益说"什么题材到了他手里，都举轻若重"，这"重"那"重"的载体，自是他那种变形、夸张、奇异、抽象的画风。传说的女神女娲，不是美人也是贵人吧，在他笔下肚大、腿肥、腚厚，摆出的姿势，挑逗还是得意？一下子还说不准，总之和中国传统女性美相去甚远；竹林七贤的嵇康，据载"身长七尺八寸，风姿特秀"，在画里，他的头却横在肩上，比身子还巨，没有脖子，袒胸露腹。另外六贤同样极度夸张，不是缩成一团，就是扭曲得失去原形，只有阮咸稍微周正一点，也绝对挨不上美男子的边。黄老先生笔下的人物，可以说都经过一番转换改造，拉长、缩短、打乱、重组，突出某部分到硕大无朋，或不惜缩小甚至虚化某些部位，用我们传统的美丑标准考量，所有人物，无一例外呈现一个"丑"字。而画以外的那些题跋，密布整幅画的空隙，似乎也随心、率性，没有规则，没有秩序，狂乱、怪诞。初看很不理解，怎么可以这样？怎么可能这样？

刚拿到《冰炭同炉》和《头衔一字集》两书那天，刚好偏头痛，晚上本想翻翻书就睡，可拿起就没放下，最后干脆放纵自己，等翻完一本，已到午夜时分。忍不住，给荐书的朋友发短信，说太奇特太好玩了，原来可以这样画（原谅我孤陋寡闻）。其实，之前欣赏过黄老先生几幅原作，就构图造型和墨韵看，尤喜欢其中一幅，画正中偏下寥寥数笔，墨影疏朗，一只大公鸡呼之欲出，周围走笔狂书，录庄子"庶人之剑"环绕公鸡，画面清逸雅致，字画呼应潇洒，两两相藉，水乳交融。然而这幅大公鸡，并没过多表露"众人大丑君大好"画风，所以，当两本书近百幅画作"丑态"出现，那种震撼是何等强烈，它和我一贯的审美意趣迥异，然而，却深深唤起沉寂中的因子，孤傲、藐视、旷达、率真、自由……这些生活中被钳制或故意掩盖的本性。薄薄的书页，联袂制造情绪上的高潮，一夜无眠。

黄老先生这些画，画面怪诞，题材古旧，可并非离我们很远，有的就发生在身边，甚至每一幅画，都能从生活中找出它的原貌。读读那些画的名字，《时装》《组织手续》《今日哪位上岗》《名利场》，其实黄老先生把画笔和文字绕来绕去，始终也没走出现实这个圈子。他的画不是清澈见底的水，而是发酵经年的茶，有时间揉搓的严峻，有温度调配的冷冽，有个人的耿直，有私己的睿智，有古籍的丰厚，有文化的自省，绝对不是逸笔草草的游戏之作。所以，期望搬套中规中矩的美学准绳，注定南辕北辙，求仁而不得仁。

黄老先生近日赐函，论及艺术欣赏，说拿审美对待艺术品，是健全的心愿，"审美可以粉碎一切功利杂念直取艺术真髓"。这是一种境界，也是前辈艺术家几十年笔墨研磨的朴直精义。当阮咸十指和月琴缠绵，哪里还顾及身边的琐屑，只有心底纯美的吟唱。深谷中的兰花，沧桑着风霜，傲睨于幽寒，自有一款遗世独芳的风骨。黄永玉说，这是黄永厚的"幽姿"。

> 伍伟儒,曾经的中学语文教师,后来的老华侨,多才多艺,善辩能言,曾作曲流传于世。庚子年(2020)春殁于美国旧金山。

伍伟儒:一首歌 半部人生

隐匿尘世四十多年,又重现江湖,有人寻找它的歌词,有人传抄它的曲谱。在百度输入几个字,居然出现两个相隔四十年的视频版本,一个激昂如狂风吹沙,当然属于那个年代;一个婉约若小河淌水,显然经过后人演绎。其实,它只是一首歌曲,一首出生后就辗转流迁改变方向的歌曲。如今在网络上,在沉沉浮浮几十年后,它有了自己的身份:"经典歌曲。"

可是,就像一个被拐卖的孩子,它来自哪里?出身何方?主人是谁?没有谁知道。词曲:佚名。

佚名,失传的名字。

名字哪里去了?

隐 匿

美国西部。乡下。

一条小路穿过小院,路两边绿草茵茵,直到门前。两级台阶，白色栏栅，树荫下木门虚掩，似乎随时有人从里屋出来。

这个随时出来的人，名叫伍伟儒，去国二十多年，一直住在这里。

2010年一个夏夜，这间屋子里，一条电话线直通佛山我家。

"阿芳，我是大舅。"一个苍老的声音。

啊，大舅？我凝神辨息，果真有记忆中淳雄的余韵，二十多年了，"大舅，您还好吗？"

"好，还好。"大舅的声音从风中飘来。"阿芳，告诉你，《满怀激情》是我写的词谱的曲……"

摇摆的思绪倏忽停住。

曾听母亲说过，大舅创作的一首歌现在网上很热。当时不以为意，母亲对网络一窍不通，怎么知道"很热"呢？这个越洋电话，让散漫的心思一下子拉紧。

"四十多年了，我从没跟人提过。"语速很慢，艰难地穿过上万公里，穿越东西半球，穿越太平洋海底电缆。

似乎舞台上的聚光，所有背景屏蔽，光亮处，是1969年的春天。

吊诡的1969年哪，倘若没从偏远的乡村中学抽调到县宣传站，倘若不喜欢丝竹音乐，倘若不那么聪明，倘若……偏偏，他多才多艺，二胡琵琶横箫拿起便会，洪亮的嗓音，让人误以为收音机的声音，他还有一档事很自豪，没去过北方，却把普通话说得非常顺溜，拿过全县中学语文教师普通话大赛第一名。用现在的眼光看，他算个文艺青年吧？

这个文艺青年，被1969年的春风裹挟，创作了一首歌曲。

我想，这首歌肯定跟以前创作的歌一样——他写过很多歌曲，那个年代，最大的娱乐是唱歌，唱革命歌曲。他自写自唱，还教他的学生唱，他写的，跟流行的革命歌曲有些不一样，后来看到母亲的手抄歌本时，我敢确定。母亲说，那些歌，很多是大哥教的。所以，他创作那首歌时，自然就有了自己独特的风格。然而，宣传站那些人说"不行"，要改。他是"临时工"，上有军代表，有站长。改吧。在宣传站借住的小房间里，他和窗外的棕榈树两相对望，蚊子陪他一起哼哼，一改一白天，一哼一晚上。

然后，佛山地区文艺会演，这首歌编成舞蹈参加演出，然后，传唱，更高一级的会演，然后……

然后，歌曲如断线风筝，摇摇晃晃，离他而去，在遮天蔽日的阴霾中，不知所终。歌曲只署"台山宣传站词曲"，没写他名字，这在那个年代很正常，何况，他只是大棋盘上级别最小的卒，怎敢署名？不久，他又回到原来那间中学继续教书，后来，调动到更偏远的海岛下川中学，在那里，他又找到另一种生活方式，学捕鱼，唱渔歌，研究方言，晒得黑乎乎，忙得不亦乐乎，回家时戴顶渔民帽，像刚刚上岸的渔民。

潮汐起落中，宣传站、创作、歌曲，一如海滩上的脚印，慢慢淡去，消失，无形。

表面上看，当一张飞机票改变了他的生活轨迹，全家跨越太平洋定居旧金山后，他离祖国更远了。

时序更迭，已到2009年。然而，吊诡的事再次发生。

一个旋律掠过，惊起心头"一滩鸥鹭"，回头看，同事哼着曲儿走远。他怔在原地，有些恍然，依稀想起几万公里外，那棵棕榈树，树后的小宿舍，哼哼的蚊子。旧金山制作圣诞蜡烛的这个厂子，语言芜杂，肤色斑驳，常常听到不同风格的曲子，他听之淡然。而这一次，心底似有无数鸟儿扑腾，张嘴，一串乐句随口哼出，他又一惊，还记得！原来，那个地方，那首歌，那里的日日夜夜，他从没有忘记。

又一天，同样的旋律，同一个人。他憋不住，问："什么歌？为甚天天唱？"同事惊讶，反问："你不知道？那时候大街小巷唱，大喇叭从早响到晚，都嵌进骨子里了。"

那时候——他想，那时候正远离大陆，在下川岛听椰风沐海浪呢。

"我喜欢，这曲子，喜庆。"同事说，没事哼两句，调节心情。

"那，您知道歌曲是谁谱写的吗？"他试探。

谁知道呢，这么流行的歌，肯定是大作曲家吧。

大，作曲家？他苦笑，涌出来的话摁回去。

四十年了，居然还有人记得，去国二十多载，第一次有了舒心的展颜。虽然那不是真金白银的物质犒赏，仅仅算作精神的虚幻抚慰吧。作为歌曲的主人，无论当年的藏匿无踪，抑或今天的悄然呈现，他完全不知情，几十年的载沉载浮，更与他无关。年轻的狷介，化为今天的圆融。他觉得，被遗失四十年的歌，原来，一直在别人的记忆中活着，就像失物重现，就像柳暗花明，这一刻，该是上天眷顾吧？

乡愁，终于找到了坚实的载体，人到暮年，有了比他人更开心的理由。

呈　现

在摇滚、说唱、爵士等音乐形式令人眼花缭乱时，再追忆一首所谓的"文革"经典歌曲，有意思吗？听了无数遍《满怀激情》后，我苦恼地问自己。更为难的是，如何跟大舅解释这首歌背后的那些故事？它纵横交错横亘在我面前，该如何扯出一段，交与地球那边一个风烛残年的老人？

岁月嬗递，它没被忘记，几十年后，又从风尘中被打捞出来。"一定有其特别之处。"母亲说。她总不甘心，希望在这首歌前，署上她大哥的名字。她千方百计寻找跟歌曲有关的任何信息，还"恳求"小孙子上网查询，还真查到一些消息，比如，景德镇有个律师，发帖子说喜欢这首歌；比如原来某地的知青，在回忆文章里提到这首歌；还有，某个新出的歌碟收入这首歌……母亲如数家珍，甚至，还要跟那律师联系，想亲耳听听人家怎么说。她和她的大哥通过越洋电话讨论，一说半天，"我半边肩膀都麻了"，她跟我埋怨，语气却是欣慰。

两位老人的异乎寻常，我很理解，都从那个时代走来，大舅还是原作者。可除此外，有没有别的什么？比如，对身世浮沤之叹，对时代风雨之忆，对民瘼的痛惜，对人生的唏嘘，这些，我都很想知道。隔着太平洋，与大舅的对话有点难度。而母亲就在身边，那个年代的话题并不轻松，偶尔提起，母亲"长太息"，时"掩涕"，对过去，她不说，我轻易不提。可作为外甥女，年迈的大舅郑重其事打电话回忆往事，我又怎能笼袖旁观呢？

恰在此时，网上看到著名杂文家陈四益先生发表在《南方都市报》的文章，他说：

"文革"时有一首歌大家都在唱，只记得歌词开头两句是"长江滚滚向东方，葵花朵朵向太阳"——是当时的老调，葵花啊，太阳啊，不久，上头不让唱了，并传最高旨意：此歌很坏。坏在哪里？据说是因为这首歌的曲调用了"黄色小调"。

所谓黄色小调，后来听说是苏北小调《茉莉花》的味道……

外人读这些隔年夜话，许如白头宫女说玄宗，然而，我心怵怵。为了求证，通过朋友找到陈四益先生，陈老先生和蔼健谈，记忆力好，电话里，爽朗地唱起"长江滚滚向东方，葵花朵朵向太阳"，正是大舅作词作曲的那首。

隐隐地，内心有了一丝释然。

歌曲没署名字，冥冥中，或许神在指引吧。

紧缠的结似乎松开了。

再听这首旧曲，感觉有央视春晚开播的意味，锣鼓喧天，铙钹齐鸣；到第二乐段，稍稍转入抒情，笛子和女声的合奏，传达一种深情，或许，这就是当年的"黄色小调"？不禁啼笑皆非。四十年前，它隐匿、消遁，脱离一个人，走向无数人，成为时代"流行曲"，这一切，跟原作者完全没关系，那个时代成就了这首歌，虽然，它也曾受禁锢；今天它重现，甚至以有别于四十年前的姿势呈现，怀念也好，评判也吧，也跟大舅无关了。

在旧金山乡间住了二十多年的小屋里，2010年的冬天夜晚，大舅手握放大镜，艰难地写了这段话："四十年过去了，对于当年的事，现在说起来是陈年往事了，既然已佚了名四十年，就让它自由自在地佚下去吧，相信不会有谁去冒认作者。至于改动，那是很自然的事，各有各的爱好嘛。改来改去，主旋律还是存在的。一听，心里就乐。"

大舅这段话，我看出两个字，"宽容"。从那个年代过来的人，什么样的遭遇都有，宽容，始终是面对历史应有的态度。短短一首歌，居然观照出时代动荡，折射小人物命运的变幻无常，一首歌，唱出半部人生，谁又能想到呢？

且把歌曲背后的阴影隐去，让歌曲还原为艺术，让旋律回归为情感，携一颗从容之心，欣赏，或者相忘。当今小小一隅，它可做"原生态"演绎，亦可随意添减、变奏，无论怎么改变，再不会与原作者、与时代有任何羁系了。我们所希冀的，不就是这样的宽大容纳吗？

"世间萧散更何人，除非明月清风我"，打算把诗句篆刻为一方闲章，送给大舅。

> 安文江，民盟成员，曾任广东佛山大学中文系主任、文学研究所所长。著有《雾迷复旦园》《安文江专栏杂文选》《重读鲁迅六十题》《大爱若恨》《丑陋乎，广东人？》《石湾陶瓷艺术史》等十七部作品。有杂文入选《中华杂文百年精华》和《百年百篇经典杂文》。

安文江：此去 兀自春风风人

多年前参加一个聚会，晚上，时近尾声，我悄悄落座，相熟的朋友过来介绍说，那边是谁谁谁。周遭嘈杂，没听清楚，唯独"安老师"三字落入耳中。"安文江？""是的，你认识他吗？"我点点头，又摇头。准确地说，是知道他，彼此间并无过从。此刻，那边谈兴正浓，隐约可见一女子旁坐着两位男士，场上灯光旋转，照在他们身上，手势舞动，表情生动。朋友神秘兮兮地说，那是曾宁，与安老师是上海老乡，一见面就吴侬软语，嘀嘀咕咕，我们笑话曾宁爱上安老师了。

是吗？周围哈哈大笑，文人都喜欢做点桃花梦。曾宁是美籍华人作家，当过演员，做过模特，此次回国出版自己的处女著作《销售美丽》，并在佛山举行首发式。也许特别安排，也许巧合，首发式上，安文江给曾宁献花，他乡遇故知，老乡见老乡，据说都泪汪汪。曾宁父亲是复旦人，说安文江是"最勇敢的好人"。这位好人，居然让曾宁在佛山见到，颇为传奇的经历，拨动曾宁的英雄情结，一见之下，可想惊喜，如故。当即有人调侃曰，"浪漫"。

估计上海人都有强烈的身份认同意识，一位熟人的母亲也是上海人，年轻时到他家，其母拉着我，开口你侬我侬，然后一脸失望，改用吴味佛山话说，"你唔系阿拉上海宁"。安文江与曾宁的一切非我所见，然而，两个上海人在上海之外的地方，用方言聊故人故事，肯定比旁人来得亲切，而我相信，英雄和美人，从来就是文学作品永恒的主题，何况还有那么多人事因缘。首发式上揽腰一笑的合照，让人想起孔老夫子之"发乎情，止乎礼"，这种境界，不亦美好？

文人间惺惺相惜，只见安文江小性情，另一件我亲历的事情，则见风骨。作协会议，参加者一百好几，几位作协主席好像都说了什么话，然后，安文江开讲。那是我第一次听到安老师真人说话，以前听的都是电视声音。上海口音的普通话依然有点绵软。他说，前年获得广东鲁迅文学艺术奖，市里象征性奖一下，数目羞于启齿，同样的东莞市，对此种荣誉异常重视，从市到镇三级政府重奖，作家们光彩得很。他说，虽不能以钱来衡量，可钱在某些时候体现一种价值和力量。话语一出，掷地有声，当场博得掌声一片。安老师接着说，借今天这个会议，我正式向作协提出，请辞作协副主席一职，我年纪大了，时不我待，要全心全意投入创作，作协工作让更合适的人干吧。估计所有人全没准备，会场顿时鸦雀无声，相对于之前的掌声雷动，此刻的沉默，含义复杂。此刻，我小激动起来，心怀敬意。

潇洒的安老师开始无官一身轻的笔墨生涯。偶尔，当你觉得不见他很久，突然，就在电视荧屏出现，口若悬河，精神矍铄；网络报刊时有报道，指点民生，臧否褒贬。已经习惯了这一切，觉得他就该那样。就像一些久不见的熟人朋友，在这个小城市里，只要隔空喊一声，就会笑嘻嘻现身，提酒约饭，一醉方休。就像那天，与同事到南海电视台录节目，过道幽暗，匆匆抬头，竟看到安老师，打招呼后他有点迟疑，我开玩笑说："安老师忘了我呀。"他清癯的脸绽开大大的菊花："芳芳啊，怎会忘记？"那是7月3日，微信里记着这个平常的日子，却怎么也想不到，两个月后，任你怎么喊怎么叫怎么样地玩笑，都唤不回这个让曾宁一见倾心的复旦人、让佛山文化界心心念念的硬汉。

此去，当是绝尘潇洒，永不回头；

此去，兀自春风风人，夏雨雨人。

2013年9月10日
2020年4月5日

> 余福智，佛山大学教授，曾在佛山电视台主持《粤讲粤过瘾》节目，佛山图书馆公益讲座主讲人，著有《美在生命》《唐诗底蕴》《中华文化传统散论》及录制CD《唐诗粤韵之美》。《宝瑟余音》为作者诗词作品自选集。

余福智：余音袅袅 落梅如霜

宣纸、线装、竖版，暗花绢面、手书行楷，摩挲它，如抚摸远去的雅致。我以为，一本书的惊艳就该这样。《宝瑟余音》，连书名都透着时间深处一缕沉郁之气。"怅望浮生急景，凄凉宝瑟余音"，作者余福智老师引用北宋孙洙句，开篇为序。

余音何为，何为余音，一个余字，道出心底几多欲说还休之意。

欲说还休，当然以诗词为佳。诗评家陈超教授说，什么是诗歌？生命的喉咙被扼住无法吞吐而又吐出来的东西便是诗歌（陈教授携着他的诗歌理论，往生极乐）。《宝瑟余音》收录了余老师创作的诗词五十多篇。微黄书页，墨影淋漓，氤染了余老师数十载人生，"悲中窃喜，喜里还悲"。无论悲喜，工整精致的诗词，一如朝晖夕阳，成为生活的必然承载。于是，既有"猛志固常在"之激愤，亦有"一勺勺、向壶里注"的沉静清凉。想悠悠岁月，坎坷辗转，得有多么坚韧的固守、持久的情愫，才于岑寂中，一一拾取，嗒然成诗。

《宝瑟余音》所录，并非全为伤怀，余老师笔下，更多展示一种独坐幽篁，目送归鸿，飒飒长啸的意境。若"五岭愁冰，三江恨散，芳魂瑟缩寒土"的有感于粤北天灾；"和珍魂魄冲天去，鲁迅文章动地来。七十年间旗帜盛，又谁呼喊又谁哀"的京事感怀；"体认炎黄血，常温国士襟"咏连战访大陆事。余老师的诗思，常常逸出书斋，给予国情民瘼，表达了一种处世品格，一种独特的生命美学境界。

《宝瑟余音》以书墨间溢出的磊落、孤傲、雅洁，让人忍不住仰视。挟带彼时心绪的墨痕，呜咽着山水风雨的古韵，甚至仔细辨认的繁体字，如火炙针刺，总在心底引起悸动，再读"试问人间谁做主，挽留风骨慨而慷""姑塘未是沧桑处，最是沧桑独醒心"，尤觉余老师笔底，总盘桓着心事或秘密，然而，我们却解读不了。但不要紧，那是诗，是词，被扼住喉咙依然吐出来，是余老师精神栖息之地，清穆，古典。我等，当以沉默阅读守护。

于诗词外，其意趣情怀，则有所见。多年前到余老师家，"君不见黄河之水天上来，奔流到海不复回。君不见高堂明镜悲白发，朝如青丝暮成雪，噫耶耶耶……与尔同销万古愁"，他用粤语朗诵，那神情，那姿态，竟不像对我一个人，竟如入无人之境，激昂，奔放，虎啸长吟。他说，年轻人要学点古典文化，民族文化是一个民族的根基，他说"我心急呀"，这般年纪，多少人已解甲归田，颐养天年，两耳不闻窗外事。余老师却以文化人的执着，写专栏，做文化专题，兼课，著述。欲以一己孤力，擎弘扬传统文化重担。超然物外与执拗激情，勾勒出一个文化老人的大美大爱。

2003年,余老师赴广州雅集,听岭南琴人许海帆抚琴,《落梅》曲尽,诗兴大发,"十万军声壮,瑶琴管自弹。落梅多少梦,依旧绕关山",宣纸上狂草恣意,手墨翰迹,迥于其他。再前后遍翻《宝瑟余音》,此诗字体之大,居然全书第一。想必此时,十万军声潜入诗行,慷而慨,激且昂。余老师,端的是豪杰心胸,壮士情怀。

读诗至此,陡觉落梅与余音,意象何其相似,消逝乎?凋零乎?否。余音袅袅,落梅如霜。

从外公外婆,到母亲,到我,从戊寅到丁酉——

锦昌村:从此开枝散叶

一

1938年,岁在戊寅,日本侵华战机大规模轰炸广东。此时,离广州几百里外的广东台山邑,一个小女孩儿出生。同年10月,战事升级,民国广东省政府大批机构开始撤退,"与军事同时并进"的金融业也在其中,分批撤离广州。

1943年,广东大旱,百万人死亡,日机更接连轰炸,重创广州城。南粤大地,一片疮痍。这一年,台山锦昌村家中,小女孩儿的父亲,一位年轻的银行职员,把女孩儿及她哥哥、妹妹叫到身边,沉重地说:"国难当头,为防万一,省行不得不要搬家,分南下北上撤退……"

2015年,当年的小女孩儿,我的母亲,在电话里哽咽着说,那时她不到4岁,但死死记住这几句话。那一年,我外公随广东省银行最后一批人员,从广州撤到廉江。廉江濒临北部湾,从版图上看,几乎处于陆地最南端。路途迢递,风雨萧疏,外公从此远离妻儿,颠沛流离。也许命中注定,也许水土不适,到廉江不久,外公突染重疾,一病而终。千里外的台山邑，他年轻的妻子，幼小的儿女，我的外婆、妈妈及舅父小姨，却在翘首凝望，烽烟弥漫，音信两无，殊不知，亲人远隔，从此万水千山。

关于外公的过世，几十年来第一次听妈妈说。握着电话筒，泪水奔涌，流向1943年，那个兵荒马乱的冬月。

那一年，外公36岁，外婆只有28岁。

外婆的娘家叫宝贝坑，那里有她的妈妈和四个弟弟。外婆的妈妈，我唤作阿白，阿白与外婆神貌相似，典型的广东女子，娇小，秀气，短发微卷。当然，我出生并记事时，两位老人都真的老了，我无法清晰知道她们年轻的模样。看过照片，小家碧玉。

据说，当年阿白关于女婿的人选有两个，一个家境殷实，有大屋有田地，另一个家世一般。阿白向媒婆仔细打听，了解到家境好的男子，智力平庸，游手好闲。而另一位，小小年纪只身到省城广州，在洗衣店当学徒，像很多电影看到的小学徒一样，他咬牙苦熬，白天埋头干活，晚上秉烛读书，一个农耕子弟，凭着努力和天赋，居然考进广东省银行。精明的阿白毫不犹豫，即刻选定了这一位，阿白认为，吃苦耐劳，秉性聪明，这是幸福家庭的根本。他成了我外公，大名伍炳光，字遇时。从舅父、妈妈的年纪推算，外婆结婚时不到20岁，也就是1934年前后。

可以想象，郎才女貌，君情妾意，多么甜蜜美好的姻缘。从此，那个叫锦昌村的家，成为外婆一生的负累和责任。

另一篇散文《歌者香云纱》中，对外婆外公有过这样的描写："年轻人有文化，供职于银行，常在大城市里流连。可他并没有被花花世界吸引，因为心里，装着粉红色的梦。终于有一天，他将娇小清秀的女孩儿娶进家门，他喜欢香云纱清亮爽滑，喜欢香云纱穿在自己爱的女孩儿身上，喜欢女孩儿穿着香云纱柔弱如水的样子，于是，新婚的烛光里，他把这件充满神秘和爱意的衣服，披在新娘子身上。当爱人外出求生计时，她站在自家门槛上，走到村口水井旁，黄昏时分，还走出村外车路，遥望丈夫归家的身影，香云纱在夕阳笼罩下，拉出一抹幽幽的惆怅。"

这种纯凭想象的描述，也并非虚拟。锦昌村不大，村头大声喊，村尾隐约可听，外婆的家在村头，隔着一个水井，一脉小溪，曲曲弯弯的小路尽头，就是通向县城的公路，村里人都叫车路。我的幼年时光，就在这里度过，一草一木、一凳一瓢都非常熟悉。水井台，是必去玩耍的地方，外婆怕我掉下井，每次都大声喊"唔准（不准）走近水井"。如果妈妈从外面的车路走来，外婆又说"阿芳，企到井台望下到未"（站到井台望一下到了没有），于是，水井周围，童年的我，留下许多踪迹。只是当年玩耍时，怎么也不会想到，这里，曾印下先辈们的足迹。也许在某个时刻，我的，就和他们的重叠在一起。想当年，外婆一担水桶，外公扶着担杆，你挑水，我淋菜，这样的日子肯定是有的。水井有情，必记得外婆外公琴瑟调和的身影，记得重逢的欢悦，分离的凄怅。而这里，几十年来，也成了我情感寄寓之地。

30岁的外婆，正当美眷如花。

外公过世后，广东省银行没忘记他身后的妻儿，抚恤金发到村里。但母亲说，外婆既没见过抚恤文书，也不知道金额。

按理，外婆知书识墨，办理这样一桩大事，理应由她出面，可是没有。那时的广东乡下，世俗人情如何，由此透出端倪。外婆只被告知，每月到县城一间米铺，签名画押领取二十斤大米（谷）。

外婆没有缠足，但从几十里外的锦昌村走到县城，再肩挑几十斤东西一步步走回，对一个弱小女子，足够艰难，何况，肩膀上压着她亲爱的丈夫用性命换来的救命粮食。这般沉重，怎么承受？这般椎心，又如何不疼？这样的苦难，怎么逾越呢。外婆告诉妈妈，从踏出米铺开始，泪水就淌下，淌不尽的悲伤凄凉，流不完的思念怀想，一路走，一路哭，寸肠欲断，翻江倒海。转入锦昌村的小路时，隐隐约约，外婆似乎听到孩子们说话，想起家里年高体弱的公公，心中一凛，赶紧擦干泪水，加快脚步。走进家门时，已换上另一副面貌，大声说，今晚有饱饭吃了。

二

一个人的坚强并非与生俱来，千般痛苦，万般砥砺，才会长出硬壳，护着伤透的心。那些漫长愁苦的岁月里，外婆所受的种种磨难、屈辱，我都无法想象。母亲一篇回忆文章这么写：

一瘫痪的邻居老妇偷偷对我妈说，我粗言骂她。向来管教儿女严格的母亲火从心起，恼怒之下，拿出孖鞭子，把我叫到近前。

"快快说来，你今天做错了什么？""没有。"

岂料那老妇从旁怂恿:"不打会招吗?要用力打!"

"还不认错?"母亲厉声说。

"我没错,要我招认什么?"孤立无援的我斩钉截铁。

"你还嘴硬?硬得过鞭子吗?"妈的话音未落就一下抽打在我小腿上,两条瘀血的鞭痕红彤彤。我痛得眼泪汪汪,哭喊着:"哎哟妈呀,我有什么错?错在哪里?"

"你为何这么不知情义?口口声声老太太的骂谁?"

我顿时恍然大悟,又气又怒,恸哭着据理抗辩:"谁生造是非说骂人?我是背书!不信您就听吧:老太太放羊去吃草,羊到田里去吃菜。老太太叫羊回来,羊说我不回来,老太太……然后大声说:课文就这98个字,没有错也没有漏,我记得清清楚楚,哪一句骂人啦?没有哇!"

那老妇听了哑口无言,我妈听着就知道错怪我了,但严厉的她却要我马上停止号哭。

外婆的刚烈与严厉,不仅仅对母亲。记得四五岁时,一天,外婆突然说,放在抽屉里的两块钱不见了,她说没有看见外人进屋。"是不是你拿的?"她厉声质问。小时候的我,常跟村里小孩儿玩,野得上山下地,会爬树,也会下水摸鱼,但外婆管教严,偷钱这种小动作是不会做,也不敢做的。可是,这次外婆黑着脸,问不出结果,居然拿钳子夹着我的手,厉声再问:"是不是你拿的?是不是?"我害怕极了,放声哭。越哭,钳子夹得越紧,疼痛从指头传到心里,巨大的恐惧笼罩,只想立刻逃离。于是,在外婆连声追问下,胡乱承认。可是,外婆马上又问:"钱给了谁?"只好继续编。"给了国梁哥。"国梁哥是放牛仔,经常从野外带来烩番薯、喇叭花。

最后怎样,已经淡忘,但永远记得那情形。外婆的脸比锅底还黑。疼痛的手指。哭,死命地哭。很长一段时间不理解,为何这么狠心?也从不敢告诉妈妈,小时不敢,成年后还是不敢,怕妈妈伤心,怕她误会外婆。对当年无知赖上国梁哥,心存愧疚,甚至回到那个小村子,也总希望遇到国梁哥,当面向他道歉。

理解外婆,心疼外婆,是慢慢知道她的故事后。一个30岁守寡的年轻女子,没有坚硬的心胸、倔强的品性、决绝的所为,又怎能于族人的欺凌和生活的窘迫中,把三个孩子拉扯成人?母亲兄妹三人都上学读书,师范毕业,先后当过老师。这在那个年代,已经很了不起,在锦昌村,也是独一无二。

我想,这一切外公是知道的,他的照片,一直摆放在外婆的梳妆台上。梳妆台,其实就是一张老木案台,板面粗糙,色泽黑亮,台面除了外公的照片,什么也没有。这照片,从我记事开始就在那里,一直到外婆过世,还在那里。我对外公最初的印象,就是这张照片。长褂,西装头,英俊帅气。因跟现代人打扮不一样,小时候,偶尔也会对着照片发呆,觉得外公是古代人。每逢什么节,外婆就会在照片前放个小香座,燃一炷香。我不知什么意思,外婆沉着脸,所以不敢多嘴。每次看着烟雾冉冉而起,心里似有东西慢慢下沉。多少年后,我明白,那是外婆以一种虔诚的方式,与外公对话。"既然不能执手偕老,就把你供在眼前,供在心里,让你看着一家子,看着孩子们吵吵嚷嚷,从总角到成年,看着我忙忙碌碌,从青丝走向白头。"

一个人的一生,让另一个人的一生来安放,这就是我们所说的爱情吧。而世界上最悲伤的事情,莫过于故事还没有开始,主人公就消失,外公所有的希冀、念想以及香火传承,外婆都完成了,只是,这一生耗尽了她全部心力,可以喘一口气时,她躺下,从此追随外公,再没回头。

曾经担心,相隔多年的两人,还认得吗?还能相遇吗?想起外公唯一的这张照片,当下释然——当然认得,他从照片里紧紧望着这个女人,四十二载,终于团聚了。

外婆大名林琼珍,乡人多唤"安人"。

三

这些久远的故事,就像春天的草芽,一场雨后,注定冒出土层。

"外公(1910—1995)是近现代史上有名的文学团体——南社的社员,一生酷爱诗词书画,即使是最困顿的时光,也没停止过追求。这张照片摄于1946年初,外公和妻儿战后重逢于湛江时拍的全家福。战时外公随广东省银行迁至曲江……外婆在日本投降后,再与外公团聚。"

这段文字及照片,题目为《携手一甲子,荣辱从容度》,同样关于外公外婆,来自《广州日报》。当母亲说起此文时,已决定给作者写信。"广东省银行"这几个字,像一杆巨大的铁锹,撬开母亲心中一口七十多年的深潭。

七十年来藏在心底的泪水,怎能一次清零?母亲一天几个电话,还是说不完。我意识到,她沉浸在这种情绪里,会影响身体。然而怎么劝,还是一味回忆,就像一个任性小孩儿,吵着嚷着,要回到跟父亲母亲一起的日子。

记下来?试探着跟母亲说。电话那边,她有点迷茫,其实……其实我也就记得一点点,一点点。只记得我爸那几句话。死都记得。没关系,您想到什么说什么,小事情小细节都行,我记录下来,慢慢整理。那时候太小了。她怅怅的,嗫嚅着,不再吭声。也真难为她,当年那么小。那么小就失去父亲,没有父爱的日子,怎么过来的?母亲从来不说。她只说过自己6岁那年,独个从广州回台山,过了三个渡口,搭了三次船,每次都晕得呕黄水,害怕人家抢东西,把包袱死死抱在胸前,一整天不敢松开;还说过,家穷迟迟不能上学,每天偷跟着小学生后面,听他们读书,把一本书的课文全背下来。又说,外婆跟着乡人卖故衣,把家中值钱衣服挑到阳江卖,然后换回粮食,一程走下来脚板都是血泡。回家后,母亲用小肩膀扛起外婆两脚,边揉边想,长大后一定不让妈妈受苦……想起这些,心好酸,忙安慰她,都过去大半个世纪,不记得就算了,现在不是挺好吗?说着说着,却力不从心。片刻,母亲好像突然从梦中醒来,对着话筒大声说,是这样,我告诉你……她在喘气,似乎花了很大力气。

平静下来,母亲说,大约20世纪六七十年代,具体哪一年不记得了,有个自称陈叔的人辗转找到外婆,说有东西要交给她，是当年外公留下，嘱他代转。陈叔家在台山富城，但一直在外面谋生，年岁大了才回乡下。当年，他跟我外公一起在广东省银行工作，并同时撤到廉江。外公临终前，必定牵挂家中娇妻幼儿，必然想尽自己最后一把力，于是，身边所有值钱的物件：一袋银圆、金戒指、皮裢子——可能还有别的什么，交给这个信得过的同乡陈叔，嘱咐他想办法，转给台山锦昌村的林琼珍。

往事沉甸甸。无法想象，异地他乡，濒临绝境，外公忍受怎样的生离死别，把最后的财物托付给他人；对家乡的亲人，又怀着怎样的愧疚和思念。隔着漫长的大半个世纪，外公的影像从模糊到清晰，焦点，就在这些遗留的财物上。外婆和大舅父一起去见陈叔，陈叔将保存了几十年的东西取出，皮裢子已经当掉，银子也花去不少，只剩几枚，还有那只金戒指。母亲说，戒指见过一面，依稀记得圈上雕花，"好大只"，这样的东西，只能由大舅父留着保管。还有没有其他什么东西？我不太甘心。没有了……唉，就是那张照片。

就是那张，摆在外婆梳妆台上，长久盯着一家子的黑白照片。岁月悠悠，流转更迭，一个慈爱温暖的人，最后，就只剩下这么一点念想。

四

信念，真是一种强大力量。进入暮年，母亲越来越坚信，那个拉着她的小手说"国难当头"的父亲，不会什么也没给她留下。也许在世上哪个角落，半页旧书，几簇枯草，会留有父亲的印记，能读出，父亲对幼女的思念。

当我还在想如何安慰一颗自小失怙的心，母亲，却早已开始自我拯救，以她的方式，寻找渺冥的痕迹。她给《广州日报》那个作者写信，"看到广东省银行这几个字，感觉很亲切，也很激动，几夜没睡好。这么多年，终于有了一点关于父亲的消息。也许，您外公是我父亲的同事，不知您家人有没有更多关于广东省银行的信息，能否帮忙了解一下？我……"她把手写的信笺交给我，却不知那个作者是谁？地址在哪？就像小孩儿，惴惴不安，似在恳求。

不敢怠慢，通过朋友找到《广州日报》版面编辑，对方通情理，马上告知作者电话。电话打去，一番周折，终于找到小朱，一位正在中山医学院读博的女子。小朱爱好文学，文史渊洽，对母亲的用意颇感惊讶，也很欣赏，说她不太清楚外公外婆当年的事，也许可以问问她的舅父……我的外公，她的外公，我们的外公年岁相当，又曾在广东省银行谋事，作为后人，我们却像两只平行的小船，之前从没交集，而这个风平浪静的时刻，终于相遇。我感恩岁月的赠馈，但又担心，这样的因缘，能让母亲找到渴盼一辈子，哪怕一星半点的父亲的信息吗？

另一丝留痕，在湛江市廉江市塘蓬镇留村后山。某天，母亲突然来电话，说出这个地址。我正在上班，思绪在古板的文稿中游离，没反应过来。母亲加重语气强调：廉江，廉江。顷刻回过神，廉江，当年广东省银行撤退的地方，当年外公最后日子停留的地方。塘蓬镇留村后山，是外公茔墓所在地。母亲说。我拿笔快速记下地址，却发现，母亲只知道"留村"读音，不清楚哪个留字。她让我了解清楚，究竟有没有这个地方？现在能不能找到？她反复说这两句，我猜，还有意思没说出——如能找到，能否到现场拜祭，更深一层，能否把墓茔迁回来？

刚好同事是湛江人。

打听。询问。百度廉江地图。甚至致电当地村委会……又是一番追寻。

上下求索，还是缥缈无期。

年代久远，知情人少，关联物件几乎没有，这样的结果，亦意料之中。所有的寻找，无异于大海捞针，何况信息星星点点，本就不辨真伪。

失望，混合无奈。混沌中，却又有一丝欣慰，毕竟还是了解一点。

快过年了，花市、路边的鲜花争妍斗丽，拍了给母亲看。新潮的妈妈会用微信，她熟练地拨动手机，一张张欣赏，边看边评，"这个靓，开得够精神"，"月季，以前阳台也有"，说着说，不吭声了。探头看，却是外公那张。外公照片存在手机很久，想起便翻出看。外公头发整齐后梳，额头宽亮，唐褂素白，口袋好像插着一支笔，微侧身子站立，裤子熨烫笔直，可见折痕。年轻，但沉稳老成，看上去透着教养。似乎翻拍的照片，黑白，模糊，想从中找点什么，也是徒劳，只有岁月的沧桑，渗在微黄的背景中，烘托出那代人的坎坷。

"我爸总叫我阿雅。"母亲幽幽地说。心中一动，若说外公还有什么留下，就是母亲和大舅父的名字。大舅父名"伟儒"，母亲"雅娟"，用字斯文，辞藻优美，儒雅相连，足见外公性情温润婉致，以他的聪颖上进，对孩子的祈盼厚望，当在自身之上，取名一事，深聚外公的心思。又想，当年撤离广州前，对母亲兄妹所说寥寥数语，"国难当头……"亦知正当青年的外公内心，也有热血士子的胸襟。明知家人孱弱，这一去山高路远，不知何时相聚，但金融业乃抗日重要力量，银行撤离，事关经济作战重任，他不可能临阵退却。所谓修身齐家治国平天下，卑微如己，修身之外能做的，便是扛起全家六口的生计。外公最后给陈叔的托付，是倾尽他的所有，是对小家庭的深沉忧虑，也是一个普通人对家国的灾难深重所分担的最大责任。思及这些，心里涌出无限伤感，既有对外公的刻骨怀想和敬意，更有对曾经家国沦落的唏嘘。

2017年，农历丁酉年。母亲已逾古稀，找寻，作为内心一种牵挂和追念，也许贯穿整个生命中。她的执着不懈，让我渐渐走近外公，走近那个远去的时代，由此，更了解外婆，隔着几十年风雨，依然感受到那代人的风骨。年代刻痕，也延伸在母亲身上，她一直是家中主事，但凡族内红白喜事，生辰擢升，都打点妥帖，尤其对老一辈，人情心意，从不错失。我们，无论生活困顿与否，都是人群中从容写意的一家。她是父亲口中的乖乖女"阿雅"，又是朋友间聪慧灵敏的"雅哥"，禀赋天性，一一都能找到出处。从外公外婆到母亲，再到自己，血缘就像一条河，细流激湍，千回百转，滋养我们长大，学会坚韧，坚强，学会爱人，彼此之间，不离不弃不变。这条河的神奇，还在辗转流迁中，让母亲、弟弟和我的安身立命，最终选择了金融，冥冥中，能说没有外公的牵引吗？

母亲肯定地说，有的。

湾区踏莎行

"踏莎（suō）行"是词牌名。莎，一种常见的野草，全国大部分地区都有生长，夏季开花，花与叶同色，块茎入药，叫"香附"。踏草是唐宋时期广为流行的活动，踏莎行本意咏民间盛行的春天踏青活动。本文取其野外活动之意，以行走的姿态，对脚下土地进行采撷笔录，补缀成文，视为对佳人们生活背景的书写。

一 秋风致辞

立秋那天，我在佛山高明。高明荷城，一个小小的小城市。强调小，是因为它确实小，小到从来都被禅城人忽略。所以，知道我在高明，同事枝姐在微信里大叫"快回来，高明有乜嘢好玩"。是的，没什么好玩，可我喜欢。

立秋的前一天晚上，听电视新闻提到明天立秋，心里一动，这么快，都立秋了。又半信半疑，拿手机看，果然。戊戌年的秋，来了。

其实，长在广东，四季模糊的广东，对季节物候的感觉，也糊涂不清。这秋来了，天，依然是朱广权的段子"酷暑不下班，高温不放假"。立秋日，早上六点半醒了，被什么声音唤醒，"吱——吱——吱"，低沉，沙哑。窗外几米外就是山，黄翁山。荷城这个小城市，居然嵌着一座小山，这是我喜欢的原因。傍晚的时候，经常从山里传来奇奇怪怪的声音，"呜——""喔喔——""嗷——""昂——"跟母亲说，她惊恐地问："不会是野兽吧？"不会。我笃然，也不惊慌。黄翁山很矮，大概十几层楼高，遍山长满小树野草。草丛稀薄的地方，隐约可见山体泥土。奇怪的声响，就从这些树木草丛中发出。

然而，这个清晨听到的声音，跟傍晚听到的不一样。

"呲——"又一阵，整齐划一，声波沉且哀，莫名忧郁，让人心生恻隐。几声之后，居然声嘶力竭，渐弱，渐微。什么声音？像是……蝉？突然想起莫文蔚的《秋蝉》："听我把春水叫寒，看我把绿叶催黄，谁道秋下一心愁，烟波林野意幽幽，花落红，花落红红了枫，红了枫……总归是秋天，春走了夏也去，秋意浓，秋去冬来美景不再，莫教好春逝匆匆。"秋蝉的唯一使命，该是春且住吧？在黄翁山"烟波林野"间，秋蝉这般幽幽，原是三个字，舍不得。

世间莫不如此。

拉开窗帘，对面的山，草木葳蕤，葱郁垂荫，晴阳照亮半截山头，一窗绿意，我失笑，呵呵，秋啊秋，还在万水千山的那一边。

洗漱，早餐，电视新闻。早晨三部曲，行云流水，等坐到古琴前，还不到八点。既是立秋，就弹一曲《秋风词》吧，秋风清，秋月明，落叶聚还散，寒鸦栖复惊……弹着弹着，突然了无意趣，此刻，南方，秋老虎天气，哪来的落叶寒鸦？蝉倒是有一群，也只是秋，还没寒呢。想想这样的天气，伤春悲秋，真不是一件容易的事。正在矫情，一股细细的风从腿间掠过，没来由地，双膝有点凉意，摸摸膝盖，真的，完全不是平时黏滞如浆的手感。立秋凉风，真有这么神？仔细想想，五六月份，蝉叫得最厉害，整齐雄壮；进入七月，渐而八月，没了。今天又闻蝉叫，或如史书所说，蝉，感阴而鸣。

一个阴字，大地万物开始了生命的轮回。

书桌对着黄翁山，写字读书西窗下，悠然见山阴，天气好的夜晚，月亮就挂在床前。没想到，遥不可及的生活，转眼身在其中，陶老夫子的田园归隐，似乎有了续章。有人说，寻一座小城，择一个绿窗，就此读书，写字，终老。苏东坡更有"且陶陶、乐尽天真。几时归去，作个闲人。对一张琴、一壶酒、一溪云"。如此看来，即便一个人也没什么可怕，有酒，有书，一溪云对一窗月，更有一张琴。

二 烟火有味

怎样的田园归隐，饭总要吃，虽然外卖送餐流行，但到市场走一走，有时候，是另一种修行。

黄翁山到荷城市场，直径距离约一千米，顺着小巷、横街、马路，经红绿灯带拐弯，要走几十分钟。对于惯坐少动的人，这是很好的放松，喜欢这样的节奏。第一次到荷城市场，按照定位走，人家说就在路边。定位到了，不见市场，眼前大块空地全部停车，的士、小型货车、三轮货车。空地边上，一排小商铺向内街延伸过去，第一间是小吃店，没有顾客，两个人面对面坐，走过时留意下，他们在玩纸牌。第二间杂货铺，门口一侧的箱子竖放着席子，大小不等，土黄深黄啡黄，竹？藤？纤维？不知什么材料，铺内可见床单蚊帐枕头被子等等，一女人坐在凳子上玩手机。再过去的一间，坐着至少十个八个人，大热天时穿着制服，保安或城管吧，门上挂着横匾，什么服务部，有东西遮着，每次经过都看不全。第一次看见他们时，诧异其休息地方如此简陋，无空调，甚至凳子也不多，有两人干脆坐在门口的摩托车上。他们中，偶尔有一两个女的。这些商铺，都是小本买卖，海鲜、米面、水果、修车……通常一到两个人看档，行人经过，他们抬头看看，又埋首手机，或者根本不抬头，客人进到铺里，淡淡扫一眼，也不吭声。

穿过这排小档口，才发现，荷城市场藏在停车空地的后面。

相对于荷城的小，荷城市场却反常地大，单是肉档就有五排，每排至少十个摊位，占据了市场的核心地段。第一次来到，有些眼花缭乱，只好就近，站在哪个档口就买哪家。

然而，一堆竹编器具吸引了我，脸盆大小，浅口，编工粗糙，但竹材别致。想问问多少钱一个，却说不出名字，只记得学名叫"簸箕"。档主，一个40岁上下的女人，看我开了口却说不出，拎起一个问："要吗？""要的，用来装厨房杂物挺好。""乜嘢厨房啊，这个是装出嫁嘅嘢。""啊，呵呵。"我有点尴尬。这才注意到，周围摆着脸盆、水桶、痰盂、水壶、口盅，都是红色，还有形状各异的干果子。一抬头，发现挂在头顶的簸箕，比我买的，至少大两个码，有饭桌那么大，底面贴着大红喜字，不知装什么。这个摊档就在进市场的路口，得地形之优，每次经过都望几眼，却很少见到有人帮衬，档主不是跟人聊天，就是坐着瞌睡，身外万物都似跟自己不相干，气定神闲。

进到市场，迎面走来几个穿制服的人，擦身而过时，隐约看到市场管理的标志。其中一中年男，挺着貌似八个月肚子，制服都快遮不住，隐隐有些遗憾。

广东人进市场，最重要不是肉，而是菜，青菜。据说外省人与广东人一起吃饭，点菜点到最后，广东人总说再来一个青菜。人家无肉不成宴，广东人则无菜不成饭。所以，进市场首先要找青菜。荷城市场的菜摊散布在肉摊周围，就近的这摊，西红柿红得新鲜，捡起几个，刚过完秤，看见旁边的菜心挺嫩，又抓起一把。红的绿的放进购物袋，转身时，瞥见生姜蒜头，想起这时节姜可以多吃，又要了几块。摊主本来有点冷漠，看见我越买越多，脸色缓和了，主动说："今天的茄子、苦瓜很新鲜，来一点吧？"顺手放个茄子称上。好……吧。清蒸茄子还是很好吃的。

有我这么容易说话的买家，摊主彻底投降，架子下来，笑容满面。指点着摊位介绍：迟菜心，高明本地出产，很甜的。迟菜心，名字好奇怪啊。怎么奇怪，是迟的，早造已吃完，这是第二造，天气好，太阳晒的时间长，很甜啦。摊主看上去50上下，人瘦脸黑，一笑皱纹东奔西突，中气足，一开腔几个摊位外都听见。好好好，下回买来试下。我赶紧答应。

大热天时，室外温度三十七八摄氏度，市场内稍好，虽吵闹、脏乱，但这里出摊的主人，早就练得目空一切，熟视无睹。尤其那些鸡档的徐娘们，虽然脚下潮湿凌乱，但她们的脸很精致，描眉、擦粉、涂口红。常光顾的那一档，在这排鸡档的最末一位，女档主两眉画得很细，皮肤嫩白，年龄约莫在40到50之间，头发饰一团花，色彩斑斓，在市场那种诡异光线里，随着她的动作，欢快闪动。一枝橘红色的夹子旁逸斜出，插在眉尖旁耳朵边上，把眼睛与头发距离拉开，显得利索。让她把鸡砍件："别太大块了。""好。"咚咚咚，快刀砍下。"大了大了，细嚼滴。""还不够细？很小了。"她很不情愿，随手又在砧板上咚咚两下，放下刀，抓过塑料袋，一拨，全装到袋子里。动作快得我话都没说完。唉，我不想煲太久，小一点容易熟。"靓女你知唔知，太细嚼煲出来冇味唔好食。"……好吧，刀在你手上，你做主。

其实，我喜欢的是另一家小夫妻档。女子纤瘦如没发育的初中生，长头发扎马尾，尖下巴，眼睛狭长带笑，我走近，她大声叫老板娘……"呵呵，老板娘在后面。"我作势回头，聪明的女子马上领会，又嘻嘻笑着问："姐姐想买什么？"像毫无心机的孩子，笑容始终挂在脸上，手上的活一点也不耽误，开边、剥皮、砍件、装袋，一连串动作行云流水，看得我不由得连声说："慢点慢点，小心你的手。"她又嘻嘻笑："姐姐，习惯了，唔紧要的。"

"这个年纪，应该还在读大学吧？""姐姐，我22了，有两个孩子。"啊，这话令我惊讶得好一阵。"我们不比你们城里人，差不多就赶紧结婚一齐创业。"这话又把我吓住："创业？卖鸡？""是的是的。"很少吭声的男子笑着接腔。跟小巧的老婆不同，老公胖脸庞，婴儿肥，憨厚可爱。他说："卖两年鸡，攒点钱，就到外面看看有什么可以做的。"我不清楚他要"做"什么，或者，跟老婆说的创业有关吧。这么一想，不由得刮目相看。这个鸡档两米见方，案台上摆满光鸡，整只的，开边的，鸡爪、鸡头、鸡内脏，黑的竹丝鸡、黄的三黄鸡，少量的光鸭、乳鸽、鹌鹑,家庭应用的禽类食材都有。夫妻俩有说有笑,买卖之间的紧张对立,被他们的和善消弭。

民谚曰"秋风起,三蛇肥",在食大过天的广东,秋天正是滋补的日子。蛇就算了,还是鸡吧,椰子鸡汤,清甜滋补。到了小夫妻的鸡档,女子背着档口坐着,低头弯腰,围裙的几条绳子,把瘦弱的后背捆得有点紧。奇怪呀,这么醒目的小女子怎么不转身招呼呢?正疑惑,男子尴尬说:"呵呵,她,她有点不舒服。""啊,那回去休息吧。""不用。"女子转身,声音嘶哑,有点冲,赌气一般。男子对我咧开嘴巴,苦笑一下,两人不再说话。女子抓过鸡,手一扬,咚咚下刀,三两下收拾干净。我不好再说什么,人哪,总有过不去的坎,但,也总会过去的。

最近思绪有点怪,看到什么文字或景象,总会想起那对小夫妻。小男人在经营的菜档前,左右顾盼;小女人在奶孩子,一脸淡然。要在以前,多半跟闺蜜八卦这两人,闺蜜肯定会说:"你写字写傻咗,今晚食饭至倾啦(再说吧)。"然后,更多细节古怪,融入那个夜晚。去年七月,她被上帝召见,从此不知找谁,跟谁说。有时,会隐隐有冲动,找他,找她。然后,兴起的念头又埋入黑暗。

人变得慵懒。简嫃说,写作有三阶石梯,第一阶是对自然之流动与乡园初情的礼赞;第二阶不得不放眼当代,体会历史、省思社会民生,与民族之脉搏互动;第三阶,觉悟到终究必须沉埋于时间,成为历史尘土,此时心境不免微冷……这是她那本《私房书》中的一段,书里都是三言两语的私人语录,深夜里读一段,颇像呓语。每读"三阶石梯",不免也心灰意冷。没什么敌得过时间，就像几十年的闺蜜，撒手就走，隐身广汉星河，无踪无影。

写作，似乎已无关紧要。不写的那些空闲时间里，喜欢到附近的唐园市场走走。

春节后很长时间，天气依然寒冷。傍晚，下班，暮色四合。市场，一个U型摊位，西兰花、菜薹、辣椒、马铃薯……平常菜，又与别的摊位不一样，走近时，心情马上放松，整齐，干净，依次摆着，不越界，没掺杂，青、红、白、黄，间隔得体，新鲜生动。挑选、过秤、掏钱……几声婴儿啼哭传来，望去，窄道那头，塑料布半挡着，后面，一辆婴儿车。

这么冷这么吵，居然把孩子放在这里？再看小男人，继续应付买菜客人，小女人——年轻母亲已过去，俯身，轻轻哼着哄着。

双手冷得有点麻木，匆匆离开市场，心里揣着这个小baby。

市场的另一边，还有一个小女孩儿——不知为什么，市场里卖菜卖肉的女孩儿越来越多，年轻，漂亮，肤色透明，笑容干净。那个小女孩儿一笑两个酒窝，很自然地称呼"姐姐"。也不知该买什么，她指着那些红红白白，熟稔地说，煲汤的，炒菜的，每次她指示我买，倒很省事。"猪肉西施呀你。"她笑，红粉粉的脸，酒窝很亮。有天，突然感觉她腰身有点粗，随口说她胖了。她的脸更红，说："姐，七个月了。"

春节前，她的档口换人，男的，切肉找钱笨手笨脚。本想要十块钱瘦肉，他手起刀落一称十六块。他说女孩儿是他老婆，回家生孩子，他不太会"这门生意"，招呼不好客人，想早点卖完，回去照顾大人小孩儿，唉……刀子对付着大骨头，嘴里却长长叹气。

付了十六块，另外又要了些排骨，提着沉甸甸的一袋自我安慰，吃不了放雪柜吧。

到菜市场的次数比以前多了，有时纯粹为了散心，看新鲜。年轻时觉得市场肮脏、潮湿、嘈杂、计较，来往皆"三唔识七"。如今发现，它是个舞台，每个人身后，都有一串长长的故事，只要愿意，随时可以呈现，在纵横交错的故事梗概里，你会找到一样东西，滋养身体和心灵，如青菜水果。

重庆妞，这样称呼她，她会哈哈大笑说，重庆牛气。看上去40出头，肥胖，气色好，有次忍不住夸了一句，却引来滔滔不绝："我们重庆是好地方，水土养人，我们那的女孩儿子都漂亮。""那你还跑广东来？""唉，还不是这里能赚钱吗。"重庆妞情绪明显低落。我忙安慰说："等赚了钱回重庆当老板吧。"她又笑了："还不够买房子呢。"重庆妞很勤奋，春节后很多菜肉档迟迟不开，她一人独占几个摊位，东西层层叠叠码得老高。我要找慈菇，她指着对面男孩儿说那边有。男孩儿子帅气，留着瓦片头，头顶一撮黑，耳边剃得精白，看上去很奇怪。他麻利地捡起几个大慈姑问："够吗？""你真醒目。"他羞涩地笑，低声说："你别夸我，我妈听到又要留我在这里卖菜了。""你妈？"他指指重庆妞。

呵，上阵不离父子兵，卖菜也要母子上。男孩儿突然问："阿姨，你喝羊奶吗？"本想说不喝，抬头看到男孩儿眼神，改口说："很少喝，怎么啦？"他说自己有个送羊奶的档口，附近很多人家都订了羊奶。羊奶比牛奶好。他开始滔滔不绝普及羊奶知识……"你喜欢卖羊奶不喜欢卖菜？""是的是的，为了羊奶我连春节都没回老家。"

他有点委屈。没问为什么，看上去这么年轻，但很有想法，心里，应该有个他母亲还不了解的梦。

而另一个梦，已经在市场发酵。两伙年轻人，一前一后，在猪肉档摆开阵地，都打出"土猪"招牌，红色T恤，黄色围裙，红色帽子，白牌黑字标出价目，大声吆喝，还有笑容。熙熙攘攘的市场，别样风景。奇怪的是，其他档位都有人光顾，这俩猪肉档却"水静鹅飞"。偶有人经过，他们嬉笑着说"阿姨买块靓肉煲汤啦""靓姐，买唔买猪肉哇"。

从市场出来，身心松弛，心情渐至平静，似乎放下什么，又得到什么。那些普通人，每天从一斤菜两斤肉中赚取利润的人，重复同样的事，计较着，忙碌着，辛苦着，可他们看上去兴高采烈。摆得行列整齐的菜果鱼肉，总以一种丰腴召唤着，以一种秀色挑逗着，让人觉得，吃，是天底下最好的事情，能吃，就能忘掉忧伤，找到幸福。

清明节这天，买了艾饼回家，艾饼有艾叶一般的青绿色，清香特殊，入口爽滑，有些地方又叫清明果，拜祭先人时必备。吃着艾饼，又想起当了天使的闺蜜，与她曾经的那些岁月，永远留在过去，生活就是一条河，纵使迂回曲折，千回百转，总要向前，花谢了还会再开。找个理由，让自己坚强，让自己快乐，没人陪伴时，选择独行吧，比如，无事到市场走走。

三 文明路慢

在荷城，常走的路叫文明路。相比荷香路、甘泉街、松涛街，文明路名字确实平淡得很，但路型让人难忘：人行道比机动车道宽。如把整条文明路分为三等份，两份人行道，一份机动车道。

文明路的特别，还在于它的闲逸。

宽大的人行道，其实是公园的延伸。每隔三四米一张长椅，麻石砌成，两人座，或三人座。椅子旁总有一棵大树，榕树、紫荆花树，还有一种常常掉果子的无名树，行人踩过，果子的汁液把路面染成一个个小黑印。这些树年头不短，婆娑的树荫给了椅子阴凉，每次经过，看见椅子上坐满人，公公婆婆、阿婶阿叔，还有放学回家半路玩耍的学童。阿公阿婆神态平和，相对而坐，或隔着两三个位置，各自聊天。他们身边各有不同的袋子，青菜、猪肉、牛肉、鱼、姜葱蒜等等，家常的生鲜物品。一个短发阿姨匆匆走着，提着一大袋，身子侧向一边。"过来坐下。"阿婆拍着身边的石凳，灰白色的发髻斜在左耳上。短发阿姨呵呵笑，走过去放下手中袋子，伸开巴掌摇几下："真热。""系呀，"阿婆递过一把葵扇，"买咗乜嘢菜啊？"她低头看着，随着伸手拨弄，一点也不生外，看来都是街坊邻里。"水鸭煲淮山，祛湿。""系啊系啊。"我有意听听她们说什么，放慢脚步。"个孙仔话热气，我话湿就真，昨天夏枯草煲瘦肉，今日就四味啦……"渐行渐远，后面的话淡了。走过几步，回头看，两个还在鸡啄唔断（不停地说），热热的风吹过，路边的大树飘下几片叶子。

小城不大，彼此都是熟人，见面打声招呼，家长里短，寒暄几句，然后各自离去。这样的场面在文明路，每天每时都在发生，不管酷暑天热，还是暴雨如瀑，节奏都不会改变。尤其坐在这里的老人，大部分不一定聊天，比如"祥发旅业"门外的老伯，单腿踏石凳上，全神编补一只水桶大的竹笼；另一边坐的老伯，头发花白，支起双膝抱着，头半埋膝间；离两人几米外，一位老婆婆神态恬淡，漠然对着马路，身边一把伞，压着花花绿绿的广告纸。他们，或者都活在自己的心或事里，脸上完全看不出半生劳倦的影子。别说他们，走过的，来来往往的，也都如此，松懈，悠然，带着一丝劳作后的慵懒，慢悠悠。

　　文明路的闲逸，也是荷城的闲逸，与别处的匆忙紧张不同，这里有种天然的放松，连看人的眼神，也柔柔的，似乎认识了半辈子。"竹升云吞面"位于文明路中段，人民医院斜对面，店面窄小，两排台凳，中间小过道。一个女人40上下，左右开弓在包云吞，一舀，一抓，一扔，面前的碟子已堆起老高。见我进去，女子柔声问："食乜嘢？""云吞吧。"左边墙上标着各种价格，"中华传统美食"设为圆体大字，手打竹升面领头，依次为面条、云吞、饺子，汤的、干的、肉的、素的，看上去没什么特别。右边墙上大红光纸，黄色隶书，介绍手打竹升面，先用手搓面两小时，再用大茅竹竿压打两小时，面条做出来软硬适中富于韧性，"起源于清代光绪年间"。没想到不起眼的面条，居然源远流长，发轫有名。我想，这所有的秘诀，就在于它费时费工吧，数码时代，还有人愿意手工做，慢慢擀，慢慢压，这面条，无论是否源于清朝，还真与众不同。坐下来，想起木心的《从前慢》，"……从前的日色变得慢/车，马，邮件都慢/一生只够爱一个人"，刘欢唱过这首改编的歌，"清早上火车站/长街黑暗无行人/卖豆浆的小店冒着热气"，端的是款款深情，声线性感，让人无限怀想。卖云吞的小店冒着香气……老板娘放下香喷喷的云吞，细声说慢慢吃。

不时有人进来，似乎都是熟客，有的甚至一声不吭，坐下，等待，老板娘端上一碗，或者两碗，然后开吃，彼此心领神会，没有多余的话。又进来一个靓女，深蓝裤子浅蓝衬衣，左边腋下夹着警帽和皮带，径直走到老板娘面前，说要两斤生云吞，一斤面条。一个妈咪带小孩儿进来，孩子背着大书包，坐下来，从书包里取出作业本，趴在台上写。妈咪轻拍他一下，说别趴着，挺起腰。孩子伸了伸腰，却趴得更低。老板娘很快端上几碗，孩子立刻咋咋呼呼吃起来，整个小店，只有他吃东西的声音。

打开门迎八方来客，老板娘的手艺不错，云吞个小皮薄，馅滑汤香，大概云吞皮也是擀压，薄且劲道，有嚼头，吃起来很有满足感，难怪小小的一间小店也能生存。食客陆续进来，吃面条的中通快递员，狼吞汤云吞的中年大叔，要一小碗饺子数着吃的老婆婆，云吞饺子外加可乐的两个学生哥。我慢慢吃，猜测着他们的身份和心思，天色，在慢悠悠的猜想中暗淡下来。他们是谁，干什么工作，要去哪里，我不可能知道，但在这个逼仄的小店里，在这个傍晚时分，来往食客都卸下面具，以最本真的面目出现，看到的每个表情动作，听到的闲言碎语，都发自他们内心，不加雕饰。放松，是他们的状态。这么想着，也把双腿伸直，左右摇摇僵直的脖子，感觉这个云吞小店充满安全和信任。

文明路两旁的楼房不高，老式建筑，楼与楼之间，横巷浅窄。横巷，是文明路通向各家各户的必经之路，就像人体大动脉分叉出去的微细血管，细，但必不可少。文明路中段有间水果店"果实汇"，店面金黄，刷白色招牌，当眼醒目，人气很旺。某天经过，发现水果店旁小巷，一块小纸板，上写"精修钟表"。纸板后木工作台，摆满各种工具、手表小钟，皆古旧黯黑，中年男人坐在台前，半眯眼，眼镜只有一边镜片，旁边还坐着一个，也是中年男人。此情景让我记得小时上学的学校旁，有条学宫路，路口就有这样的小摊，放学后，同学们喜欢围在小摊旁，看古怪的修表人修表，偶尔他从镜片上方瞪你，眼珠子一碌，吓得同学仔哗地散去。几十年后，竟在荷城发现相同景象。不同的是，没有人围观，修表人表情平和，并无小时候感觉的狷介怪异。此后，慢慢留意到荷城不止有修理钟表，还有修理雨伞，补鞋，甚至补碗，或者写对联，是"寫對聯"，繁体字。在横仄的街边，在小巷的尽头，每发现一个，必引起一阵惊喜，这些小工艺，工艺匠人，以最平民最草根的形式突然呈现，似熟悉又陌生，霎时心头有一种温润在涌动，感觉自己在寻宝，忍不住想，这些平常景象，可能就是内心所追溯的、淡忘的却又不愿忘掉的事物吧。

四 雨打芭蕉

雨声扰梦，半夜醒，再也睡不着，思绪时隐时现，无端回走，一直走回那个夏天，停在锦昌村的芭蕉叶上。芭蕉树旁，是外婆的家，我扒着趟栊门，看雨雾中乡人头顶蕉叶，穿过晒场菜畦，踩着泥泞，飞奔回家。这么多年来，关于锦昌村的回忆，总跟下雨有关，雨声中，那片蕉叶就会出现。

读书后，学会广东音乐《雨打芭蕉》，才知道，雨打芭蕉叶确为一景，值得歌而咏之，并非小小的我矫情。《雨打芭蕉》节奏明快，有叮当的雨滴，哗啦啦的倾盆，也有时雨时晴的彩虹。雨打芭蕉，打出一种俗世的欢乐。

去年清明，再回小村，却不见芭蕉树。手机音乐里再听《雨打芭蕉》，欢快的节奏里，不再有晃动的绿叶，不再有蕉叶上滚动的水珠，甚至，也不再有滴滴答答的过云雨。

时光，都是回不去的。宋蒋捷有"流光容易把人抛，红了樱桃，绿了芭蕉"，时序流逝，光阴消散，只是一个人的愁肠，把前后阕读完，才明白伤国之忧，才是词人的痛。"一片春愁待酒浇。江上舟摇，楼上帘招。秋娘渡与泰娘桥，风又飘飘，雨又萧萧。何日归家洗客袍？"国破家亡，前途无望，这又是怎样的悲愁？"何日归家洗客袍"，今人，又如何体会呢？

读古人诗词，总慨叹他们对时序、风雨、景物的敏感，离乱年代，无家旅人，还有心思"秋娘渡与泰娘桥"，感慨又红又绿樱桃芭蕉。他们对自然界的依依关切，来自日常生活的依赖、情感空间的宽纳，譬如蚂蚁搬家、白霜陈窗、候鸟迁移，都有一番说法，富有仪式感。

昨天是白露，与父母一起吃饭。刚进屋妈妈就说："芳，来看看这个对不对。"她坐在沙发上，笑吟吟地递过手机，说，"阿瘦发给我看。""阿瘦"是父母几十年的老朋友，原名"秀"，用乡下话读成"瘦"。每次说到他，脑子就出现一个干瘦老人。阿瘦发了一个猜字游戏，妈妈兴致勃勃，"想了大半天"。听到我进门，专职厨师爸爸从厨房出来，走近我半炫耀半告状："你妈妈老玩手机。"两位老人越活越像小孩儿，你不服我我不服你。妈妈喜欢玩微信，爸爸不会。妈妈奚落他："最蠢是你了。"爸爸反驳："谁说的，最多两个小时我就学会。"可是，总不会有这两个小时，每次妈妈的手机"叮叮，叮叮"，爸爸就像脚下有电，一下子弹起来大叫"雅，雅，响了"……

爸爸一副欲言又止的样子，想说什么？"芳，今天白露哇。""我知呀，所以过来吃饭。"我毫不客气。"系呀系呀，报纸话……"爸爸眼望前方，两手扬起，深吸一口气准备开讲。我和妈妈笑起来："好啰，又开始演讲。"呵呵，好脾气的爸爸不理会我俩："报纸话……知道为什么叫白露吗？""唔知。"我一本正经。爸爸严肃地说："朝早，地面和树叶子上有许多露珠，点解？是因为夜晚水汽凝结在上面，所以叫作白露。""我早就知啦。"妈妈拖长腔调，一副不屑的样子。"咁你又知唔知点解系今日白露，而唔系昨天或者明天呢（那你知不知道为什么是今天白露，而不是昨天或者明天呢）？"爸爸依然很严肃，一副主持学术会议派头。妈妈一愣，转头对着我说："问个女啦。"

如此踢球，我可不敢接。

吃饭时，爸爸左手端着碗，右手拿着筷子，往嘴里扒拉两下，一伸腰便开腔："为什么古人这么聪明，懂得这些节令，他们依据什么确定的？"满桌人都接不上话，明显不在一个频道。"阿芳，你说。"点卯。我赶紧举手投降，真的不知。"春雨惊春清谷天，夏满芒夏暑相连。秋处露秋寒霜降，冬雪雪冬小大寒。"他哇啦啦唱歌一样，完了，得意地看着我们，嘴角含笑，"呵呵，我跟阿宝学的。"阿宝是他孙子，今年已上大学。爸爸说，这些顺口溜是阿宝的小学课文，当年和他一起学习，就记下来了。记忆力真厉害。我竖起大拇指，他高兴得像个孩子，又悄悄瞥妈妈一眼，妈妈低头扒饭，佯装看不见。

节令怎么形成，为什么今天是白露昨天不是明天也不是，显然是学术问题，古人有专门述著《二十四节气解》《月令七十二候集解》，其智慧，并不逊于现代计算机。但我感兴趣的，在于节令表现的含义，关于时间的准确和神秘的天地对应，以及它的文学性。人类心境哀乐，常常与物候出没万物枯荣有关，也总跟时令相连。于是，"白露"的B面，可写作惆怅、委婉、苍凉。"蒹葭苍苍，白露为霜。所谓伊人，在水一方"，大概是AB双面最好的呈现。

在我们家，节令转换的仪式就是聚在一起吃顿饭，大概，也算跟情感关联吧。

戊戌年白露后一个星期，即2018年9月16日，珠江三角洲史上最强的台风"山竹"来袭。从前一天即15日开始，各种媒体天气预报一次比一次紧张，政府警示措辞一次比一次严厉，女儿坐不住，拉着我去超市采购物品。马路上车多，气闷，无风，37℃高温，热到窒息。超市里明显多人，水、饼干、零食、青菜水果肉，啥啥都往购物车里搬，看着众人众相，想我哋（我们）广东人乜嘢（什么）台风冇见过，有必要这么疯狂吗？

买买买是女孩儿天性，何况师出有名，回家时，车尾厢塞满食品。进厨房准备做饭，女儿突然跟进来说："妈咪，刚看新闻，情形严峻，我还是回单位了。""啊？那……"迟疑着，话到嘴边又咽下。她不再说什么，匆忙收拾东西下楼。晚8

时,从四十里外工作岗位上发来信息:启动一级勤务,"风王"真来啦。

16日早上7点左右,从阳台向天空望去,晴朗无云,楼下静悄悄,树梢也不动。搜新闻,"山竹"似乎还在大海上。会不会来呀?微信朋友圈却一片闹腾,大状宝哥发图片,上书大字一行,"全广东都在等山竹,就像初恋少女等男友,怕他不来,又怕他乱来";静美人等台风等出文学高度,"广东人等台风等出过年感觉,冰箱塞满了,窗户贴好了,夜也守了,一家子齐聚一堂,朋友圈热闹非凡,就差一句互道恭喜发财"。唉,外地朋友都发信息表示担心,全体广东人却在配合"山竹"作秀。正乐着,手机响,妈妈大声说:"芳,你买菜没啊,政府下令停市了!""停乜嘢市?""市场唔准开档,即刻关门回家避风。"

政府拿出前无古人的措施,飓风登陆当天实行"五停",停工、停业、停课、停市、停运,《佛山市防台风全民动员令》开始在电视上滚动播放。一直抱着无所谓心态,此刻有点忐忑。出家门,发现乐观被打脸。农商行挂着的大红横幅标语被吹落地,耷拉一边,毫无颜面。满地树叶无法把持,失去方向随风飘散。住宅门窗,如战时防备,纷纷贴上纸条防爆。市场口,不知何时堆起沙包,叫我立刻想起电影《兵临城下》。走进市场,哇,只见人不见菜。此刻,钱都是捡的,菜都要抢的,想想家里还有一箱面条,转身离开。

9月16日下午5时,"风王"在老家广东台山市海宴镇登陆,老家乡亲轻描淡写,说台风登陆时周围很静,6点后才"大风大水","山竹"秀了几小时后,渐渐远去。我听完电话,直叹先人起的名字，果然祥瑞，海晏，海边安宁之地。其实风王从横空出世那一刻开始，就处于监控之中，行进的线路，旁及的区域，飘忽的身影，最后的归宿，人类了然于胸。

坐在屋里，天下变幻尽在心中，今时早已不同往日，"山竹"，即便前所未有的风力级数，也是过客而已，我们都表现淡定。凌晨，通宵不离岗位的女儿，发来一个累的表情，心疼她，但不能替代她。岁月静好的背后，是他们在负重前行。

下半夜，推开贴着米字胶纸的窗门，两栋楼外，是汾江南大马路，灯影昏黄，雨脚纷乱，先前的生猛消退，露出暴怒后的疲软。回想朋友圈的狂欢，猛然觉得，对自然变化，对季节流变，人类已渐渐失去仪式感。所谓一草一木有幽人之致，门庭室庐具旷士之怀，或许，只能在古诗词里寻迹。

五 夜行巴士

"4月20日，农历三月初七，谷雨"。随手打开电子日历，看到这一行。今天谷雨，居然没雨，路面干干爽爽，比前一天好走。在沃尔玛候车站，又想起电子日历"彭祖百忌"两句话：庚不经络织机虚张，子不问卜自惹祸殃。彭祖长寿，是因为积善温厚，二十四个时辰都有所顾忌，崇拜天地。可如今，谁还织布呢？织布不论，问卜却不少。过年后，同事在办公室门后摆了一盆君子兰，另一同事带点酸意解说，君子把一切晦气拦在门外……此为风水师招数，冀望新的一年吉人旺相。

胡思乱想间，132路车到了。

晚上八点，这个时辰的巴士，应该不挤。施施然上车后，发现判断失误,所有座位坐满人,过道上还挤着一排。把两元钱塞进铁箱子,转身刚迈步,"咣——啷!"急剧发动,车子猛然前蹿。控制不住,跟跄几步,像探戈的碎步,直往前奔,狼狈不堪。甫一站定,"呜——"一个暴响,汽车突往右一甩,整车人全部冲向左边,来不及调整姿势,一个摇摆,全部人又整齐地扳回右边。唉,这开的什么车呀?简直开坦克!我低声嘀咕。旁边的小孩儿可能听到,嘻嘻两声。我抬头,看见他紧抓着年轻女人的肩膀,硕大的书包像背景板,把后背全遮住,嘴里嚼着什么,望着我笑。女人一脸木然,略带疲惫,左肩膀挎着包包,右手挽着大塑料袋,隐约看到青菜、西红柿、熟肉,还有面包。天都黑了,还没回家吃饭?想起女儿读小学时,我也是这般情景,下班后啥也顾不上,匆匆忙忙往学校赶,有时因工作耽搁,心里便七上八下,忐忑不安。这种心情哪有好脸色?对年轻女人,生出戚戚之心。目光再转向她,却发现女人衣领被包包带子勒住,露出内衣的深红色带子。略一犹豫,想伸手帮她拉拉,又觉冒昧。夜色斑斓,不会有人注意的,我只要不看,它或许就不存在。

眼睛转向司机位,看见方向盘前的仪表板上,两枝鲜花晃啊晃,养花的是一只矿泉水瓶子。仔细看看,啊,玫瑰花呀!紧绷的心突然有了一些放松,这路车几乎天天坐,第一次看到车上插花,司机还是男的。爱花的他,怎么把车开得那么粗鲁呢?再一次把眼光转向他,紧绷的脸,粗乱的头发,大幅度动作,嘴里不时咕哝着什么——"哐!"车子一个急刹,"企稳啦(站稳了)!"司机突然一声吼,这一吼,我脑子电光石火,突然想起网上看过的提示:巴士司机有时鲁莽开车,可能用另类语言提醒乘客,"车上有小偷"!这么一想,赶紧四顾左右,发现刚才上来的几个小青年,一式半刷子头发遮住半边脸。他们在车头站了一会儿,就走到中间,我靠近后门,扶着把杆,看到他们分散站在周围,有点警惕,赶忙把一侧耳机取下。

今年才开始搭乘巴士下班。初时,最基本的规则"前门上车后门下车"都不懂。父亲数次打电话劝说买汽车,劝说无效后悄悄问"是不是手头不阔绰",想帮一把,让人又无奈又好笑。父亲总是这样,不管你多大,他还想管你吃穿;熟人朋友也一个个警告"小心",春节那段时间,确实有几个同事在大厦前遭遇抢劫,所以,对"小心"之类的反应,首先换下常用的大皮包,用购物袋充当手袋,塞满乱七八糟的东西后,就像阿婆去菜市场,算消除了目标隐患;每次上车后,都左顾右盼,对每个走近身边的人,都视为嫌疑人,神经高度紧张。即便春节后那段寒冷日子,下车后都一脖子冷汗。如此这般一段时间后,懂得前门上后门下,懂得先攥两块钱在手里,免得上车后翻包倒腾,将财物暴露于众目之下。也学会站稳脚跟的"技术",不至于东倒西歪丢人现眼全无仪态。神经稍稍安妥后,便觉得购物袋很不顺眼,又换回大皮包。

这几个小青年彼此应该认识吧,但都不说话,随着车子摇动,偶尔互望一眼。想想,还是把身侧的手袋移到胸前,又摸摸裤袋里的手机,似没什么可乘之机,才放心地望向窗外。

132路车往季华路方向走,到了星奖新区,这里是住宅区。几年前还是郊野,城市不甘寂寞,发展得越来越快,不断将荒郊野地变成高楼大厦。据说每平米一万多,建多少卖多少。总想不明白,这究竟钱多了,还是房子少了?抑或现在的人都近"牛"居远"蜗居"？向来不喜欢拿房子折腾，一安榻之地足矣，那些三年两换，搬来搬去的"房东"，怎么受得了？

住宅区大楼高耸，闪出一簇簇光亮，每盏灯光下，都有一个小家。总喜欢这样仰望夜空灯光。有年冬天，出差西北大半个月，披风御沙，孤身寒旅，回到佛山已是晚上，车子从高速公路驶近市区，远望一城灯火，霎时鼻酸眼涩，潸然泪下。这不是多愁善感。俄罗斯歌曲《灯光》，描述姑娘把年轻战士送上战场，战士在硝烟炮火中，时时想念亲爱的灯光——"亲爱的灯光"，这种深情和爱昵，才是至真至纯的人性。战争的残酷，怎能屏蔽铁骨柔情的抒写呢？灯光，实在是一种情感抚慰。

光顾着自己抒情，没留意亚洲艺术公园站到了，不远处的公园流光溢彩，在夜色中显得神秘而美丽。这是佛山第一个主题公园，据说公园的艺术区，有二十六座石雕作品，象征亚洲二十六个国家的文化。看过这些石雕照片，有些疑惑，一两座雕刻，是否就能代表一个国家的艺术？不过，一个地域的文化艺术，总有通道通达吧，也许曲折，也许幽秘，就把这些石雕，当成曲径通幽的路标吧。在新崛起的这片住宅区域里，亚洲艺术公园更是一处高雅的公共场所，以艺术的名义，接纳四周很有安居气息的名字，帝景湾、湖景湾、绿茵鸣苑、怡翠玫瑰园……诚恳地向世人证明，我们的文化可以是随意的、悠闲的、有思想的，也是无处不在的。

小青年下车了，好像没什么事发生。

又上来一个人，黄色长袍，光头黑脸，面相憨厚。他的表现，比我刚开始乘车时更笨拙，司机提示了几次，才知道掏钱放进铁箱。这个打扮，应该是出家人吧？出现在晚上8点多的城市巴士里，显得有些异样。想起这样一段话，"在抗震救灾的力量中，有两支最重要的力量冲锋在前。一支是解放军的队伍，另外一支是佛教的僧团。那些身着红色袈裟的身影，会出现在最危险的地方"。不仅给遇难的人带去生的希望，还按照佛教藏家风俗，为罹难藏族同胞举行天葬。在网上看到一幅图片，年轻的僧人戴着口罩，露出的大眼睛，紧盯着黑烟滚滚的天葬台，神情凝重。每当灾难降临，人性之善，往往是最好的庇护。想起海地地震，灾民们在夜里唱圣歌的一幕，他们的脸，在歌声里呈现一种宁静、安详。

璀璨的灯光从窗外泻入，打断了刚才的沉思，整个车厢亮起来。

132路车在城市的东郊边转了一圈，又驶入市区最热闹的季华路商业区，在东建世纪广场站停下，上下车的人很多，总算有位子坐下。这里上来的多为年轻人，中学生、小白领、逛夜街的恋人，把原先有点空的车厢挤得满满的。斜对面座位有两个人，小伙子搂着女孩儿的肩，另一只手不停摸她的脸，又出其不意亲一下，动作多多，全当其他人透明。女孩儿有点害羞，在他怀里左躲右挡，欲迎还拒。两人的浓情密意，并没有感染其他人，免费表演，也没看客喝彩。上了这趟夜行巴士，人人好像各怀心事，近在咫尺，面无表情，对一切熟视无睹。空间的距离近了，彼此的思想却越来越遥远。我专心听着陈瑞的《白狐》，舒缓的旋律，略带忧伤。陈瑞磁性的声音，掺杂一点沧桑，回味无穷。第一次听，也是坐巴士，望着车窗外明灭的街景，心里慢慢浮起苍凉。我是一只爱了千年的狐……隔了千年，等了千年，白狐再来续缘，"能不能让我为爱哭一哭，我还是千百年前爱你的白狐"，何等痴情；"多少春去春来，朝朝暮暮，生生世世都是你的狐"，如泣如诉，如怨如慕。这样古典而温馨的爱情，让人又爱又怕，如今，又该上哪儿寻找呢？

车外的季华路一片喧哗，七彩霓虹变幻莫测，人们急剧聚拢，又匆忙离去，一拨拨，一群群。倘从天上望，便如蚂蚁一般，难怪现在有"蚁族"一说。季华路横贯城市东西，像一条粗大的动脉，维系城市的生命搏动，马路上奔跑的车子，流成一条彩色的河。然而此时，动脉堵塞，四车道的季华路，被堵得水泄不通，寸步难行。停驶的车，像一只只孤独的盒子，在这个盒子里，你束手无策，插翼难飞，只好把心情和目光转向喧哗的窗外。"再见，佛山！"这条大标语横在商铺门口，把门面遮住一半，旁边另有一条，歪歪曲曲写着"明天不再来"，貌似悲伤，然而，拥挤的人，嘈杂的音乐，以及恍如白昼的灯光，使这种悲伤显得很可疑，也可笑。也许，根本就是商家招徕顾客的把戏，没有悲情，只有赤裸裸的讨价还价、得到的满意和失去的懊丧。于是又想起当下"蚁族"的定义，弱小、收入低、生活艰辛，但生命力很强。

上来一个老太太，从车头慢慢移到车厢中间，每一步都紧紧抓住把手，站稳了才迈步，很有经验的样子。我站起，伸手扶着她，说"您坐"。重新站到后门旁边，累了，觉得手袋有点重，想起包里两本书，其中一本在老冯的书店买的。这个大胡子老冯经营先行书店十几年，从光顾他的店，到认识他，曲曲折折也十几个春秋。"有的地方适合畅怀未来，有的，却发人幽思，先行就是这样一个用来怀旧的地方。在书店门口听到的悠扬老歌，二门内定期摆放的旧书——跟广州、长沙、上海、西安等历史悠久的城市相比，佛山的悠久历史却把旧书摈弃在外，或许我孤陋寡闻，至今只听说仿古街有家小书摊专卖旧书。先行的旧书并不多，但足够我每次徘徊良久。"因为先行书店搬迁，写下这段文字。当年"先行"搬到季华路这边，老冯说，这里读书的气氛不及老店那边，每个月都亏本。勉强坚持一年后，又迁回老城区，安营在卫国路大明星电影院楼下。楼上声色光影，楼下白纸黑字，奇妙地走在一起。

　　书店经营举步维艰，老冯多次说算了，关了它。可一年年过去，"先行"还在。一个繁华喧闹的城市，应该还有一些书店作为补白，每次经过"先行"门口，都有一丝欣喜。繁华是放纵的、招摇的，也是脆弱的、短暂的，它会凋枯，会老去。而书店静谧，书香内敛，有温婉之妙，有永恒之美，它的存在，构成城市的美学基调，与书为伴的城市，才可能优雅而美丽。于是，又想起谷雨诗会，在诗人程维《他风景》里看到介绍，谷雨诗会是江西省传统的文学活动，谷雨当天举行诗会，诗人们在春天的微雨中，在山涧旁、草地上、绿树下，唱一首歌，吟两句诗，共同祈祝春天的到来。这种活动，带有一种虔诚的喜悦，令人神往。也许有人觉得矫情，可矫情，也是一种精神需要哇。据说，佛山还是诗歌的城市，此刻，在哪些角落里，进行着诗的盛宴呢？

　　心里有了些许期待。

　　财政大厦到了，下车还没站稳，背后的132抛下几声闷响开走。绕过站牌，看见几辆花枝招展的婚车，好奇心陡起：谷雨，又是谁的黄道吉日？突想起"子不问卜自惹祸殃"，虽没到子时，这也不叫问卜，最多八卦而已，但彭祖有告诫，乃敛眉收心，望家而去。

六 云吞捞面

佛山禅城，"应记"面家有很多家，常去简村口、琼花剧院旁、福贤路中等几家。这些店，临街一长溜铺面，门口一张小方台，后面坐着一个瘦脸大眼的"姆记"。有人进门了，她会大声问"食乜嘢"，典型的佛山土话，和纯正的广东官话相比显得某些突兀和低沉。来人照例说"云吞面"，然后安静坐着，单等那令人食指一动的香味袭来。

这是只有本地人才能找到的面家。它像一个休止符，被作曲家巧妙地安插在喧闹的进行曲中间。早晨6点开始，上班的、上学的、赶路的，匆匆忙忙的脚步都在这里停留，稍一休整，又开始下一轮繁忙。

一个气宇轩昂的中年男人进来，嬉笑着说："靓女，云吞面。"有人问："大老板，为什么不去金城吃鱼翅饺？""鱼翅饺哪有云吞面好食，何况还有你们这些靓女"……小小面家被他的戏谑逗乐了，几个"靓女"猛然生鲜起来。

上学的孩子背着书包，常常伴着年轻的母亲来，柔柔一句云吞面，就和母亲小声咕哝着什么。面条上来，却一反刚才的斯文，狼吞虎咽。化好妆的小姐们，则小心吃着，最后再拿出小镜子和唇线笔侍弄一番，才施施然离去。

这里凡俗、随意、自然。除了云吞面，还有著名的及第粥、艇仔粥、禽渠粥和干炒牛河。这发源于几十年甚至几百年前的小吃，使空气里荡漾着淡淡的怀旧气息。

隔着玻璃，可以看见马路上车水马龙的繁忙，还可以看见远处正在拆除的楼房，那是带骑楼的小二楼古旧房子。骑楼是南国建筑特色，上楼下廊，遇着刮风下雨太阳，走在骑楼就像家里。这些，不知是不是禅城最后的骑楼呢？

"应记"面家里回荡的味道，令我想起逝去的姨婆，她是珠三角一带曾经出现的"自梳女"。看过一张黑白照片，她端端正正坐在酸枝椅子上，左手肘平放在扶手，右手紧握着左手，头发梳得溜光。黑色麻纱大襟衫，黑色宽大的裤脚，拘谨中散发着一种清纯和清凉的味道，很舒服，有时光倒流的感觉。这个模样和感觉，常常在吃云吞面时，不合时宜地漂浮起来。

"应记"的面条是禅城一绝，听说始创于20世纪30年代。"其制作沿用传统过扛方法巧制，面条韧性均匀，条子粗细适中，入口爽滑，蛋香浓郁"，刊登在旅游杂志的文字。过扛，应该是一种工艺。我比较关心，现在端给我们吃的面条，是否和差不多一个世纪前，那位老师傅"过扛"出来的一样？

也许，就不一样了，几十载风云流转中，"应记"面条像一个独具风情而深居简出的女子，没有跟着外面世界的改变而修正自己，但光阴经过筛子漏下的一点一滴，仍执着地撒在她的脸上身上。颜色，许是更黄或更深了，条子粗了还是细了呢。味道，是渔家在船上烹饪出来的新鲜，还是家里嬷嬷熬芝麻糊的馥郁？

姨婆脑后梳着一根小辫子，灰白的辫子里编进一根红胶线，更衬托出老年人的羞涩，这是"自梳女"的标志。尽管风霜染白了发顶，那辫子仍然是一个印记，拖在佝偻的背后。闲时，她将辫子拉在胸前，用牛骨小梳子一下一下地，梳理花白的辫梢。这时，很安静，时光在她身上几乎没有留下痕迹。她属于那个时代，属于自力更生的年代。那时，她应该很自豪，当别的姐妹们被迫裹小脚，被迫嫁鸡随鸡而忍声吞气时，自梳女却骄尊，一生不嫁人。她们将满头青丝梳成一根大辫子，从此开始自食其力的生活。

这一生，辫子从双手合拢到盈盈一握，从油光可鉴到灰哑花白，生命差不多就到尽头了。姨婆梳辫子的姿势很温柔，甚至有点妩媚，她是在沉思吗？想起一首民谣，"一梳梳到尾，二梳梳到白发齐眉，三梳梳到儿孙满地"这是女儿出嫁时，慈爱的母亲边为女儿梳头、边细声唱的歌谣，是阿妈对女儿今后如鼓琴瑟的祝福。姨婆心里，可曾回响过这样的旋律？

禅城有很多家"应记"，经营的品种都一样。七十多年前的过扛面条创始人，无论有怎样的想象力，也想不到如今面条仍大受欢迎。吃遍了山珍海味，一碗云吞面，可能就慢慢淡泊了上紧发条的意志，瓦解了神经，趋向于对现状的满足、豁达和平和。"应记"面家，就像这个城市的印记，传统，默然，沧桑了人事，蹉跎了岁月，物换星移，仍悄然而立，在某一条繁华马路背后，在某一个娱乐场所旁边。远处，岭南天地的霓虹灯闪烁炫目。

七 仙风道骨

去广东南海丹灶仙岗村，原是要看祠堂的，不想，没转几步，就被一泓清泉吸引。

村居与池塘之间，靠近池塘一侧，麻石铺出方形空地，向池塘倾斜，泉水就在这空地中央涌出，一位老婆婆蹲在石板上，正用泉水洗涮碗筷。她身边，一个女子也蹲着，肆意玩水，捧起，又松开，水花落在麻石板上，清亮可爱。走近，听到女子问："这水能喝吗？""点解唔得？"阿婆理直气壮反问，"我哋平时就饮呢啲（我们平时就是喝这些水）。"阿婆边说边用力拨动泉水，"我哋煮饭洗碗洗菜都系用佢。"阿婆强调，一副自豪的样子。看见我站在边上，她又伸手往水里拨几下，说："这些水没有添加剂，好着呢。"

我们都笑了。泉水确实清莹透亮，从一个圆形的井里喷出，顺着水槽，流向池塘。阿婆及几个村民，就在水槽边洗洗刷刷，对这样的发问有点轻蔑，大概认为少见多怪。我想来人并非寡闻者，只是污染厉害，不放心罢了。然而此泉，还真有一怪——距这儿约五十米之地，同样有一眼泉，走向、大小、造型一模一样，唯一不同，是泉边所砌的石板呈赭红色，名"雌泉"。阿婆洗碗之泉，石板青灰，名"雄泉"。雌雄双泉，成为仙岗的独特景观。

当然，凡在民间享有盛名，总会有传说，双泉的来历非同凡响，相传与葛洪有关。葛洪，抱朴子也，晋代人，被历代百姓奉为神仙，擅丹道，习医术，研精道儒，学贯百家。这一大人物，据说去过丹灶仙岗村，还在仙岗村池塘边摆下炼丹场，取双泉水洗濯，汲泉水炼丹，葛洪得道升仙后，这方土地得名仙岗。

传说给仙岗村蒙上一道神秘之光，没想到珠三角中间地带，有这深藏不露、一鸣惊人的宝地。传说归传说，这仙岗村，还真有道教遗风。我们从村外桂丹路进入，顺着村道，左边水塘清浅，残荷疏影横斜，向前放眼，就是望不到头的古祠堂，外人如我们等，大为惊讶：天哪，这么多？祠堂坐北向南，面向开阔的阡陌田野，一间连一间。如果说，村子是个椭圆形鸡蛋，蛋壳部分就是一间间绵延而去的祠堂。如此之多，如此之密，也许在岭南地区，仙岗村数一数二。也曾走访省内外很多祠堂，几乎都是一村一祠，一姓一祠，如仙岗村这般规模，绝无仅有，古风郁郁。可见此地真有仙灵庇护，葛洪传说并非无中生有。

在舆之祖祠前，好奇地看到，大门两侧贴着四副对联，一副坤甸红木刻金字"仁义临平社，洪恩锡大同"，显然是祖祠原有的门联，另三副中，两副与婚姻有关。不止这间，几乎所有祠门，都有类似的婚联。陪同的仙岗帅哥介绍说，此地人家嫁娶，会在祠堂里上香，门口贴对联，感念祖先福泽后辈，表达宗族流芳繁衍之意。若同时期不止一对新人，门口就有多副对联。这样的乡俗在我们看来，不仅预示子孙繁茂，更觉安居乐业，和谐美满。由此，很期待看到嫁娶场面，可这大半天里，村子静悄悄。静静的仙岗村，只有三两老人，在屋前巷尾散步，精神矍铄。步入祠堂，见旧物展览，女子的嫁衣、小鞋、梳妆台、首饰盒，甚至还有婚房里的婚床、马桶……秀美精致。那件大红绸缎短褂，宽大如襦裙，遥想当年穿着嫁衣的女人，莲步轻摇，走向青石板深巷，该是怎样一幅景象？

人与自然和谐相处，是这个古村落的千年姿势。在南中国温润的土地上，有很多这样的村落。从前去过江西婺源，水雾迷蒙的日子，从百年廊桥走过，从一间间青苔浅绿的老屋子穿越，木阁楼、老戏台、雕花漏窗，在雨水里静静地相互打量，人的感觉凝固，时间也凝结。岁月模糊了容颜，却从不曾改变他们的表情，静谧，宽厚，邈远。丹灶仙岗村有着同样的表情，这是光阴的历练，也是历史的赋予。村边广场上，树立着葛洪的青铜雕像，游人喜欢在像前拍照，大约想沾点仙气，化为道骨，好为平庸的人生增点色彩。隐隐间有些担忧，随着仙岗村名气在外，越来越多游人涌入，古村落还能维持千年的表情吗？

临近傍晚，有风掠过荷塘，水面泛起涟漪，空气变得清冽，同伴轻松争论着，荷花与睡莲是否同一种植物。塘边榕树上，知了还在趴窝，春天在这里也放慢脚步，唯有老榕树的千年长须，在古风里飘摇。

1912年，侨港南邑乐善公局在香港成立，1927年更名为旅港南海商会。现在是香港地区最具实力和影响力的社团之一。

一百多年来，商会在中国共产党的影响和支持下，努力团结旅港南海乡亲，关心和支持祖国建设和发展，热心资助国内教育事业，在文教医疗、慈善赈灾、交流联谊等方面与国内相赖相依，社会各界好评如潮，声誉日隆。

苍郁——旅港南海商会百年

缘起一百年前

"我邑南海，毓秀钟灵。名贤辈出，物产丰盈。衣冠鼎盛，岭表蜚声。侨商香海，货值之英。创立本会，团结精诚。相继努力，会务大兴。历时七秩，卓然有成。广积资产，巩固财经。敬老慈幼，博爱典型。资助子弟，升学成名。义山接管，典祀清明。更设泳屋，锻炼少青。社会公益，责亦分膺。谋众福利，促进繁荣。欣逢大庆，旨酒同倾。祝会万岁，无限前程。"

这是一段颂词，更是差不多一个世纪春风雨露的浓缩。

它是一个故事，一个长长的集合了无数名字、见证了近百年香港及南粤历史变迁的珍本故事。

如果仅用几个字来说这个故事，那就是：旅港南海商会。

如果用几个词来概括旅港南海商会一个世纪来所走过的路，应该是：坚守、传承、慈善、博爱。

1981年农历九月二十八日，在庆祝旅港南海商会成立七十周年时，该会的理事们联名写下这段颂词，以记怀和感铭几代人以及商会对社会的贡献。从那时到现在，时光又向后推移了三十七年，而我们，在2018年的春天，依然要把目光回溯到一个世纪前。

那是1912年，或者说更早一点，1842年。这一年，香港被迫设埠通商，素有商贾传统的南海人，看准了这个机会，越来越多人过去香港经商谋生。有经营钱庄银铺，有经营药材粮食，以及盐业、建筑业、进出口业等，其中以皮革、五金行业做得最大，南海人的商业日渐蓬勃，一派兴旺。到了1912年，据不完全统计，在港经商且小有家底的南海人超过一万之众，商业翘楚、殷商巨贾不少，在香港地，南海人的能量越来越强大。但势众，必定要抱团儿，才能形成更有利的经商环境，一个人可以走得更快，一群人却能走得更远。南海经商人士很快意识到这点，中华民族仁义礼智信的优良传统，给了他们启发，于是，几个有识见并经商有成的商界人士，招雨田、区泽民、何乐琴、李右琴等，共同倡议成立商业团体，为南海籍商人谋求团结，联络乡梓情谊，互助扶持发展。那时的香港，经商人士虽各有所长，但处于各有营盘、各扫门前雪的状态，蓬勃发展的形势，也迫切希望有一个能主持公道、牵头谋求利益、协调共济发展的行业团体。于是，上述主意一经倡议，呼应者众，天时地利人和，创立商业团体的想法水到渠成。

1912年农历九月二十八日，香港德辅道西夹皇后街单边楼宇二楼，主席、董事、司库、核数组成领导班子，初期会员九百多人。这些简单的记述，就是旅港南海商会的前身"侨港南邑乐善公局"成立时的概况。从这一天开始，在香港的南海籍商人，有了自己的大家，有一个为自身争取利益的乐善团体。1927年，更名为旅港南海商会，一直沿用至今。商会一直坚持为邑人办事，积极联络乡梓情谊，研究促进商务发展，同时兴学办学，并热心资助内地教育事业，救助贫乏无告者，善举频频，声誉日隆，社会各界好评如潮。旅港南海商会，渐渐成为南海在香港地区实力和影响力最大的社团之一。

从商会当初的资料中查勘，其原始章程上写着，该会的任务是，"管理拥有的房舍产业，考虑和调查发展贸易促进商务的措施，捐助当地及家乡的慈善事业，救济南海县籍的贫困人士，开办学校，设立奖学金助学金，举办托儿所、医疗所，积极为南海县籍人士发展文化教育及社会福利事业"。一百多年过去，这样的宗旨一直没变，联络情谊，救困济贫，慈善为怀，在新中国成立后，旅港南海商会更广泛团结旅港南海乡亲，关心和支持祖国的建设和发展，热心社会公益，在支持香港、内地和家乡的文教医疗、慈善赈灾、交流联谊等方面做出了积极贡献，尤其对南海的文化教育、医疗、慈善等事业，更展示了商会的热忱，屡获家乡群众及旅港乡亲的赞誉，家乡人感其对文教繁荣的信行善举,以"南海衣冠"赞誉旅港南海商会。此语来自东晋学者郭璞,当年,精通阴阳术数历法的郭璞南游至南海里水,被灵洲山风光迷住,屈指一算,欣然写下"南海之间有衣冠之气者,斯其地也",此后,民间盛传"南海衣冠"说法,取其文化昌盛开风气之先的意思。

挽狂澜于既倒

南海中学,是旅港南海商会历史上,熠熠发光的一个标记。

先看看1922年3月间,侨港南邑乐善公局向旅港商界人士发出的一篇劝捐词:

> 国家需要人才,人才需要学校,其说不易矣。比年来干戈兴,学校废,人才式微,国家胡赖。夫上不能谋,斯下自谋之,顾谋之士与工农,而力有未逮,则吾商之责也。吾粤以侨商倡办中学于省垣,始于台山,卓著成效。我邑中学,草创于西湖,自江少荃、朱湘帆两君来港募集巨资,建筑新校,斯校成立,盖吾港侨商之力为多。后以经费不敷,不能不借助官力,岁拨附加款五千,以为常费,斯校赖以维持。今春李宝祥县长为普及教育计,缺乏师资,议以新校改办师范,而中学几废,经我港商同人力争,斯议遂辍。然官款改办师范,无以拨助中学,常年经费无着,则不废犹废。此我同人奔走不遑,亟思筹抵此

款,以善其后。夫凡事创始实难,继承则易。我港商既艰难创建于始,可不升勉继承于终?但使努力筹抵官款五千,而我港商兴学之功,则可永垂不朽。

这是劝捐词的开头部分,今天读来,依然感觉商会同人为国为民的慷慨之情,"国家需要人才",作为商界人士,有当仁不让的责任,"则吾商之责也",掷地有声,热血沸腾。作为一百多年前的南海商界人士,有这样的见识、这样的境界,真让人感慨不已。1910年,南海中学的前身南海中学堂,由南海县乡绅捐助建成,落址在广州市光复北路芦荻巷。8月25日新学堂开幕,当天盛况非常,学生、家长、社会人士及广东省提学司、南海县署知事等多方人士云集,广东省提学司沈曾桐(相当于今天省教育厅厅长)对侨商办学精神大加赞赏,"今监督(即校长)朱君湘帆,邑绅江君少荃,毅然持之,辟草莱,斩荆棘,以有今日。诸生亦知缔造之难乎?"同时勉励学生"学如层台然,进而益上,如穷谷然,入而愈深。今之所学,其堂户耳,其阶梯耳"。1912年,正式改名为南海中学校,招收的学生八成为南海县籍子弟,是南海县最早开办的中学。

正当南海县乡绅们勃勃雄心,要办出国内一流中学之时,却遭事变。1922年,原在广州办公的南海县政府机关要迁回佛山,于是,政府拟停办南海中学。消息一传出,社会哗然,学生及家长彷徨失措,校长和教师们愤慨不已。当时的校长更以辞职向政府抗议,全无效果。教师学生无心上课,校务停顿,人心惶惶。

此时,已成立十年的侨港南邑乐善公局收到消息,同人们一时激愤非常。他们觉得，南海县号称首邑，岂可连一间中学都没有？何况，国家积贫积弱，正是需要人才的时候。官不办民办，政府不办我们自己办，正所谓"国家兴亡匹夫有责"。侨港南邑乐善公局若干董事立刻回到广州，在校内举行会议，商议保留南海中学的可能和措施。一系列措施也相继展开：成立校董会筹集经费；挑选专才管理学校事务；积极与政府交涉争取支持；推选新校长主持工作；制定《维持广州南海中学校筹款及善后简章》……

一切有条不紊，一切都在稳妥推进。学生的心定下来，老师看到继续办学的曙光，社会各界、侨商们也见识了侨港南邑乐善公局的决心和魄力。在民意和公局行动前，南海县政府拟停办的计划最终没有实施。

挽狂澜于既倒，扶大厦之将倾。在南海中学的危急时刻，侨港南邑乐善公局毅然接过重担。从此，侨港南邑乐善公局一百多年的历史，南海中学是其春风化雨的见证。

办学需要大量经费，政府虽不停办却撤资，不废犹废也，所以，筹资成为侨港南邑乐善公局最大最重也是最迫切的工作内容。"苟能实行筹抵（筹款），则创建者吾商，维持者吾商，纯为独立性质，官有权视察，无权干涉。然后连接校董团体，编定预算，妥订校规，公推吾邑先达之学问素著，热心学务者，委以监督整顿之权，合团体力以盾其后，庶吾商创建斯校之盛意，克有始而有终，为吾邑光，为学界福，岂不懿欤。"劝捐词这一段，拳拳之心可表，而且，高瞻远瞩，为南海中学的发展前程，指明方向。

"望我同志，奋起图之"。侨商们在商会倡导发动下，积极支持捐助，多到几千，少到几十（均为港币），旅港南海商会及校董们，每年都捐资补助学校各样开支，保证学校正常工作。从独力承担南海中学校务的1922年开始，商会从不间断捐资拨款。当时的校长李景康一段话，被记录在南海中学校志上，"幸赖邑人踊跃捐输，虽无县政府财政资助，亦能一方面改良校具，添置理化仪器图书；一方面访聘优异教员，加强功课，整饬管理，校誉日隆，来学日众，而四方捐款亦源源而来。"

在旅港南海商会的大力支持下，南海中学走向全盛时期。学生七百多人，还附设乡村师范班及小学。很多毕业生考上清华大学、北京大学、中山大学等著名大学，教职员工更是各方招聘而来，多为全国名牌大学毕业，部分国文老师还是前清时的举人、贡生、秀才。学校重视学生的德才兼备，注意学养积累。经常聘请社会名流、著名学者、专家上课，让学生从小树立远大志向，培养兴趣爱好。每届毕业生，学校都组织他们到北京、上海、浙江等地考察参观，开阔眼界，丰富见闻，为将来服务社会打下基础。当时，社会上有"国文、英语推南中（南海中学）"的说法，而在1937年的教育部优良中学评选中，南海中学是广东省唯一上榜的中学，也是全国九间中的一间。

这个时期，有两件事值得单独书写。

免费公费办法实施。1936年，南海中学制定了《设置免费及公费学额规程》，同时出台《设置免费公费学额暂行办法》，校董会立刻批准实施。免费生免收全年学杂费用，公费生除了免收各种费用外，还有补贴。这些资金开支，自然都是商会的支持。办法的实施，旨在奖励家境贫寒、体格健全、学习认真、成绩优良的学生。免费公费办法的实施，给予贫苦学生极大鼓励，他们看到希望，有了以学习改变落后的动力，学生学习积极性越来越高，"头悬梁锥刺股"的学生不在少数，校园内呈现苦读勤读的感人场面。在省市两级组织的各项比赛中，南海中学的学生都是前几名，声名鹊起。

抗战时期依然不停止经费支持。1937年广州遭日军轰炸沦陷，战火纷飞，民众生活陷入水深火热。很多学校停教停课，师生各自逃命。此时的南海中学，在校董会指导下，组织师生全体迁移。此后，南海中学辗转南海县北村、泌冲、麻奢等地继续开课，几年中，又先后转到中山、澳门等地，借助简陋的地方上课学习。生存都艰难，却能边走边学，殊为难得，旅港南海商会的长期援助，则是他们坚持办学的动力。

战后，南海中学亟待重新振兴。其校产、设备、仪器，商会侨商们十几年来捐助积累下来的物产，都在战争中损失殆尽，重兴谈何容易？旅港南海商会虽然也遭受战争的伤害，侨商们自身元气还没恢复，却义不容辞地又一次接过历史的重担。当时的捐助，多也只有两百，少到两块钱，确实是勒紧裤腰带从牙缝里挤出来，尽管这样，依然捐赠者众，爱国爱乡爱校热情汹涌，人人都希望南海中学尽快复办，为国家培养人才。很快，学校复办，损失的各种仪器设备图书，一一购置投入使用，残垣断壁的校舍课室，也修葺一新。校董们不管自身多么困难，都没有停止或缩减学校的费用开支。

就这样，在商会支持下，南海中学又步上正轨，重回当年的兴旺。

芃芃棫朴 薪之槱之

1981年，旅港南海商会会庆七十周年，农历九月二十八日，大庆的日子，商会举行了盛大的庆祝活动。多年来，商会与内地联系密切，商贸往来频繁，南海县相关领导组成代表团前去祝贺。宾主相欢之际，当时的理事长李树繁主动提出，鉴于教育重要，建议从速复办南海中学，并当场捐赠10万元作为倡议。

其实，对于商会来说，这个想法酝酿已久。新中国成立后，由于行政区划改变，南海中学实际上不再属于南海县，学生来源也不限于南海籍子弟。商会一贯认为"兴学育才，古今同重。教育事业愈发达，则社会愈进步，科学愈昌明，因果相承，理至明显"，在战争年代，商会尚能在艰难困境中扶持南海中学日渐强大，当今国家富强，侨商经商环境良好，更能助一臂之力，办成一流学校，提高国民的文化素质，让祖国更加繁荣。

拳拳之心，殷殷之情。

旅港南海商会的倡议，与政府的想法不谋而合。加上旅港南海商会领袖杨萼辉、李树繁、关亨时等人热情关注，四处奔走，南海县政府终于做出决定，辟出西樵山东麓，作为新的南海中学校址。

商会人士喜出望外，纷纷解囊，马万祺、何贤、冯景禧等爱国人士、商界巨子鼎力相助，很快合捐巨款500多万元。1985年新校落成，当来自全国各地的南海中学校友走进这座新校园时，不禁连声称赞。新学校包括教学楼、办公楼、实验楼、接待楼、图书馆、宿舍、饭堂、运动场等，占地一百三十多亩，背靠南粤名山，风景优美如画，比历史上的南海中学更大、更美、更优雅，条件更好。

南海中学的重新开办，给予南海子弟极大鼓舞，也给了旅港南海商会更大的信心和动力。"没有商会百年来情系桑梓的付出，就没有黄旗峰下南海中学的硕果飘香。"当年的南海中学校长傅陆根说。商会表示，一如既往，继续支持南海中学，并加大捐助力度，鼓励多出人才。80多岁高龄的杨萼辉会长亲笔为学校题词"做育英才"。

南海中学近百年的办学历史，只是旅港南海商会热心教育的一个缩影。在南海，一个世纪来受益于商会的学校团体，不止南海中学。我们来看一组简单的记述：

1931年，南海县政府创办县立第一初级中学校，旅港南海商会捐助款项过半；

1933年，支持石门中学创建。礼堂、图书馆、课室、宿舍、童子军体育办公室，以及校园建设，均为商会人士捐建。抗战后，石门中学也面临着百废待兴局面，商会又一次集体捐重资，等于重新又办了一所学校；

1935年，捐助南海县第一区、第六区、第七区、第八区中学；

1981年，捐赠南海县西樵华侨中学图书馆一座，图书一万册；

1983年至1985年间，多次捐助南海县立第一中学（平洲）；

1984年，捐助罗村中学；

1985年，捐助九江儒林中学；

1986年，捐助佛山市奖学金；

2007年，资助103名南海品学兼优贫困学生每人12000元人民币，分四年帮助他们完成大学课程；

南海中学复办后，一直得到旅港南海商会的支持和关怀。2007年及2012年，商会先后拨出200余万元巨款，奖励高中阶段的南海学子和升入高校的南海籍学子。2011年，商会又捐资50万元，兴建南海中学传媒中心。

20世纪80年代设立奖教金、奖学金，每年回乡对南海五所重点中学教师、学生给予奖励，一直延续至今，持续时间近三十年之久。

改革开放至今，累计（不完全统计）捐赠支持南海教育事业达2000万元。

············

数字是枯燥的，也是呆板的。换句话说，在南海的大地上，五成以上的学校受益过商会的捐助，每两个南海学子就有一个直接或间接受过商会的帮助。这样完全没有润色的说法，背后是几代人的薪火相传，是对文化育人的坚守，是对国家强大的祈盼。一个世纪以来，春风化雨，润物无声，因为他们秉承一个理念：国家要繁荣富强，社会要进步发展，一定有赖于文化素质和科学水平的提高。科教可以兴国，知识可以改变人生。

商会百年，南中百年，前世今生，源远流长。旅港南海商会秉承"共同发展，努力不懈，尽心以付"，全力支持家乡教育文化建设。南海中学师生牢记"任重致远"校训，坚持"动静分明，全面发展"理念，在教育管理、文体竞赛、社团活动、第二课堂等方面蓬勃发展。多年来，高考成绩在全区名列前茅，2016年位居广东省公办学校第一，省级、市级各种文体比赛，均获得前三名的好成绩，由旅港南海商会捐资兴建的校园"和雅电视台"被评为全国百佳电视台，组队参加"视像中国"校际网实时辩论赛，战胜全国多支学校辩论队，赢得高中中文组全国冠军……旅港南海商会和南海中学百年联姻，各怀壮志，共同以文化塑造强国之梦。

在南海中学给校董会的一帧摄影作品上，看到这样一段题词：

芃芃棫朴，薪之槱之。

济济多士，教之诲之。

公之深仁，惠我邑民。

公之厚谊，淑我髫齿。

惟桑与梓，公实敬之。

惟子与弟，公实抚之。

公之大德，育才其一。

爱乡爱国，同源而出。

感公高义，上薄云天。

南海观音的背后

2018年3月13日，农历正月廿六，又是一年南海观音开库日。从12日开始，西樵山脚下就开始聚集来自珠江三角洲各地的车辆，包括深圳、东莞、中山、珠海等珠三角两翼城市群的民众，乃至港澳的游客也越来越多，人们从西面八方赶来，就为了登山向南海观音"借库"。12日晚上接近子时，只见西樵山南海观音文化苑，西樵山宝峰寺的法师开始为"金库"洒净开光。而参与开库的信徒游客们络绎不绝，到13日零时，观音文化苑已人山人海。善信们拿着特制的金钥匙，排队打开"金库"大门，抽取利是，据说"支票"面额越大，表明新的一年财运越旺。"借库"后，不少人便到南海观音菩萨前礼请一瓶圣水，希望把观音福泽带回家。支票不限额，任由人们领取，但民众对观音大士尊敬有加，不敢轻言取用，也不敢漫天要钱，于是谦称"借用"。

所有的民俗，都来自文化的支撑，所有的传统，都有一个强大的民间传说，何况西樵山这座历史悠久的名山。很多年前，南海西樵山大旱，天上毒日，稻田龟裂，百姓辛辛苦苦，到头来颗粒无收。春节期间，正是合家团圆，百姓户户却筹措无着，断粮停炊，孩子的哭闹声，大人的叹息声，笼罩着西樵山。正当贫苦人家饥寒交迫、一筹莫展之际，正月二十六日，西樵山下走来一位美丽姑娘，莲步婀娜，慈爱微笑，背一个小米袋和小钱袋，逐家逐户上门派米和钱，人们马上生火做饭，饭香、笑声洒在西樵山上。吃饱饭的人们，一直跟着这位美丽姑娘，他们感到很奇怪，米袋和钱袋并不大，可是米和钱却取之不竭，源源不绝。已是傍晚时分，美丽姑娘站在山顶上，向人们挥手告别，眨眼间消失在云海之中。此时，天空突然彩霞万道，灿烂的光束射向大地，祥云中，姑娘微笑合掌，变身为法相庄严的菩萨。百姓们这才明白，观世音菩萨化身美丽姑娘，前来救苦救难。顷刻间，西樵山上下所有人齐齐跪下，向着菩萨远去的方向顶礼膜拜。从此，西樵民间就有了观音开库的民俗，每年这一天，西樵山观音大开金库，百姓都去参拜观世音菩萨，寄托美好心愿，祈求新的一年风调雨顺，国泰民安，丰衣足食。更多的善男信女依照传统，向观音大士"借库"，祈求家肥屋润老幼平安。

那么，传说中的观音，是什么时候来到西樵山呢？

真正的南海观音，1998年农历二月十九日来到南海西樵山。这天，南海观音圣像开光，对外开放，蜂拥的信徒们来到西樵山下，仰头，只见观音圣像端坐在西樵山七十二峰之一的大仙峰顶，背南朝北，双足交盘跌坐在莲花座上，头戴宝珠天冠，披天衣，着罗裙，慈眉善目，广视众生，显现安详凝重、救苦救难的慈悲法相。

这座观音坐像通高61.9米，铜质，为世界上最高。南海观音圣像的落成，就包含了旅港南海商会的一份慈善之心。商会成员对这座上万年历史的名山西樵山有天然的向往，多次走访西樵山景区，深入了解观音文化，他们认为，观音是慈悲祥和的象征，是平和、善良、包容的化身，观音文化也是博大精深中华文化的一部分，对构建和谐社会、倡导社会文明有莫大意义，在西樵山设立南海观音像，是功德无量的事。于是，商会决定捐助160万元，兴建南海观音及重建西樵宝峰寺。南海观音是开库活动的主角，也是南海民众的信仰。南海观音圣像的开光开放，多年来，吸引了省内外民众，每年开库日达十几万游客。这些活动，寄托了大众的美好愿望，也弘扬了慈爱悲悯，净化身心，对社会对个人都很有帮助。

慈善，在旅港南海商会看来，就是推动社会发展，保持文明步伐的一种力量。2007年，商会成立"旅港南海商会高等教育助学金"，主要帮助南海区品学兼优而家庭困难的本科生完成四年大学课程，活动得到贫困学子的好评；2012年，又为培育家乡有为青年送上爱心，捐资120万人民币成立"南海区慈善会旅港南海商会百周年慈善基金"，目标是连续三年，每年向南海区200名特困家庭而品学兼优的区直高中生，每人奖励人民币2000元；2017年，商会理事会第二十八年回乡颁发奖教金、奖学金，同时又拨款人民币40万元，奖励及资助200名高中特优生，以及特困家庭品学兼优的高中生；2017年继续捐出520万元设立"旅港南海商会百周年慈善基金"，300万元用作佛山科学技术学院成立助学金，资助该校品学兼优的贫困生。同时资助佛山红十字会博爱医院学校，在医院内设立课室协助病患学童上课；此外，2014年捐资建设的佛山科技学院"旅港南海商会百周年体育馆"也建成使用。近三十年来，家乡的各项公益慈善，商会都积极参与，医院、学校、桥梁、抗水灾、地震等捐助从来都走在前面。

商会的慈善之爱、悲悯之心，九十五户单亲特困母亲家庭感受至深。这些生活在社会底层的女人们，独立操持家庭养育孩子，而且都没有工作，或身有残疾。旅港南海商会连续三年资助她们，每年为她们举办亲子同乐日活动，来自人间的温情，社会的爱心，使她们学会坚强，树立起生活的信心。

在尽力从经济上给予家乡人宽裕学习条件外，近年来，商会还从国际大视野的角度，关注及推动南港青年学生的交流交往。会长关亨时表示,青年是国家的未来,也是国家的栋梁,提高青年人的素质,让他们成为社会进步的力量。2017年暑假期间,商会分别组织了香港明爱庄月明中学、圣类斯中学的数十名学生与南海第一中学、桂城中学的学生一同上课,互相交流,让学生开阔视野,互相了解,以身为中国人而自豪,以成为社会栋梁而骄傲。

…………

再多的笔墨,也难以详尽记录旅港南海商会亲仁善邻之举;再详尽的记录,也不能完整表现旅港南海商会心系桑梓爱国爱乡的情义。

在旅港南海商会成立一百周年会庆联会上,南海区领导把商会比作参天大树,在支持关心家乡建设的道路上,树大根深、枝繁叶茂,在国强民盛的好时代,希望旅港南海商会继续焕发新枝、造福桑梓。

那天晚上,一百名受过商会资助的学子专程赶到现场,为商会百年庆典送上一曲《感恩的心》,泪光中,歌声表达了他们的感激之情:

感恩的心,感谢有你
伴我一生,让我有勇气做我自己
感恩的心,感谢命运
花开花落,我一样会珍惜

受资助完成四年本科学业毕业的女孩儿康湘珺,现已参加工作,她激动地说,四年间,商会不仅资助他们的生活,商会成员还在每年寒暑假，回到南海跟他们谈心，了解情况，传授人生经验，开阔人生视野。她说，商会不仅给了他们生活的勇气，还教会他们做人的道理。她要努力工作，回报社会。谭日泉是南海中学1993届毕业生，在南海中学就读期间，因为学业优秀，每年都获得商会颁发的奖学金。中学阶段正是世界观、价值观形成的时候，商会成员对家乡学子的关怀，对家乡教育事业的热情，对他产生了很大影响，他说，我从他们身上学会做人，也学会爱人。参加工作后，无论生活或工作，他都以商会人为榜样，时时处处关爱他人，积极参与社会公益活动。

衣冠之气绵绵

走过百年历程的旅港南海商会，有很多事、很多人值得大书特书。一个多世纪中，他们在香港各个领域奋力拼搏，各逞其才，不少已是官绅名流、社会贤达，是香港繁荣的中流砥柱，英才杰出。他们爱国爱乡，为家乡建设不遗余力，曾荫权、梁爱诗、叶刘淑仪、钟士元、杨䓖辉、李树繁……他们彰显了南海人自强不息、奋力向上、慈善博爱的胸襟和精神。至今，已有十七名会员荣获"佛山市荣誉市民"称号。

一滴水，能反射出太阳的光辉。众多精英中，单选现任理事长关亨时。

外人看关亨时，是一位风度翩翩、谦和儒雅之人，接触后才知道，斯文外表下的关理事长，有着非同寻常的魄力和眼光，更有一般人不能想象的胸怀。

三十多年前，香港人对内地了解甚少，有的甚至在海外舆论的引导下，心怀误解。当时身为副理事长的关亨时心急如焚，他想，如果任由这种思潮蔓延下去，势必造成更多的误解，隔阂更深。怎样才能化解呢？见多识广的关亨时开始组织商会成员游览祖国山河，回南海、去桂林，到乡下看南海人建设祖国的劳动干劲，游览美丽风光激发会员们的爱国热情。每到一处，他都身兼导游，故土情、家乡爱、祖国美，娓娓道来，使人沉浸在深厚的情感中。渐渐地，人们眼看为实，对家乡的面貌、对国家的政策心服口服，开始加入了家乡建设的热潮中。

相对于老一辈人，年轻一代的思想更复杂。

青年是国家的未来，老一辈商会人做出了榜样，年轻人也要薪火相传，把桑梓之情传承下去。睿智的关亨时理事长把培养年轻人对家乡的热爱、努力为祖国做贡献当成自己的责任，并作为商会的重大任务。那时候，在南海的各个镇区、风景点，或历史悠久的乡村，时不时能看到一位精神焕发、活力十足的香港中年人，带着一班小年轻，走在乡间小路，走在祠堂前，走在河涌边，他们边看边说，有提问，有欣赏，有赞叹，气氛活跃，热情高涨。这就是关亨时和他带出来体验美好乡村的年轻人。他苦口婆心，循循善诱，谈古论今，给年轻人良好的启发和实地考察。在这种潜移默化的体验中，年轻人由认祖归宗，到作为龙的传人的自豪，关亨时渐渐点燃了他们爱国爱乡的热情。最有效的教育就是言传身教，最好的榜样就是眼前的领头人关亨时。在关理事长建议下，商会理事会下面专门设置了青年组的机构，积极鼓励、提拔青年会员参与会务工作。

年轻人开始主动参与到商会的工作中，接过老一辈商会人支持家乡建设的重担，将优良传统传承下去，使旅港南海商会这棵百年老树，常年郁郁葱葱。

"只要是对家乡建设、发展有帮助的事，我都会不遗余力、一如既往地去做好。"关亨时说。他认为自己的根就在南海，为家乡做事自己责无旁贷。

至今，南海龙舟队的队员们说起关亨时，都是连声称赞。作为多年来享有盛名的南海龙舟队，也曾有过窘迫的时候。1991年，香港举办一年一度的国际龙舟邀请赛，南海龙舟队很想参与到国际大赛，一方面向海外宣传家乡建设，一方面也是在高手如林中实战，提高竞技水平。但当时南海龙舟队名气不大，香港人对内地情况也不太了解。要参赛，难度很大。关亨时知道这件事后马上说：参加，一定要参加，有什么困难我来解决。作为理事长的关亨时急龙舟队所急，一方面，以旅港南海商会名义出面给龙舟队作保，使他们解除后顾之忧，另一方面亲自到处奔走想办法，帮助龙舟队赴港办理各种手续参赛。为了让没参加过国际竞赛的队员们了解比赛情况，他广泛收集香港历年龙舟赛的有关资料，提供给龙舟队做训练参考，当起龙舟队半个教练。为了让龙舟队吃好住好，以充沛的体力参赛，细心的关亨时发动商会以及各社团的领导共八十人，组成"南海龙舟莅港参赛旅港接待委员会"，亲自出任委员会主任，筹集港币60多万元，做好龙舟队的后勤保障工作。比赛期间，商会组织一支庞大的啦啦队，戴着印有"南海"字样的帽子，逢赛必到，呐喊助威。整个比赛期间，关亨时及商会相关人员自始至终操心操劳，保障了南海龙舟队方方面面工作顺利稳妥。这次比赛，南海龙舟队一鸣惊人。队员们都说，没有商会、没有关理事长的帮助，别说拿奖，就是比赛资格都没有。自此，南海龙舟队一直得到商会资助，所取得的骄人成绩，与商会的鼎力相助分不开。

"几十年来，我无数次回南海，现在也几乎每个月回一次南海，家乡发展得好就是我们的骄傲。"关亨时很自豪，他早已把自己与家乡系在一起，历百年变迁的旅港南海商会也在他的努力下，不断焕发生机，不断为家乡建设做出新贡献。

…………

2018年2月28日。戊戌年。香港。

春暖，紫荆花开。

旅港南海商会举办新春联欢会。会上，香港特区基本法委员会副主任、旅港南海商会荣誉会长梁爱诗，商会理事长关亨时以及商会理事会成员，见到来自家乡南海区的领导们，他们握手言欢，笑逐颜开，纷纷祝愿祖国强盛，希望新一年香港与南海的发展欣欣向荣，社会繁荣昌盛，共创和谐社会环境，同心同乐。

一个"家南海"的游戏节目，让大家耳目一新，把联欢会推向高潮。各种特色美食摆满桌面，都是南海各镇街的传统经典食品，参会乡亲辨认、品尝、拍照、赞赏，好不开心。吃在嘴里，甜在心头，家乡的山水，化为眼前实实在在的美食，家乡的情意，也融在欢声笑语中，拴住大家的心，对家乡的认识又深了一层，对家乡的爱更加浓厚。南海和香港，紧紧连在一起。

十年树木，百年树人。一百多年过去了，风里雨里，旅港南海商会依然保有蓬勃活力。活力，来自商会一如既往的坚守、传承、慈善和博爱，来自始终不变的桑梓之情、祖国之爱。"欣逢大庆，旨酒同倾。祝会万岁，无限前程。"借用开篇颂词的最后几句，祝愿旅港南海商会这棵百年大树苍翠挺拔、遒健繁茂、生机勃勃。

注：

一、文中大部分引用和史料来自《旅港南海商会史料专辑》，该书由佛山政协文史资料委员会编辑，1990年5月出版。

二、关于南海中学的资料来自南海中学校史。

三、关于南海龙舟队、关亨时理事长的资料来自媒体新闻报道

历史文化散文的"共情"与"共文"(代跋)

陈守湖

丰饶的历史文化对于散文写作来说,既有魅惑亦有陷阱。一方面,这是作家的幸运,历史的源远流长,文化的蔚为大观,给了作家们丰富多元的滋养;另一方面,把历史文化纳入散文写作又是充满挑战的,散文这样的文体是最性情最自由最率真的文体,历史文化潜在的伦理规训必然会对作者构成制约。以历史文化为题材的写作,其实就是与历史对话。具有对话能力的作家,才有可能把历史文化题材写得活泛、写得性情,真正地具有散文这种文体最为看重的来自心灵的个人体验。如何与历史文化对话?我理解,一为"共情",二为"共文"。

不同题材的确会有不同的散文写法,但散文最重要的还是写作家自己。"有一个人就有一种散文",梁实秋先生说的就是散文这种文体高度的个性化。"散文易学而难工",王国维先生所言的确是事实,但散文之"工"或许本就不该是散文的追求,因为,娴熟、匠气是散文写作的大忌。如丝绸般细腻的语言、精巧工整的结构,是不少散文作者所喜欢的,初读可能令人感觉还好,但久之则难免让人生厌。就学者对各类文学文体的研究来说,散文研究的学术成果最上不了台面。或许,"浅"的一个重要因素就是源于散文的文体特点。在许多时候,我们无非期待读到另外一个人的心境、性情而已,非要在一个小品文中读出什么微言大义,就是自己和自己过不去了。

散文的率真、散文的自由、散文的个性……诸如此类的表述还可以继续往下进行词语接龙,这种同义反复的认知其实都指向了散文写作的技法——少匠气、少经营。文学创作本质上是私人的事情,散文则是更具私人气质的文体。散文的私性之所以被看重,就在于散文提供给读者的,最主要的并不是文体与语词的结构方式,而是流动于其间的个体经验。稍加留意不难发现,一般而言,年轻作者的散文,其影响力、感染力往往不如年长的作者,并不是年轻的作家文笔不好,而是散文所书所写其实是人生况味,这其中的千曲百折、酸甜甘苦,一定是需要岁月沉积经历,才会真解其中滋味。季羡林先生和杨绛先生的散文,打动我们的一定不是文字,而是文字背后的心灵。看得见心性、摸得到灵魂,这基本上算得上散文写作的标配。

历史文化散文如何看得见心性、摸得到灵魂,对于作家的"共情"能力是一大考验。20世纪90年代以来,历史文化题材一直受到中国散文作家的青睐,也产生了许多佳作,但为历史而"历史"、为文化而"文化"的作品亦大量充斥,历史文化题材并不会给作家加分,因为类型化的写作实在不胜枚举。岭南作家赵芳芳的地域历史文化散文写作,同样要面对这样的挑战。在她近年的创作中,我看到了她一直以来的执着坚守——她以女性作家的细腻和敏感,读岭南的历史,读岭南的先贤,读岭南的风物,读岭南的人情,读出了自己的发现,也读出了自己的心性。

赵芳芳的地域历史文化散文有许多篇目采用了书信体。喜欢使用书信体的"五四"作家周作人，曾经对"书"与"信"做出过区分。周氏认为，尽管两者都可能具有文学性，但"书"是纯粹的创作，是用于发表的，而"信"的写作动力出于私人交往。按周作人的界分，赵芳芳的这些书信体散文就属于"书"了。因为，她表达与倾述的对象并不是自己的朋友、亲人，而是她所崇敬的岭南先贤们。

选择书信体在"共情"上会具有一定文体优势。当文字是用于倾述的，这样的情境规定了写作的姿态。赵芳芳写到的岭南先贤，有些其实是具有全国性影响的。以吴趼人、邝露为例，对于大多数人来说，吴趼人的标签就是清末写谴责小说的作家，笔下犀利、尖锐、辛辣，仿佛洞悉世道人心。邝露呢，岭南诗人，还喜欢写点游历轶闻，我有一段时间着迷于这类东西，曾读过他的《赤雅》，觉得他是个颇有趣的文人。但我这点肤浅认知，也只是一种"公共印象"而已。而在赵芳芳的散文中，我看到了不一样的吴趼人与邝露，这是她深读慢品之后的历史，是她远瞻近观之后的人事。赵芳芳笔下的吴趼人，是后辈乡人眼里的吴趼人，是父亲早逝、备受族人欺凌、心中涌动世态炎凉的吴趼人，是不从恶俗、坚拒女儿缠脚、举手投足皆是慈爱的吴趼人，是春天看池塘鱼花翻滚、秋日偷采桑葚满嘴乌红、学着启蒙老师躬身咳嗽的吴趼人。赵芳芳笔下的邝露，是完完全全的诗坛侠者，即使是清兵攻入广州城，这位大侠依然"官袍庄重，怀抱古琴，双手拂向七弦，琴声如雷电，如狂风"。赵芳芳更于这慷慨激昂背后读出了邝露的侠者柔肠，触摸到了邝露"彤管铭高逸,梁鸾未足偕"诗句中的温情与浪漫。

于细微处读史、于情深处读人,是赵芳芳地域历史文化散文的显著特点。既是写乡贤,那就用乡邻的眼光去读他们。所以,在她的文字里,是岭南味十足的乡人、乡情、乡事。她把这些已经远去的人物放在了岭南故乡这个实体的空间里,说她所思,道她所悟,言她所倾,让这些先贤从历史烟尘中走到了她的眼前。她与"酩酊放歌何处来,东风吹笠上溪台"的白沙先生(陈白沙)把盏而咏,她与"枕书漱玉,拈字炼金,羞却须眉"的玉清姐姐(冼玉清)促膝而谈,她在"泉路若逢文相国,不知双眼可谁青"的岩野先生(陈邦彦)跟前几度呜咽,她向"人间风雨消磨尽,剩有吟诗兴未阑"的三公(程坚甫)献梅一束……她写的历史,是眉边眼里心间的历史。她写的人情,是村野街巷坊下的人情。由此,逝去的历史活了,远去的先贤也活了。

有一个成语叫"车轨共文",说的是车轨一致、文字统一。书同文是中华文明进程中史诗级的事件,没有文字的统一,也就没有文明的跃进。在这里,我想借用一下"共文"这个并不太准确的词,以阐释历史文化散文书写的另外一个难度——文化的共感。类型化的历史文化散文写作被痛斥,全然因为作者抒的是公共化的情、遣的是公共化的怀,因此凌空蹈虚、扭捏作态、无病呻吟。类型化的写作固然值得警惕,但有一个疑问需要解答——文学性与公共性是不是注定就是死敌?阿伦特曾言,公共性是差异性和共在性的统一。哈贝马斯亦认为,正是文学的自主性才造就了文学公共领域。毫无疑问,文学有公共性的一面,在知识社会学意义上,作家的知识生产本身就创造了公共性,但文学的公共性并不指向本质化、整一化、统摄性,相反,它是无数差异个体组成的"复数",学者陶东风先生因此将文学的公共性概括为"差异性"与"复数性"的共存。

回到历史文化散文这个话题,其公共性的凸现显然不是去故纸堆中找材料,然后去佐证一个重复无数次的公共结论,而应当是无数的写作个体穿行于历史文化之后传递出来的精气神,重要的不是史料叠加的"长安回望绣成堆",而是个体感悟的"山顶千门次第开"。赵芳芳在写作中着力与岭南先贤对话,其价值与意义正在于此:她以自己的方式洞开了岭南历史文化的一扇"小轩窗",透过她用文字镂空之后的窗棂,读者看到了不一样的岭南风物和人情。

对于有文化使命感的散文作家来说,笔下的历史文化是披沙拣金之后的精神发现,而不是在史册典籍之侧附庸风雅。赵芳芳的散文集《朱颜别趣》《粤岭花静》,大量的作品是写地方风土人物的,眼里所看到的,笔下所关注的,都是与她耳鬓厮磨的岭南人与事,这一类的散文体现了她对日常生活的那份用心用情。她的另一类散文则来自阅读体验,如书话集《绿窗书影》。她的书话,有与书为友的闲淡,更有书我共蹈的欢悦。她的地域历史文化散文很好地融合了这两类散文写作的特点,以生活之趣、人情之悟去披阅掌故,以文化之趣、历史之悟去体察生活,所以,她呈现的是生活化、日常化、情感化的历史人物,他们仿佛从未远去。

在现代性语境中,地域文化其实是一种边缘存在,因为,现代性的扩张就是以消除多元文化作为代价的。赵芳芳写到的这些岭南先贤，许多生活于岭南的人们或许亦是陌生的。历史之于现代的价值、文化之于当下的意义，不是自明的，它需要不断地被"书写"才有可能显现。艰辛的地域史料征集与发现，是客观性的"书写"，它是对文化的佐证。卓越的地域历史文化散文创作，是主观性的"书写"，它是对文化的澄明。每一个文化个体，其力量微不足道，但若有无数热爱岭南文化并持之以恒的书写者，就会拨亮一盏又一盏的灯，让岭南文化在新时代闪烁出灿烂光芒，慰藉在路上奔忙的岭南人，慰藉他们所依恋的每一寸乡土。基于这样的认知，我认为，历史文化散文写作，不仅要有"共情"的能力，亦要有"共文"的能力，须以个体之眼力、笔力，去掀动历史的烟尘，为那文化之灯盏添油加芯，既有执守的文化自觉，更有笃定的文化自信。

以文学之"私"担文化之"公"，并不是一件容易的事情。赵芳芳的地域历史散文写作，是她近年自觉自为坚持的一件颇为艰辛的事情，熟悉她的人知道，她是在金融机构供职的，这份"副业"做出此般成就殊为不易。好在字里行间是她所钟情的岭南乡土，是她念兹在兹的岭南文化，其中甘苦，她比旁人有更深的体味。在赵芳芳的文字里，我能读出她沉潜于史料然后沉吟着踱将出来的那份自信，因此，她提起笔来以饱满的情感、细腻的文字给那些先贤致信，穿越时空与他们对话。当然，我也读出了"穿越"的艰难与挑战。于她的倾述，书信体既是自由亦是自缚。自由在于：致信即交谈，会让自己显得从容。自缚在于：致信的对象是故去先贤，"致"的分量远远大于"谈"的分量,书信的自由无羁必然会受影响。

相较于写邝露、陈白沙、陈邦彦、李文茂、张荫桓、吴趼人、程坚甫这些岭南先贤且以书信体写就的散文,赵芳芳写岭南大儒、曾教授过康有为的朱九江的散文《朱九江:诵先人之清芬》,就显得自如得多,文末,她"走在西江边,江水激湍,琅琅如书声",仿如"1881年礼山草堂的诵读",我相信,那一刻,她或许真的进入了百年礼山堂。而在赵芳芳用书信体创作的地域历史文化散文中,《冼玉清:庚子年春与玉清姐姐书(三笺)》是佼佼者。这篇散文看似写冼玉清,写的依然是书人书事,即作家与冼玉清所著的《碧琅玕馆诗钞》《琅玕馆修史图题咏笺释》两部书的故事,由书及人,由人及书,情趣、情感都拿捏得极有分寸。这封"信"的情真意切,恐怕与同为岭南女性相关,抑或与冼玉清生活的年代离作家不太远相关,情感体验上的近、时空追溯上的近,这些要素对于作家的影响当不能忽略。赵芳芳写家族的散文《锦昌村:从此开枝散叶》,似乎也能提供些许这样的佐证。从外公外婆到母亲,再到作家自己,从戊寅(1938)到丁酉(2017),赵芳芳顺着母亲的"寻找",蹚入家族的血脉之河,从而读懂了外公外婆在艰难世事中的爱情与责任,也读懂了辗转流迁中潜流于日常的家族精神,而正是这习焉不察的血缘,让她发出感叹——"血缘就像一条河,细流激湍,波光潋滟,千回百转,从不改变方向,滋养我们的柔魂弱魄。"如果说,用给先贤"致信"的方式来写地域历史文化,给我的阅读感受似乎意犹未尽甚至还有些"隔",这篇散文带给我的阅读体验却是行云流水、起伏跌宕、余韵袅袅。于作家而言,"写什么"与"怎么写"的困扰或许永远不可能消除，但写下来的文字总会带来启示。我想，于赵芳芳，于赵芳芳的读者，其实皆会从她的地域历史文化散文中有所收获。在这个消费主义盛行的时代，将眼光投向自己热爱的文化，将真性情付诸自己执着的文学，得失寸心知，足矣！

（作者简介：陈守湖，文学博士，陕西师范大学教授、博士生导师）